소유에 관한 아주 짧은 관심

소유에 관한 아주 짧은 관심
LAS MARAVILLAS

1판 1쇄 찍음 2023년 7월 29일
1판 1쇄 펴냄 2023년 7월 30일

지은이 엘레나 메델
옮긴이 성초림
편집 김효진
디자인 위하영
펴낸곳 마르코폴로

등록 제2021-000005호
주소 세종시 다솜1로9.
이메일 laissez@gmail.com

ISBN 979-11-92667-31-7 03870

Cover Image: At the First Clear Word by Max Ernst. Oil on plaster on canvas, 1923.
Kunstsammlung Nordrhein-Westfalen, Düsseldorf
© Max Ernst / ADAGP, Paris - SACK, Seoul, 2023

LAS MARAVILLAS © by Elena Medel Navarro, 2020
All rights reserved.
This Korean edition was published by Marco Polo in 2023
by arrangement with Pontas Literary & Film Agency.

이 책은 저작권자와의 독점계약으로 마르코폴로에서 출간되었습니다.
또한 표지에 사용된 그림은 SACK를 통해 ADAGP와 저작권 계약을 맺은 것입니다.
저작권법에 의해 한국 내에서 보호를 받는 저작물이프로 무단전재와 복제를 금합니다

소유에 관한 아주 짧은 관심

The Wonders by Elena Medel

엘레나 메델 지음 ♦ 성초림 옮김

마르코폴로

Clearly money has something to do with life ...
Philip Larkin

그날
2018년, 마드리드

호주머니를 뒤져본다. 아무것도 없다. 바지 주머니에서도 코트 주머니에서도 구겨진 휴지 한 장 찾을 수 없다. 지갑 속에는 겨우 일 유로짜리 지폐 하나, 이십 센트짜리 동전 하나가 전부다. 교대근무가 끝날 때까지 돈 쓸 일은 없지만 알리시아는 무일푼인 것 같은 느낌이 불편하다. 기차역에서 일해요. 공중화장실 근처 편의점에서요. 보통 자신을 그렇게 소개한다. 아토차역 ATM은 분명 수수료를 받을 것이다. 알리시아는 한 정거장 전에서 지하철을 내려 거래은행을 찾아 이십 유로 지폐 한 장을 뽑는다. 이제 좀 마음이 놓인다. 호주머니에 지폐 한 장을 넣고 텅 빈 로터리를 바라본다. 드문드문 지나가는 자동차와 행인들. 날이 밝으려면 아직 시간이 좀 남았다. 할 수만 있다면 알리시아는 언제나 오후 근무를 택한다. 아무 때나 일어나 편의점에서 오후 시간을 보내고 곧장 집으로 돌아올 수 있으니까. 그럴 때면 난도는 투덜대기 일쑤다. 아니, 사실 늘 투덜댄다. 알리시아는 동료 핑계를 댄다. 아이가 둘이나 되는 그 친구가 오전 근무가 편하다고 하는걸. 그래야 자기만을 위한 오전 시간을 확보하고 또 오후 내내 바에 죽치고 앉아 이제는 자연스럽게 자기 친구가 되어버린 난도의 친구들, 싸구려 안주, 울어대는 아기들 그리고 더러운 냅킨에 둘러싸여 시간을 보내지 않을 수 있다. 알리시아는 다른 부부들이 아이를 낳으면 이런 일상에서 벗어나게 될 거라 생각했었지만, 여자들은 아이들이 잠들 때까지만 잠시 자리를 비웠다가 아이가 깊이 잠이 들었다는 걸 확인하고 다시 돌아오곤 했다. 게다가 알리시아가 이런 일상을 피하려고 하면 난도는 실망감을 감추지 않았다. 적어도 그건 해줘. 난도는 그렇게 말한다. <그거>란 때로 아래층 바에서 오후 시간을 함께 보내는 걸 말하기도 하고 또 때로는 난도가 사이클링 동호회와 떠나는 하이킹에 따라 나서는 걸 말하기도 한다. 난도가 페달을 밟는 동안 알리시아는 다른 여자들과 함께 차를 타고 옆에서 달린다. 양쪽 손목 피부가 금속에 쓸린 것처럼 따끔거리는 걸 느끼면서 알리시아는 '에스포사'(esposa)라는 그 말, '와이프'를 뜻하기도 하고 동시에 '수갑'을 의미하기도 하는 그 말의 뜻과 소리가 이런 주말과 딱 맞아떨어진다고 생각한다. 싸구려 모텔 거친 침대 시트 위에서 밤을 보낼 때면 난도는 소리가 새나가지 않도록 자기 입술을 깨물며 알리시아의 입을 손으로 막는다. 그리고 일을 치르고 난 후, 이렇게 기분 좋은 여행을 어째서 내켜 하지 않느냐고 묻는다.

  그렇게 낮과 밤, 밤과 낮이 지나간다. 때로 낮과 밤은 서로에게 녹아들어 흐른다. 알리시아는 하루도 빠짐없이 아침에 일어나 직장으로 향한다. 아픈 척 전화를 하고 시내를 돌아다니는 일은 없다. 그리고 하루도 빠짐없이 밤이 되면 그 악몽에 시달린다. 그동안 많은 슈퍼바이저와 일했다. 예전에는 알리시아보다 나이가 많았지만 요즘 들어서는 알리시아보다 몇 살 어린 상사도 있다. 대부분 셔츠를 바지 속에 집어넣어 입는 깔끔한 청년들이다. 이들은 알리시아가 몇 년이고 같은 자리를 지키는 것에 감탄하곤 했다. 그중 몇몇은 온종일 여행용품이나 파는 것이 지루하지 않은지 묻는다. 알리시아는 행복하다고, 그걸로 충분하다고 대답한다. 그들은 알리시아의 그런 점을 특히 높이 평가한다. 편의점에서 일하는 여자의 명랑한 대답, 행복하다는 그 말에 힘을 얻는다. *파트리시아라고 했던가요?* 그중 하나가 알리시아에게 꿈을 꿔본 적이 없는지 물었다. *이야기하자면 길어요.* 알리시아는 절뚝이며 걷던 그 남자를 생각한다. 시체로 매달려 빙빙 돌던 그 남자. 하지만 그 슈퍼바이저의 머릿속에 떠오른 것은 시내의 럭셔리한 아파트, 물 맑은 해변에서 보내는 몇 달 동안의 휴가, 그런 것이었다.

근무가 오전이건 오후건 일상은 변하지 않는다. 오전 근무면 오후에는 난도를 픽업하거나 난도가 초인종을 울려 신호를 보내는 걸 기다린다. 그리고는 아이들이 울어대는 바에서 친구들과 합류한다. 오후 근무라면 비어 있는 오전 시간을 좀 더 만족스럽게 보낼 수 있다. 살짝 화장도 한다. 사실 요즘엔 화장에서 어느 부분을 더 강조해야 할지 잘 모르겠다. 나이가 들면서 엉덩이와 허벅지에 살이 붙고 있다. 엄마에게 물려받은 생쥐 같은 눈은 여전하다. 엄마의 그 눈은 엄마의 아버지를 닮은 거라고 치코 삼촌이 안타깝다는 투로 말하는 걸 들은 적이 있다. 그렇게 차려입고 난도가 절대 얼씬거리지 않을 동네들을 걷는다. 막 문을 닫으려는 정육점 진열대 건너편, 아직 여자 요리사를 고용하지 않은 바에 앉아 커피를 마시며 바텐더에게 눈길을 보낸다. 처음엔 들킬까 봐 난도가 시내에 있을 때는 참으려고 했었다. 하지만 결국 일이 벌어지고 말았다. 사회보험공단에 서류를 제출하러 들렀던 날이었다. 대기실에서 한 남자가 열을 올리며 자기가 읽고 있는 소설의 줄거리를 이야기해주었다. 남자의 몸이 자꾸 알리시아를 자극했고 알리시아는 그 기회를 흘려보내지 않았다.

텅 빈 아토차역 앞 로터리. 드문드문 지나가는 자동차와 행인들. 날이 밝으려면 아직 시간이 좀 남았다. 모야노 언덕길 곳곳에 아직 블라인드가 내려져 있고 멀리서 보라색 점들이 다가오는 게 보인다. 회전목마 부근에 플래카드를 들고 늘어선 여자들도 보인다. 오늘 무슨 일이 있다고 텔레비전에서 들은 것도 같지만 곧 잊어버린다. 신호등이 초록색으로 바뀌고 길 건너 역으로 향할 때 알리시아는 이미 그보다 더 중요한 일을 생각하고 있다.

◆

마리아는 편안히 깊은 잠을 잔다. 퇴직하면서 자명종을 비닐봉지에 잘 싸서 조합의 물물교환대에 가져다 두었다. 필요한 사람이 가져가도록 하려는 것이다. 이미 몇 년 전부터 자명종 대신 휴대전화 알람 기능을 사용했다. 하지만 이렇게 하는 데에는 상징적 의미가 있다. 이제 난 이런 게 필요 없어. 그러니 이런 물건은 이제 새벽에 일어나야 하는 사람이 가져가야 해. 아직 어둑어둑할 때 집을 나서야 하는 사람이 써야 하는 물건이니까. 사실 마리아는 언제나 자명종 없이 저절로 잠이 깨곤 한다. 블라인드 사이로 파고드는 햇살, 이웃이 샤워하는 물소리, 그런 것들이 성가시기 때문이다. 조합에서는 벌써 몇 달 전부터 이날을 준비해왔다. 어젯밤 마리아는 한 친구로부터 와썹을 받았다. 〈이런 날이 오다니 믿을 수가 없어.〉 총회에서나 분과별 모임에서 마리아는 젊은 여자아이들이 너무 흥분하는 것을 막으려고 애쓴다. 하지만 오늘은 마리아도 흥분해 있다. 나는 칠십 평생 오늘 아침을 위해 살아왔어. 여러분들을 만나고, 여러분들과 함께 걸으

소유에 관한 아주 짧은 관심

려고. 조합에서 내려온 공지는 이랬다. "각자 원하는 방식으로 파업에 참여하십시오. 직장에서 파업하거나, 소비 총파업을 하거나, 여성 돌봄 노동 파업을 하거나 각자 자신에게 맞는 방식을 선택하도록 하십시오. 모두 다 도움이 됩니다. 우리가 페미니스트 이름표나 달려고 여기 모이는 건 아니니까요." 저녁밥을 차려두지 않으면 남편이 눈치챌 거예요. 그러면, 아말리아, 락앤락에 수프를 담아놓고 알아서 데워 먹으라고 해요. 그것도 할 줄 몰라요? 다음 주에 남편에게 전자레인지 사용 강습을 하도록 해요, 초보자 수준으로요. 저는 일해야 해요. 그날이 마침 월급날이라 빠질 수가 없어요. 오후에 아토차역에서 합류할게요. 그런데 자기를 돌보는 것도 여기 참여하는 것으로 볼 수 있나요? 난 집에서 출발하기 전에 건포도처럼 쪼글쪼글해질 때까지 뜨거운 목욕을 할 생각이거든요. 당연하죠. 오늘은 우리들, 우리 여자들을 돌보자고 마련한 날이니까요.

어제 오후에는 몇몇이 조합에 모였다. 일부는 오늘 거리로 나가 전단을 나눠줄 사람들을 위해 샌드위치를 만들었다. 시장 보러 오는 여자들, 혹은 총파업에 참여하지 않고 일하러 가기로 한 여자들에게 파업에 대해 알리기 위해서다. 또 몇몇은 피켓을 들고 거리로 나가는 대신 이른 시간에 본부로 모여 다른 도시들, 또 본인이 사는 이곳의 상황을 파악하기로 했다. 라디오를 듣는 것도 파업으로 보나요? 어떻게 되어가는지 인터넷을 검색하는 건요? 알루미늄 호일로 싼 그릇 뚜껑을 열고 스펀지케이크를 잘랐다. 엠파나다*를 구웠고 젊은 여자아

---

* 빵 반죽 안에 다양한 속재료를 넣고 반죽을 반으로 접어 굽거나 튀긴 스페인 전통 요리

이들은 후무스*와 과카몰레†도 준비했다. 나이 많은 여자 하나가 수프나 크림 먹듯이 후무스 그릇에 숟가락을 집어넣는다. 후무스는 그렇게 먹는 거 아니에요. 젊은 여자아이들이 웃어댔다. 마리아 보기에도 그런 음식은 너무 신식이다. 마리아는 엄마를 생각했다. 전쟁을 겪은 엄마는 절대 그런 식으로 음식을 허비하지 않으리라. 너희들은 도대체 어디 사람들이야. 나일강 출신이야 아니면 카라반첼 출신이야. 여기 카라반첼에서는 이집트콩은 스튜에 넣어 먹는다고. 식빵 사이에 초리소‡와 살치촌§을 넣어 삼각형으로 자르고 비닐로 싼 다음 냉장고에 넣었다. 다음 날 나눠줄 것들이다. 마리아는 자기가 참가하지 않았던 시위가 몇이나 되는지 헤아려본다. 70년대 수아레스¶ 때 선거 이전에 있었던 시위 그리고 그 이후 시위들, 나토 반대 시위와 85년 연금개혁시위, 88년 총파업, 90년대에 이라크전 시위와 반전 시위 이렇게 두 번, 2010년 한 번, 2012년에 두 번, 하나는 라호이** 정부에 반대한 시위였고 또 하나는 EU 반대 시위, 낙태 자유를 위한 열차 시위 한 번. 이젠 대학생이 된 젊은 여자아이 하나가 기억을 떠올린다. 마레아 베르데††에는 오셨잖아요. 그날 시위에서 한 기자가 옆에 있던 친구 딸을 가리키며 손녀딸을 위해 시위에 나오신 거냐고 물

소유에 관한 아주 짧은 관심

---

* 병아리콩을 삶아 만든 소스. 중동지역에서 즐겨 먹는다.
† 으깬 아보카도에 양파, 토마토, 고추, 라임즙 등을 섞어 만든 멕시코 소스.
‡ 고추 등이 들어간 스페인산 반건조 소시지
§ 통후추를 넣은 스페인산 소시지
¶ 아돌포 수아레스, 스페인 최초 민선 총리(1976~1981)
** 마리아노 라호이, 스페인 전 총리(2011~2018). 심각한 청년실업률과 권위주의적 행보에 부패 스캔들 문제까지 겹쳐 실각했다.
†† '초록 물결'이라는 의미. 2011-2012 스페인 마드리드에서 시작된, 교육예산 삭감에 반대한 시위

었었다. 마리아가 손녀딸뿐만 아니라 손녀딸의 친구들 전부를 위해 나왔다고 대답할 때 조합의 여성청년회원들은 마리아가 자기들과 아무런 혈연관계가 없다고 말하는 대신 카메라를 향해 손을 흔들었었다. 이런 이야기를 젊은 여자아이들에게 들려주며 마리아는 펠리페[††], 보에르[§§], 아스나르[¶¶] 같은 이름들, 마리아의 인생 한 부분을 차지했던 그 이름들을 아주 친숙하게 발음한다. 그 남자들은 카라반첼이 절반쯤 지어졌을 무렵 남쪽 도시에서 이주해온 일흔을 훨씬 넘긴 이 늙은 여자에 대해 아는 바가 없으리라. 한 번은 사파테로[***] 내각의 장관 하나가 조합의 여자들에게 상을 준 적이 있었다. 하지만 마리아는 그 상을 받으러 가지 않았다. 시상식은 오전이었고, 그날 마리아는 직장을 쉴 수 없었다.

◆

난도는 알리시아, 적어도 그건 해줘, 라고 말한다. 〈그것〉에 결혼은 포함되지 않는다. 결혼에 관해서는 이미 알리시아가 양보했다. 그 울적한 동네의 울적한 아파트를 물려받는 것, 그리고 아이는 낳지 않는다는 조건으로 이미 난도와 결혼했기 때문이다. 절대 아이가 태어나는 일은 없을 거라는 사실을 난도는 '거의' 받아들였다. 남편이 이야기하는 〈그것〉은 때로 별 볼 일 없는 사이클링 동호회 사람들과 아

[††] 펠리페 곤살레스, 스페인 최초 사회주의정당 출신 총리(1982~1996)
[§§] 미겔 보이어, 펠리페 곤살레스 정부 첫 경제부 장관
[¶¶] 호세 마리아 아스나르, 스페인 전 총리(1996~2004)
[***] 호세 루이스 로드리게스 사파테로, 스페인 전 총리(2004~2011)

름다운 경치에 둘러싸여 주말을 보내는 것이나, 알리시아가 거의 묵언 수행을 하게 만드는 그의 어머니와 함께 해변에서 며칠 더 묵는 것으로 바뀌기도 한다. 또 때로 〈그것〉은 친구 부부의 집에서 토요일 밤을 보내거나, 동네 식당에서 저녁을 먹는 게 될 수도 있다. 알리시아는 〈이것〉에 발을 들여놓았다. 〈그것〉이 아니라 〈이것〉. 그러니까 난도라는 남자, 그와 사는 것, 그와 결혼하고 그의 삶에 자신의 삶을 적응시키는 것 말이다. 그리고 아이 갖기를 거부한 대가로 일상을 양보해야 했다. 받고 싶으면 줘야 하고, 거절을 했으면 보상이 있어야 한다. 알리시아는 아직 가임기에 속한다. 하지만 만일 남편에게 오케이, 아기를 갖자고 하자마자 운 좋게 아기가 빨리 들어선다면? 그래서 일 년도 못 돼 침대 옆에 아기 요람을 걸어두고 빽빽거리며 우는 소리를 듣게 된다면? 임신으로 찐 살을 빼는 건 얼마나 힘들까? 슈퍼바이저들은 지난 몇 년 동안 아니요, 버거는 세일 품목이 아닙니다, 라고 냉정하게 몰아쳤던 것에 대해 어떻게라도 보상을 해주려고 할까, 아니면 알리시아보다 열 살은 젊은 데다가 쥐꼬리만한 월급도 마다하지 않는 아이를 대신 고용할까? 젖이 흘러 브래지어가 흠뻑 젖고, 배는 축 처질 테지. 남자들에게 말을 걸 때 새로운 전략을 짜야 할지도 모른다. 이미 알리시아는 다른 선택의 여지가 없을 때 나이가 꽤 많은 남자나 아주 멍청해 보이는 작자들까지도 받아들이고 있다. 그런데도 그런 작자들까지도 출산한 여자의 몸은 참지 못할 거라고 두려워한다. 툭 튀어나온 배, 튼 살, 그런 몸을 가진 여자는 어떤 남자에게도 굴러들어온 행운이 될 수 없으니까. 출산 후의 몸이라니 상상이나 해봤나? 여기서 더 가슴이 처지고 허벅지에는 살이 튼 자국이 여실히 드러나게 된다면 난도는 그걸 어떤 식으로 받아들이려나? 난도는 알리시아의 이름을 부르지 않을 것이다. 말을 걸 때면 사람이 많은 곳에서도 〈엄마!〉라고 하겠지. 알리시아가 출산을 두 번 한 것처럼 말이다. 임신 기간 난도는 자기 아이에게 조금이라도 문제가 생길까 봐 섹스를 거부할 것이다. 그건 알리시아에게 이로울 수도 있다. 어쨌거나 와이프에서 엄마로 바뀌게 되면 남편의 욕구를 피할 수 있을 테니까. 또 임신 초기 헛구역질을 막아줄 허브티나, 아기를 위한 목걸이 치발기, 아니면 수유복 같은 걸 선물할지도 모른다. 알리시아는 낳지도 않은 아기를 상상해본다. 일단 그 아이의 이름을 꼬마 알리시아라고 해보자. 그 애는 알리시아의 생쥐 눈을 갖게 될까 아니면 난도의 눈을 닮을까. 구글링해본다. 임신복, 손뜨개 조끼, 끔찍하게 생긴 수유용 브래지어 속 젖꼭지 사진 같은 것들이 줄줄이 나온다. 운이 좋으면 알리시아가 임신한 동안 난도가 같은 백화점 사무실에 근무하는 여직원 중 하나와 눈이 맞을 수도 있다. 난도는 여러 번 여직원 애들이 상냥하고 똑똑하다고 이야기했었다. 그 여자애들 이름은 다 잊었지만 만일 그렇게 된다면 잠시라도, 아니 다만 몇 달이라도, 어쩌면 일생 알리시아를 괴롭히지 않을지도 모른다. 꼬마 알리시아가 있다는 가정하에 난도가 그렇게 한눈을 팔고 다닌다면, 그러면 꼬마 알리시아를 어떡할 것인가? 자기도 모르게 충동적으로 제일 먼저 떠오른 생각은 꼬마 알리시아를 자신의 일탈에 이용하는 것이다. 유모차 펼치는 것을 도와준다는 구실로 남자가 다가오게 만든다거나, 지하철 플랫폼에서 아기의 귀여운 짓을 보고 대화를 시작한다든지 하는 식으로 말이다. 아기가 몇 개월이나 되었어요? 분홍색 레이스 옷을 입고 귀에는 태어나자마자 달아준 앙증맞은 진주 귀걸이를 한 꼬마 알리시아. 그러면 알리시아는 신이 나서 대답하면서 꼬마 알리시아가 아무것도 느끼지도, 듣지도, 알아차리지도 못하고 울고 젖 빨고 똥 싸고 똥 기저귀를 갈아주는 것 이외에는 아무 관심도 없는 틈을 타 뭔가 이야기를 꾸며대리라. 엄마가 알지도 못하는 남자와 일을 치르는 사이 꼬마 알리시아는 팔로메라스나 라스타블라스의 어느 아파트 우산꽂이 옆에 세워진 유모차 속에 누워있을 것이다. 남자는 다시 만나자며 전화번호를 알려달라 할 테고 그 이후로 몇 주 동안은 알리시아와 전화번호 서너 자리가 같은 카르타헤나에 사는 어떤 수학 선생님에게로 자신의 거시기 사진을 보낼 것이다. 이런 생각을 하자 알리시아는 손님들이 듣는 앞에서도 터져 나오는 웃음을 참을 수가 없다. 그런데 꼬마 알리시아가 이런 만남의 한 장면이나 소리를 기억하게 된다면? 그래서 남자 몸 위에 올라가 있는 여자의 몸, 아니면 여자 몸 위에 올라가 있는 남자의 몸, 30년 전 유행했던 가구가 들어찬 아파트의 오톨도톨한 페인트칠이며 위로 올라가라는 목소리, 아래로 내려가라는 목소리를 평생 꿈속에서 듣게 된다면? 그리고 꿈에서 깨어날 때, 땀에 흠뻑 젖은 채 전혀 모르는 남자의 몸에 바싹 붙어 그 순간 잠시 행복에 겨워 있는 여자의 얼굴에서 알리시아의 모습을 발견하게 된다면?

◆

예전에는 집회에서 여자들을 많이 만났나요, 마리아? 십 대 여자아이 하나가 천진난만하게 묻는다. 아이의 손끝에서 팔목까지 이어지는 붉은 초리소 기름 자국이 눈에 띈다. 어려서부터 허드렛일로 거칠어진 아이의 손이 항상 마리아의 눈길을 끌었다. 그 아이가 머리보다는 손을 쓰며 살게 될 징조로 보였기 때문이다. 그런데 그 아이가 하는 말에 마리아는 깜짝 놀라곤 한다. 아직 어린 나이에도 불구하고 자기 생각을 단호하게 밝히는 모습이라니! 그 아이가 친구 딸의 딸이라는 것에 마리아는 이상한 자부심을 느낀다. 의견이 다른 사람들에 대한 포용력, 동시에 그 나이만의 풋풋함은 마리아에게 큰 힘이 된다. 남자들이 마리아에게 말을 못 하게 했다는 걸 믿을 수가 없어요. 난 언제나 조합 남자들이랑 함께 다녔거든. 마리아가 설명한다. 마드리드에 온 지 5~6년 되던 즈음에 그중 하나랑 사귀기 시작했고 동네 환경 개선 모임 같은 델 함께 다녔지. 그땐 동네 곳곳이 지금보다 훨씬 더 문제가 많았어. 우리 집 문 앞에서 드러내놓고 약을 하고 그랬으니까. 그런 애들은 핸드백 들치기뿐만 아니라 더한 일도 저질렀어. 아직 판자촌이 있었고 저 너머에는 교도소도 있었어. 강의 남쪽으로는 아무도 없는 것 같았어. 그런데 우리가 있었잖아. 그러니까 우린 아무도 아닌 거나 다름없었던 거야. 모임에서 나누던 이야기들을 곰곰이 생각해보기 시작했지. 조합에서건, 한잔하는 바에서건 사람들이 이야기하는 작가들 이름도 메모하고 말이야. 나랑은 전혀 관계없는 사람들 이름이었지만 이 사람 책을 다 읽으면 저 사람 책으로, 그렇게 책을 읽으며 내린 결론을 내 애인, 이름이 페드로였는데 그 사람에게 이야기하고 또 그 사람이랑 토론도 하고 그랬어. 그러고 나면 그 사람은 다음 날 모임에 모두가 있는 앞에서 내가 했던 이야길 꺼내곤 했어. 내 생각을 자기 생각처럼 말하더구나. 그것도 너무나 똑똑하게, 교수라도 된 것처럼 말이지. 모두 그 사람을 우러러봤어. 난 입을 다물고 있었지. 똑같은 이야기라도 내 입에서 나오는 것보다 그 사람 목소리로 말하면 더 그럴듯하게 들렸거든. 그리고는 여자들이랑 차를 마시기 시작했어. 네 할머니랑 또 다른 여자들이랑 이 여자 저 여자 집을 찾아다니고 우리 집 거실에서도 모이고 그랬어. 거기선 우리 이야기를 할 수 있었어. 남자들은 관심 없는 이야기, 이혼, 낙태, 폭력, 주먹으로 하는 폭력뿐만 아니라 말로 저지르는 폭력에 대해서 말이야. 네 엄마가 대학에서 공부하면서 찾은 책들을 내게 권해주기 시작했고, 난 계속 읽어나갔지. 그런데 말이야. 내가 스스로 생각이란 걸 하기 시작하니까 페드로가 점점 더 불편해하는 거야. 우리, 그러니까 네 엄마랑 나는 이야기를 나누고 또 나누고, 하여간 많은 이야기를 나눴어. 그리고는 조합에 여자들만을 위한 지회를 하나 세워달라고 요구하기로 했어. 조합은 아마도 여자들끼리 모여서 요리비법을 나누거나, 맞지 않는 옷을 바꿔 입거나 그런 일을 할 거로 생각했던 것 같아. 네 엄마랑 네 엄마 대학 친구들이 합류했고 조합에 졸라댔지. 마침내 시청에서 우리에게 장소를 하나 제공했는데, 우리가 공원에 가로등이 부족하다는 불만을 제기하자마자 다시 뺏어가 버리더구나. 여기저기서 돈을 좀 융통해서 우리만의 공간을 빌릴 수 있었어. 그 당시엔 죽을 듯이 일했어. 누에보스 미니스테리오스에 있는 사무실 청소부로 일하면서 퇴근길 지하철에서 샌드위치 한쪽, 아니면 앉지도 못하고 서서 아무거나 대충 챙겨 먹는 게 전부였지. 가끔은 밤에 페드로를 만나러 나가기도 했지만 그때만큼 내 삶이 만족스러운 적은 없었어. 지금, 새벽에 일어날 필요도 없고 온종일 조합에서 시간을 보낼 수 있고 또 너희들이 이렇게 여기서 일하는 걸 보는 이 순간보다도 말이야. 그때 일생 처음으로 누군가 내게 귀 기울여 주고, 내 말을 존중한다고 느꼈어. 나랑 한 번 자보려고 그러는 게 아니라 나를 이해하고, 내 의견에 동의하고, 내가 하는 말이라서 그 말이 들을 가치가 있다고 생각한다는 걸 알겠더라. 그때는 생각하고, 말하고, 또 말한 것을 실행에 옮기는 것, 조합 일, 그런 것들이 페드로가 내게 해주겠다는 그 어떤 것보다 더 중요하게 느껴졌어. 페드로는 나더러 같이 살자고 했거든. 하지만 사랑해서 그러는 게 아니라는 걸 알게 됐지. 페드로에게 난 마리아라는 한 사람이 아니라 페드로가 가진 많은 물건 중 하나였던 거야. 그의 아파트, 그의 차, 그의 부인. 이 흉터 보이지? 마리아는 턱을 쓰다듬는다. 하얀 피부에 흉터 자국이 반짝거린다. 버스에서 뛰어내리면서 생긴 거야. 부딪쳐서 넘어졌거든. 근데 그 사람은 꼼짝도 안 했어. 그 이후로 일 년 정도 더 관계를 지탱했던 것 같아. 그래, 난 우리 같은 여자들은 본 적이 없어. 그게 무슨 말이에요, 마리아? 우리처럼 가난한 여자들 말이야. 시위하는 데도 돈이 있어야 해.

집
1969년 코르도바

아기에게서는 담배 냄새가 난다. 카르멘을 품에 안아 올릴 때 제일 먼저 든 생각은 다른 아기들과는 다른 냄새가 난다는 것이다. 삼촌네 이웃집 아기는 가끔 양파 냄새가 날 때가 있다. 그 아이 엄마가 열심히 화장수를 뿌려 감춰보려 해도 소용없다. 그리고 *우리 집 아기, 아니, 그러니까 내가 일하는 집 아기*, 라고 마리아는 고쳐 생각한다. *우리 집이 아니지. 나는 집이 없잖아.* 카르멘보다 몇 달 앞서 태어난 그 아기에게서는 달콤한 냄새가 난다. 그 냄새는 설명하기가 어렵다. <달콤한 냄새>가 뭐란 말인가? 그런 건 전혀 알지 못했었다. 하지만 지금은 가게나 카페테리아에서 그 냄새를 구별할 수 있다. 삼촌네 이웃집 아기는 오후에 냄비를 가지고 논다. 그리고 마리아가 일하는 집 아기는 아기 침대와 거실의 아기 바구니 사이를 오간다. 카르멘도 침실과 주방 테이블에 앉아있는 할머니 품 사이를 오가며 집안 여기저기를 돌아다닌다. 불현듯 아기의 담배 냄새는 자기 가족에게서 나오는 것인지도 모른다는 생각이 든다. 부엌에서는 마리아의 엄마가 담배를 피우고, 아버지는 시시각각 아무 데서나 담배를 태운다. 남동생 치코 역시 들키지 않을 거로 생각하고 방에서 담배를 피우는 것 같다. 카르멘은 담배 냄새가 난다. 어쩌면 자기 딸에게서는 방 두 개짜리 집 냄새가 나는 건지도 모르겠다고 마리아는 생각한다. 아니 어쩌면 거기, 아기 옆에 누워 자는 것이 이상해서 그런 생각이 드는 건지도 모른다.

몇 주 전 카르멘은 한 살이 되었고 마리아는 고향을 떠난 후 처음으로 집에 왔다. 버스 안에서 마드리드의 그 넓은 거리를 설명할 말을 고르고 골랐다. 그리고 삼촌이 절대 가까이 가면 안 된다고 했던 그 동네들에 대해서는 어떻게 빼고 이야기할까도 고민했다. 버스 옆자리에 앉은 여자에게 말을 걸어보았다. 날씨 이야기, 두 도시가 얼마나 다른지, 도시의 넓은 길, 또 가면 안 된다는 동네 이야기. 하지만 되돌아온 것은 머뭇거리는 단음절의 뻔한 답변뿐이었다. 고향에 도착할 때까지 남은 시간이 걱정스러웠다. 어떤 식으로든 그 시간을 메꿔야 했다. 잠깐 잠이 들었다가 색깔이 변해가는 창밖 풍경에 눈길을 보냈다. 누런색 거친 땅이 남쪽으로 내려갈수록 더 붉게 불타오르는 것만 같았다.

딸아이가 낮잠을 자는 틈을 타 마리아도 잠시 휴식을 취한다. 하지만 눈을 뜬 채 모로 누워 아기의 가슴이 오르락내리락하는 걸 바라볼 뿐이다. 카르멘의 얼굴에서 자신의 모습을 찾는 게 재미있다. 보드랍고 작은 손은 이미 알고 있었다. 하지만 아기도 자기처럼 턱이 울퉁불퉁한 줄은 몰랐다. 그런 턱 모양은 오랫동안 마리아의 콤플렉스였다. 카르멘은 머리카락이 거의 자라지 않았다. 제 아빠처럼 갈색 머리에, 얼마 되지 않는 머리카락마저도 너무나 가늘어서 혹시라도 부스러질까 봐 마리아는 될 수 있는 한 아기의 머리를 쓰다듬지 않는다. 아기는 마리아가 생각했던 것보다 작다. 일하는 집 아기 보다 훨씬 작다. 그리고 아직도 배가 불룩하다. 새하얀 피부는 엄마 쪽을 닮은 거라고 마리아는 생각한다. 아기가 지금의 마리아보다 몇 살 적을 때의 모습을 상상하는 것이 어렵지 않다. 팔뚝과 가슴에 혈관이 다

비칠 테지. 카르멘은 자기보다 좀 더 운이 좋기를 바래본다.

기억 속에서 카르멘은 마리아의 품 안에 쏙 들어오는 크기였다. 그런데 오늘은 딸아이를 한쪽 엉덩이로 간신히 받치고 있다. 몇 년 후 이날을 기억하면서 마리아는 이렇게 생각할 것이다. 정말 우습지? 기억은 어떻게 혼자 이야기를 지어내는 걸까? 별로 중요한 일이 아니라서, 혹은 기대했던 거랑 너무 달라서 기억에 남겨두지 않았던 일들이 시간이 흐르면서 우리가 바라던 모습으로 기억에 남으니 말이야. 낮 동안은 요리하고, 청소, 다림질, 또 주인 심부름을 하지만 밤에는 이것저것 기억하며 시간을 보낸다. 잠들기 전, 부모님 집 구조를 잘 생각해본다. 문을 들어서면 외투를 걸어두는 작은 현관이 있다. 왼편으로는 부모님 침실, 침대 머리는 목재이고 블라인드는 언제나 내려와 있다. 오른편에는 여동생 솔레닷과 남동생 치코가 함께 쓰는, 전에는 마리아가 오빠들과 함께 썼던 방이 있고 복도 안쪽으로는 큰 테이블이 놓인 부엌이 있다. 더 안으로 들어가면 안마당이 나온다. 화장실은 안마당에 있다. 처음엔 땅바닥에 구멍 하나, 그리고 구석에는 물이 가득 담긴 양동이가 있었다. 일 보고 나면 꼭 그 물을 부어야 해. 그리고 다음 사람을 생각해서 양동이에 물 채워놓는 거 잊지 말고. 마리아의 침대는 분해해서 지금 그 자리에는 아기 침대가 들어와 있다. 이제는 거의 사춘기가 다 된 조카들이 사용하던 것, 그리고 그전에는 막냇동생이 사용하던 것이다. 이제 눈을 감고 이미 일어난 일들을 바꿔본다. 그 버스에 타지 않는다, 그 남자의 인사에 대답하지 않는다, 그 집에 들어가지 않는다.

이렇게 기억을 되살리다 보면 집에 있던 사진 몇 장을 마드리드로

가져오지 않은 것이 후회되곤 했었다. 그 사진들이 있었더라면 기억에서 지워져 가는 얼굴들을 되살릴 수 있었을 것이다. 트렁크 속에는 오래전 여동생과 아버지와 함께 집 안마당에서 찍은 사진 한 장이 있다. 사진 속 벽면에 생겨난 검고 흰 자국들을 한참씩 들여다볼 때가 있다. 마드리드에 온 지 몇 달 되지 않았을 때 엄마가 편지를 한 장 보내왔다. 엄마가 부르는 걸 치코가 받아적은 것이었다. 처음 몇 줄은 조심조심 써 내려가다가 두 번째 단락부터 급해지기 시작하더니 마지막 인사에서는 글씨체가 완전히 일그러져 버리는 걸 보고 마리아는 웃음이 나왔다. 엄마는 그 편지에 사진을 한 장 넣어 보냈다. 조카 하나가 생일 케이크 앞에 앉아있고 치코가 엄마 품에 안겨있는 카르멘 코에 케이크 크림을 바르는 모습이었다. 엄마는 아기의 머리를 곱게 받치고 있었다. 마리아는 그 사진을 침대 옆 작은 탁자 위에 올려두었다. 그렇게 하라고 보내준 것이라 생각했다. 하지만 마리아는 그 사진을 함께 사는 숙모에게 보내는 경고의 표시로 이용했다. 새벽 일찍 눈을 뜨고, 일터에서 집으로 돌아오면 저녁 식사를 준비하거나 화장실을 청소하는, 고분고분 그 일을 다 해내는 이유를 착각하지 말라는 의미였다. 그 사진은 진실을 말해주고 있었다.

 아기가 잠에서 깨어나자 마리아는 카르멘의 눈을 들여다본다. 작은 콩알 두 개 같다. 아기가 기지개를 켜자 마리아가 따라 움직인다. 침대 가장자리에 앉아 목을 빼고 아기 침대 속을 들여다본다. 일하는 집 아기를 어르는 데는 익숙하다. 삼촌네 이웃집 아기에게는 장난을 걸기도 한다. 하지만 카르멘은 자기 아이임에도 불구하고 다른 집 아기처럼 느껴진다. 카르멘은 마치 일어나고 싶어 하는 것처럼 다리를 휘젓는다. 처음에는 가볍게 움직였지만 아무 답이 없자 거세게 흔든다. 팔을 휘저으며 마리아의 눈길을 찾는다. 마침내 마리아가 자리에서 일어나 요람으로 다가가 아기를 두 팔로 들어 올려 안아준다. 아기에게서는 담배 냄새가 난다. 아기는 마리아의 따뜻한 손길에 반응하지 않는다. 이젠 다리를 버둥거리지는 않지만 오른쪽 팔을 뻗는다. 마리아는 카르멘이 방 귀퉁이에 놓인 닳아빠진 곰 인형을 가리킨다고 생각한다. 그 순간 마리아는 마음이 뿌듯해진다. 곰 인형을 기억 속에서 불러낼 만큼 똑똑하다니! 자기 장난감을 달라고 손짓을 할 정도로 성숙하다니! 카르멘의 이런 모습에 감동한다. 그런데 정말 그런가? 정말로 그런 일이 있었나? 아니면 마리아가 자기의 상상을 아기에게 투영하고 있는 것인가? 카르멘을 안은 채 곰 인형을 집어준다. 하지만 아기는 손을 내저으며 받지 않는다. 눈물을 흘리거나 소리를 지르지는 않지만 아기의 몸짓은 사뭇 거칠다. 마리아는 아기의 왼손을 자기 가슴에 대고 〈엄마야〉하고 말한다. 카르멘이 다른 모르는 여자와 자신을 구분하지 못한다는 걸 알면서도 다시 〈엄마야〉하고 말해본다. 카르멘은 여전히 오른팔을 내밀어 마리아가 알아채지 못하는 무언가를 가리킨다.

-뭘 줄까, 아가?

마리아가 카르멘의 몸짓을 알아채지 못하는 것처럼 카르멘이 마리아의 말을 알아듣지 못하는 것도 분명하다. 누구를 불러야 하나? 도움을 청해야 할까? 치코는 밤에나 돌아올 것이다. 마리아는 침대에 누워있을 아버지, 부엌에 앉아 있을 엄마, 그 테이블 맞은편에서 바느질하고 있을 솔레닷을 떠올린다. 딸아이는 뭘 원하는 걸까? 아기는 팔을 뻗어 낮고 널찍한 서랍장을 가리킨다. 첫 번째 서랍에는 카르멘 물건이, 그다음 두 개에는 치코, 그리고 또 다른 두 개에는 솔레닷, 그리고 나머지 하나에는 마리아의 물건들이 들어있다고 했다. 전에는 그 서랍에 옷 몇 벌, 노트 한 권, 길에서 주운 플라스틱 팔찌 하나를 넣어두었었다. 몇 번 차고 다녔던 그 팔찌는 버렸고 다른 물건들은 이제 트렁크에 들어있다. 하지만 지금 아기는 엄마가, 그러니까 마리아의 엄마, 카르멘의 할머니가 아침이면 그 위에서 기저귀를 갈아주는 바로 그 서랍장을 가리키고 있다.

 그제서야 마리아는 착각에서 빠져나온다. 카르멘이 원했던 것은 따뜻한 손길이나 사랑이 아니라 자신의 일상이었다는 걸 깨닫는다. 낮잠에서 깨어나면 누군가가 자기를 안아 올려 기저귀 갈아주는 서랍장 위에 눕혀주길 바라는 것이다. 그게 누구여도 상관없다. 엄마의 엄마이건, 엄마의 남동생이건, 엄마의 여동생이건, 엄마이건. 오늘은 마리아지만 마리아가 마드리드로 돌아가고 나면 누군가 다른 사람이 이 일을 맡을 것이고 카르멘은 똑같이 차분히 그 사실을 받아들일 것이다. 카르멘은 낯선 사람을 무서워하지 않는다. 집 문 앞에 모여 있는 이웃 여자들의 품에서 잠드는 데 익숙하다. 〈엄마야〉라는 말을 반복하는, 품에 안고 곰 인형을 건네주는 낯선 여자도 무서워하지 않는다. 포대기 위에 누운 카르멘은 이제 움직이지 않고 다리를 약간 쳐든다. 언제나처럼 그렇게 한다. 마리아가 엉덩이를 씻기면서 한 단계를 빼먹자 그르렁거리는 소리를 낸다. 아기를 다 씻기고 기저귀를 갈아준 다음 마리아는 카르멘을 다시 아기 침대에 눕히고 남동생 침대에 잠깐 드러눕는다. 아기의 몸과 평행으로 누워 둘이 함께 잠을 청한다. 눈을 감기 전 잠깐 마리아는 카르멘이 자신을 유심히 살피고 있는 것 같은 기분에 휩싸인다.

◆

처음에는 서너 여자가 문간에 모이더니 나중에는 여덟, 아홉이 되었다. 목소리가 뒤섞여 누가 이야기를 하는지 구분하기 쉽지 않다. 여러 입에서 똑같은 말이 나오는 것만 같다. 이웃 여자들은 밤마다 길거리에 나와 앉아있다. 각자 집에서 의자를 끌고 나와 동네를 돌아다닌다. 간혹 남편들이 늦는 날이면 저녁을 함께하기도 한다. 이런 습관은 동네가 처음 생기던 무렵, 마리아가 아주 어렸고 오빠들이 아직 집을 떠나지 않았을 때, 그리고 동생들은 아직 태어나지 않았던 때 생겨났다. 그 당시는 아직 거리에 가로등이 들어오지 않아 촛불을 켜고 흙바닥에 의자를 끌고 다녔다. 치코는 엄마와 함께 샘물을 오가던 일을 거의 기억하지 못한다. 동네는 이제 완전히 달라졌다. 하지만 비가 오면 거리가 여전히 진흙탕이 된다. 손써준다고 약속했어. 치코는 그 말을 믿고 있다. 몇 주 전 바에서 들었다고 했다. 마리아로서는 최근 일 년간 동네가 변한 걸 느낄 수 없다. 치코는 잠깐 둘러보는 것으로는 알 수 없는 것들이 있다고 우기고 있지만.

―내 키가 바 스탠드에도 안 닿아.

―그럴 리가.

치코가 이야기할 때 마리아는 웃음이 삐져나온다. 키가 너무 작아서 처음 며칠은 손님들이 치코가 스탠드 뒤에 있다는 걸 몰랐다고 말한다. 남동생은 과장하길 좋아한다. 치코가 이야기하면 현실이 더 무겁게 느껴지기도 하고, 더 행복하게 들리기도 한다. 마리아는 치코가 말 없는 솔레닷에 대해 묘사하거나 카르멘의 일상에 대해 또 이웃 여자들의 대화에 관해 이야기하는 걸 듣는 게 재미있다.

 -처음 며칠은 내 머리밖에 안 보였어. 아이 머리 하나가 다가와 스탠드 위로 맥주병을 쓱 올려놓는 거지. 결국 음료수 상자 몇 개를 쌓아서 그 위로 걸어 다녀. 이제는 몸의 절반 정도는 스탠드 밖으로 나와.

 치코*는 별명이다. 이제 원래 이름을 부르는 사람은 없다. 본인도 자기를 치코라고 소개하고 부모님도 아이가 태어나자마자부터 그렇게 불렀다. 막내아들, 살집은 없고 뼈만 남은 금발의 아기, 마리아처럼 푸른색 큰 눈을 가진 아이는 도무지 키가 크질 않았다. 여섯 살에는 네 살로 보였고 열세 살이 된 지금은 채 열한 살도 안 되어 보인다. 마리아는 항상 형제 중 치코가 유일하게 이 동네를 벗어날 수 있으리라고 생각했었다. 학교 다니는 걸 좋아했고 숫자를 좋아했으니까. 그랬던 동생이 바에서 자기 형들을 돕느라 학교를 그만두었다는 걸 알았을 때 마리아는 실망이 컸다. 창문 너머 예닐곱 여자의 쓸데없는 수다가 뒤섞이는 사이에서 동생의 목소리를 구별해내려고 애쓰면서 그런 생각을 하고 있었다. 안에 있어? 안에 있어. 방에 아기랑 제 동생이랑. 온 거야? 나라면 못 그랬을 거야. 애를 여기에 짐짝처럼 내팽개치고 가버리지는 못했을 거라고. 글쎄 나라면 그런 일이 생기게도 안 했을 거야. 그런 일이라니? 목소리 낮춰, 그 애 엄마가 듣겠다. 다 듣겠어. 뭐라고? 온 거야? 솔레닷이 훨씬 낫지. 언제나 말 없고, 차분

---

* 치코(chico)는 스페인어로 '작다' 혹은 '꼬마'라는 뜻이다.

하고. 막내는 또 어떻고. 내가 걔들 엄마한테 그렇게 얘길 했는데도, 걔들 엄마는 내 말을 들은 척도 않더라고. 조용히 해, 막내는 아직 어린애야.

─저 여자들 말 듣지 마!

치코가 위로하는 말을 듣고서야 마리아는 자기가 들은 게 맞다는 걸 안다. 치코가 담배 연기를 훅 내뿜는다. 빠르게 한 번, 또 한 번, 또 한 번. 지금은 제 엄마 품에 안긴 카르멘의 침대 앞에서 담배를 태운다.

─담배는 언제부터 피운 거야?

─바에 나가면서부터. 다들 나를 놀리는 거야. 꼬맹이 계집애 같다고. 나도 담배는 싫어. 그렇지만 이러면 나이가 좀 들어 보이니까. 누나 보기에 어때? 정말 그렇지?

─아기가 많이 귀찮게 하니?

─난 온종일 나가 있으니까. 언제나 똑같은 시간에 솔레닷 누나가 바느질한 걸 가지고 나갔다가 시내에서 새로 받아온 일감을 솔레닷 누나에게 주고 바에 일하러 가. 바에는 토니 형이랑 나랑만 있는데 사실 그게 더 나아. 점심 시간이 지나면 그나마 조용해져. 가끔 커피 마시러 오는 사람이랑, 나중에는 카드나 도미노 하러 오는 사람들 몇만 치르면 돼. 저녁 장사 마치면 집에 오지. 그땐 아기는 잠들어있어. 귀여운 짓을 하거나 그렇진 않은데 영리해. 가끔 아기랑 이야기를 할 때도 있어. 내가 말을 하면 알아듣는 것처럼 가만히 내 이야기를 들어. 솔레닷보다는 나랑 있는 걸 더 좋아하는 거 같아. 그건 확실해.

솔레닷이 이야기를 들을까 봐 둘은 잠시 말을 멈춘다. 마리아와 치코 사이에서 솔레닷은 양쪽에 연결되어 있다기보다는 차라리 빈 공백 같은 존재이다. 마리아 다음, 치코 전에 태어난 솔레닷은 둘과는 공통점이 전혀 없는 마치 다른 세상에서 온 아이 같을 때가 많았다. 부엌 테이블에 앉아 온종일 라디오를 들으며 바느질을 하고, 차를 마시거나 잠시 쉬는 시간에만 일손을 멈춘다. 가끔 일을 쉴 때면 카르멘 앞에서 손뼉을 치며 아기를 예뻐하는 척하지만 그것도 곧 심드렁해진다. 치코는 담뱃불을 끄고 두 팔을 내밀어 카르멘을 받아든다.

-그 사람들, 이 동네 떠났어, 누나.

-알고 싶지 않아.

-그래. 근데, 떠났다고. 그러니까 누나 돌아와도 돼.

마리아가 무슨 대답이라도 할까 싶어 치코는 잠시 말을 멈춘다. 하지만 마리아는 말이 없다.

-마드리드는 어때? 나도 가보고 싶어. 휴가 삼아서라도.

-삼촌 집에는 공간이 별로 없어. 처음에는 정말 낯설었어. 삼촌네 식구를 잘 몰랐으니까…. 처음 몇 달은 사촌 언니 침대에서 같이 잤는데, 언니가 결혼하고 나서는 그 방에서 혼자 지내. 나도 너랑 똑같아. 일어나서 버스 타고. 내가 일하는 집이 멀거든. 그 집 식구들 다 친절하고, 때 되면 또박또박 돈 주고. 내가 한 음식은 맛있다고들 그래. 일요일은 쉬어. 가족들이 외출하거든. 난 운이 좋은 편이야. 같은 아파트 건물에 일하는 다른 애들은 하나도 그런 애가 없어. 일하는 집에서 자는 애들도 많고, 매일 일하는 애들도 있고. 그 집에 카르멘보다 몇 개월 일찍 낳은 사내아기가 하나 있어. 변덕스럽긴 한데 그 애는 자기 엄마가 돌봐. 몇 년 지나고 애가 다 커서 내가 필요 없어지면 어떡하나 걱정되기도 해.

-그럼 그때는 돌아오면 되잖아, 안 그래?

-아니면 카르멘을 내가 데리고 가던지.

치코가 언짢은 듯 얼굴을 찌푸린다. 마리아의 그런 생각이 자기 일상을 망가뜨린다고 느끼는 것 같다. 이미 너무 늦은 시간이라 카르멘은 이제 자야 하지만 치코가 장난을 치자 아기가 웃음을 터뜨리는 바람에 그냥 내버려 둔다. 오늘 처음 듣는 아기 웃음소리다. 거리의 대화는 그치지 않는다. 이웃 여자 중 몇몇이 여전히 마리아 이야기를 하고 있다. 거기선 어떻게 사는지 원. 기회가 오자마자 얼씨구 빠져나간 이유가 있을 거야. 아기라도 여기 있으니 그나마 다행이지.

-다시 학교에 가고 싶니, 치코?

-지금은 별로. 처음엔 그랬지. 난 바가 싫어. 생각해봐. 난 선생님이 되고 싶어 했었잖아. 나이가 좀 더 많아지면 다시 학교 다닐지도 몰라. 바에서 일하지 않고 시간이 좀 생기면. 그런데 학교에서 빌려 보던 책은 그리워. 밤이면 가끔 심심할 때가 있거든. 앞으로 뭘 할까 생각해봐야지.

갑자기 치코가 나이 먹은 사람처럼 말한다. 마리아는 치코의 모습을 상상해본다. 이제 겨우 열세 살을 넘긴 아이. 이웃 손님이 음식값을 내지 않고 갈까 봐 신경을 곤두세우고, 형수에게 주문을 불러주고, 그날 팔고 난 음식을 서서 먹으며 입에 담배를 물고 있는 치코. 사람들 앞에서는 늘 웃는 얼굴이다. 하지만 매일 밤 아기는 잠들고 솔레닷은 말없이 바느질하는 사이 비좁은 침대에 누워있을 치코를 생각한다.

-밤에는 어마어마하게 울어. 처음 몇 달 기억나? 그때랑 정반대야.

쌔근쌔근 잘 자다가 갑자기 소리를 지르는 거야. 솔레닷 누나는 못 들은 척 베개에 얼굴 파묻어버려. 결국 내 차지야. 아기들도 악몽을 꾸나?

카르멘과는 태어나서 잠깐 같이 살았을 뿐이다. 카르멘에 대해 아는 거라곤 편지 몇 장, 주인 여자가 아기를 두고 외출한 동안 전화통화로 목소리를 듣는 게 전부이다. 그리고 그때 그 집 아기의 달콤한 냄새를 맡는다. 자기 아기와는 전혀 다른 냄새. 마리아의 아기에게서는 담배 냄새가 난다. 니코틴 때문에 손톱이 누레진 치코에게서처럼. 살짝 졸음이 오는 이 시간에도 거리의 왁자지껄한 수다는 그치지 않는다. 출산하고 며칠 안 됐을 때랑 다를 게 없다. 아기 침대에는 카르멘이, 그 옆 작은 침대에 남동생이, 그리고 솔레닷 침대에는 마리아가 있다. 이웃 여자들이 마리아에 대해 떠드는 소리가 들린다. 간혹 그 대화를 막으려는, 혹은 이야기를 다른 데로 돌리려는 엄마의 목소리도 들린다. *그 집 사람들 다 떠났잖아.* 여자 중 하나가 이렇게 말하는 소리가 들린다. *부인이 눈치챘으니까. 그러니 매일 같은 동네에서 어떻게 얼굴을 마주치며 살 수가 있겠어. 아기가 제 아빠 눈을 그렇게 똑 닮았는데. 떠나기라도 해줘야지.* 마리아는 치코의 가느다란 몸이 자기 몸에서 떨어져 나가는 걸 느낀다. 동생은 몸을 일으켜 창문을 닫는다.

-추워.

치코는 핑계를 댄다.

-아기 감기 걸리면 안 되잖아.

치코가 서랍을 뒤지더니 방을 나가는 소리가 들린다. 솔레닷이 조심스럽게 문을 열고 들어와 어둠 속에서 잠옷을 갈아입고는 잘 자라고 말한다. 솔레닷의 무게에 눌려 침대가 삐걱거리는 소리. 그리고 침묵. 이웃 여자들은 의자를 질질 끌며 집으로 돌아갔다. 치코가 다시 침대에 몸을 눕힌다. 마리아에게 등을 대고 벽을 바라본다. 동생에게서는 담배 냄새가 난다, 라고 마리아는 생각한다. 카르멘이 울며 잠에서 깬다.

 방에서 딸아이와 동생들이 잠든 사이 마리아는 입술을 굳게 닫은 채 자신에게 이야기를 시작한다. 치코 등에서 나오는 열기와 딸아이 쌕쌕대는 소리, 솔레닷의 거친 숨소리가 들린다. 난 하고 싶은 말이 많아. 하지만 그걸 어떻게 정리해서 말해야 할지 모르겠어. 다른 날에도 밤이면 똑같이 한다. 오늘은 엄마에게, 그리고 카르멘 말을 알아들을 때가 되면 딸아이에게 전할 말을 연습해본다. 그동안 겪어온 일들, 별로 중요해 보이지 않는 일까지도 다시 처음부터 끝까지 되새겨본다. 자기 행동, 그동안 내렸던 거의 모든 결정을 바꾸고 바로잡아 지금 현실과는 들어맞지 않는 해피엔딩을 만들어본다. 예를 들어, 마리아가 잠들기 전에 만들어내는 이야기 속에는 카르멘이 없다. 마리아는 아버지 말도 듣지 않았고 회색빛 도시도 알지 못한다. 아니 몇 년 후에나 그 도시에 가본다. 한 번 들리러 가보는 것이다. 하지만 현실에서는 카르멘이 숨 쉬고 있다. 밤이면 울음을 터뜨려 마리아와 치코의 잠을 깨운다. 이미 들었던 대로 솔레닷은 자는 척 머리를 베개 속으로 집어넣는다. 카르멘은 실제로 있다. 아이의 두 눈은 때로 마리아가 밟아버릴 벌레 같기도 하고 또 때로는 점선 잇기 놀이 종이 위의 작은 점들 같다. 마리아는 문득 카르멘을 데리고 도시로 돌아갈 수도 있겠다는 생각을 한다. 일하는 동안만 숙모에게 봐달라고 부탁할 수도 있다. 다시 혼잣말을 중얼거린다. 난 하고 싶은 말이 많아. 하지만 어떻게 정리해서 말해야 할지 모르겠어. 머릿속에 있는 그 이야기, 내내 생각하지만 입으로 뱉으려고 하면 다 사라져버려. 내가 잘못했다는 거 나도 알아. 내 머리가 나쁜 탓에 나에게, 그리고 식구들에게 부끄러운 일을 저지르고 말았어. 집에 돈을 보내지 않고 내가 다 가진다면, 그러면 삼촌네 돈을 좀 더 드리고 나머지는 저금할 수도 있을 거야. 그러면 언젠가는 카르멘이랑 같이 살게 될 수도 있어. 엄마가 삼촌이랑 숙모에게 얘길 해봐 주면 안 될까? 그럼 뭐라고 대답을 하시겠지. 난 늘 집으로 곧장 돌아와. 일요일에 가끔 사촌 언니랑 언니 남편이랑 외출하는 게 전부야. 카르멘은 내가 누군지도 모르고, 나도 사람들에게 카르멘이 어떻게 생겼는지 설명을 못 하겠어. 사람들이 카르멘이 어떻게 생겼냐고, 어떤 표정을 짓느냐고 물어볼 때면 난 방에 있는 사진 속 모습을 이야기해. 사진 속에 있는 내 딸은 움직이지도 않고 내게 말도 하지 않고 내가 누군지도 몰라. 그냥 그 속에 갇혀있을 뿐이야.

마리아는 엄마에게 말을 하지 않는다. 사실 아무도 엄마에게 말하지 않는다. 아버지에게도 마찬가지다. 각자 서로에게 기대하는 바에 어긋나지 않게 자기 맡은 역할을 할 뿐이다. 부모는 부모처럼 행동한다. 규칙을 정하고 명령을 내리고, 자식들은 또 자식들처럼 행동한다. 부모의 말에 복종한다. 마리아의 잘못은 이 규칙을 따르지 않은 것이다. 집에 온 후 엄마가 마리아에게 한 얘기라고는 카르멘에 관한 것 몇 가지뿐이다. 저렇게 소리 지르는 거 듣고 겁먹을 거 없어. 졸린

것도, 배고픈 것도, 아픈 것도 아니야. 그냥 자기 소리를 들어달라는 거야. 그것뿐이야. 치코가 바에서 몇 시간이고 있으면서 냉장고에 채워둘 얼음을 가져오는 걸 잊어버린다는 불평, 아버지가 온종일 잠만 잔다는 한탄. 그게 전부였다. 마리아는 아버지와도 이야기하지 않는다. 집에 들어오자마자 아버지가 있는 방을 들여다보고 인사를 나누고 이마에 입을 맞추는 것으로 그만이다. 뭔가 물어보고 싶었다. 잘 지내는지, 그리고 아버지의 남동생, 그러니까 마드리드에서 마리아가 함께 사는 삼촌의 안부도 전하고 싶었다. 하지만 부엌에서 솔레닷이 마리아를 불렀다. 마리아가 방을 나설 때 아버지는 문을 닫아달라고 말했을 뿐이었다.

♦

안마당 화분에는 잎이 마른 화초들이 있다. 엄마 키가 닿지 않아 물을 다 주지 못한 거라고 마리아는 생각한다. 게다가 햇빛을 직접 쏘인다. 가끔 날씨가 좋으면 의자를 내놓고 솔레닷과 함께 바느질한다. 옷자락을 더럽히지 않으려고 조심스레 허벅지 아래 끼워 넣고 혹시라도 바늘이나 실뭉치가 바닥에 떨어지지 않도록 주의를 기울인다. 간혹 시내 옷 수선집에 들를 때면 재봉틀을 눈여겨보곤 했다. 그리고 그 기계를 빨리, 아주 빨리 돌리고 있는 여자들, 전쟁이 터진 것 같은 소리도. 하지만 여동생과 마리아가 일하는 곳에서는 아무 소리도 들리지 않는다. 가끔 바늘에 찔린 솔레닷의 작은 신음, 혹은 옆집 담 너머로 들려오는 싸움 소리가 전부다. 뭔가 손에서 빠져나갔을 때, 그러니까 바느질하던 옷이 자잘한 돌밭에 떨어지는 걸, 그 옷이 미끄러져 내리는 걸 붙잡지 못했다거나, 아니면 마당에 깔린 자잘한 돌 틈에 바늘을 잃어버린다거나 하면 두 사람은 마치 뭣에 얻어맞은 양 벌떡 일어난다. 마리아가 스스로를 탓하며 자책하면 솔레닷도 나서서 마리아를 비난한다. 솔레닷이 자책할 일이 생기면 마리아는 입을 다무는 쪽을 택한다. 그 돌 틈으로 숨어들어 간 검은색, 흰색, 초록색 아니면 파란색 실꾸리가 얼마나 될까? 그리고 바늘은 또 얼마나 되나? 언젠가 카르멘이 그 마당에서 놀게 될 텐데…. 마리아는 벌써부터 그동안 잃어버린 바늘에 딸아이가 엉덩이나 손바닥을 찔렸을 때 얼마나 아플까 상상한다. 가족이 처음 그 집에 자리를 잡을 때 마리아의 아버지는 화장실까지 가는 길에 흙과 진흙을 밟지 않도록 하얀 큰 돌들을 가져다가 마당을 가로지르는 길을 만들 생각이었지만 결국엔 계획으로만 남았다. 오빠들이 집을 떠나면서 흙을 덮어주고 갔을 뿐이다. 다른 집들은 마당을 시멘트로 덮었고, 앞집 같은 경우는 갖가지 모양의 판석을 깔았다. 미장이로 일하는 자식들이 하루는 이 공사장에서 이 돌 하나 들고 오고, 다음 날은 같은 공사장이나 아니면 옆 공사장에서 또 다른 걸 하나 들고 오는 식으로 각각 다른 판석을 깔아 조잡한 퍼즐처럼 되어버렸다. 마리아 부모님의 집은 가난하다기보다는 돌보지 않은 집이라는 느낌이 강했다. 이웃 여자들은 마리아의 엄마에게 어째서 이제는 거기 살지 않는 자식들 키만큼 커버린, 지저분한 흰색 담벼락에 붙여 드문드문 세워놓은 화분들 대신에 자기들처럼 과실나무를 심지 않느냐고 묻곤 했다. 마리아는 엄마가 대답하는 소리를 들어본 적이 없다. 그냥 조용히 있거나, 변명 섞인 몇 마디 중얼거리는 게 전부였다. 하지만 문을 닫고 안으로 들어와서는 엄마의 대답을 들을 수 있었다. 그래도 아무것도 없는 것보다는 낫잖아. 그러다가 그중 제일 욕심 많은 이웃 여자 집에 나무뿌리들이 시멘트를 들고 일어나 나무를 다 뽑아내고 수리비가 왕창 들었을 때는 몹시 흡족한 표정이었다. 게다가 다른 집 안마당 포도 덩굴에 말벌들이 날아들어 왱왱대면서 포도송이를 다 망치고 벌에 쏘인 자리에 발라둔 마늘 습포 냄새가 마리아의 집에까지 풍겼을 때는 몹시 기뻐하기까지 했다. 편히 잠도 못 잘걸, 엄마는 중얼거렸다. 잠도 못 자면 고소하겠네. 그런데 엄마, 밤엔 말벌들이 앞을 못 보기 때문에 저 집들이 마당에 뭘 심었건 달라질 게 없어. 대낮이 문제인 거지. 치코가 조목조목 반박했다. 마리아는 엄마 얼굴에서 미소가 천천히 사라지는 걸 바라보고 있었다.

 아무도 시외버스 정류장으로 마중을 나오지 않은 탓에 혼자 가방을 들고 집 문 앞까지 걸어오면서 동네가 완전히 바뀌었다고 했던 치코의 말은 허풍이라고 생각했었다. 하지만 지금 카르멘과 광장까지 산책하다 보니 전혀 다른 이유에서 남동생의 말이 일리가 있다는 생각이 들었다. 거리의 예전 모습을 떠올리며 지금 이 거리에 그 모습을 대입해본다. 보도 위 네모반듯한 평행사변형 격자무늬 대신 돌과 흙바닥이 적당히 섞여 있던 길바닥, 그럭저럭 대각선을 이루던 옛 보도블록 모습을 대입한다. 마리아는 토요일 아침, 혹은 일요일이면 솔레닷, 치코와 함께, 치코가 앞장서고 두 자매가 팔짱을 끼고 즐거이 걸었던 길을 되짚어오고 있다. 그때 그 길을 지금 카르멘을 가슴에 안고 걷는다. 그 무게에 지칠 무렵이면 엉덩이에 걸쳐 안는다. 어느 집 문간에 마리아 또래의 여자가 두 아이와 놀고 있다. 한 아이는 카르멘보다 나이가 많아 보이고 다른 아이는 좀 더 어리다. 광장에는 이웃들이 모이는 이웃공동체 조합 본부가 있다. 마리아네 바로 옆집 딸은 그리로 타자를 배우러 다닌다. 집을 나서자마자 그 아이와 마주쳤는데 마리아를 '마드리드 아줌마'라고 불렀다. 마드리드 아줌마! 치코보다 몇 살 더 많은 그 여자아이는 유명한 연예인을 봤느냐고 물었다. 마리아가 아니라고, 일하느라 못 봤다고 대답하자 겨우 그러려고 다른 도시로 떠난 거냐며 실망한 빛을 내보였다. 서로 멀어지는 사이 카르멘은 마리아를 뚫어지게 바라보다가 주먹으로 마리아의 턱을 쳤다. 그 여자애의 말이 옳다는 말을 하고 싶은 것 같았다.

 마드리드의 삼촌 집 동네에는 차들이 진흙탕에 빠지는 일은 없다. 포석 위를 미끄러지듯 힘껏 달려갈 뿐이다. 마리아 또래의 여자아이들은 솔레닷이나 마리아랑 비슷하게 생겼고, 부모들 역시 마찬가지이다. 억양도 마리아와 다를 바 없다. 하지만 타자를 배우러 다니는 그 아이와 다를 게 없으면서도, 자기 집 문간에서 자기 아이들을 데리고 노는 그 여자와 다를 게 없으면서도, 마리아는 자기가 좀 다르다고 느낀다. 치코보다, 심지어는 카르멘보다도 운이 좋다고 여긴다. 솔레닷을 생각한다. 얼마나 더 오래 부엌에 앉아 바느질을 해야 할까, 얼마나 더 오래 주말이면 바람을 쐬러 광장까지 혼자 걸어갈까? 마리아와 형제들이 공부했던 학교는 이제 이 동네 애들을 다 받아줄 수가 없다. 카르멘에게도 그런 일이 일어날까? 밤이면 할머니 할아버지를 깨우지 않으려고 침대맡에 앉아 치코가 읽기나 숫자를 가르칠까? 여기기 어딘지 알아볼 수가 없다. 집 옆에 가게 하나, 그 옆에 바와 또 집 하나, 다시 집. 모두 다 비슷비슷한 집 앞을 마리아는 카르멘과 함께 걷는다. 하지만 집으로 돌아가기 전 느긋하게 하는 산책이 아니다. 누군가 아는 사람과 마주치고 그 사람이 자기 이름을 부르며 인사를 건네오기를 바라고 있다. 그런데 아는 사람이 눈에 띄지 않는다. 얼굴도, 이름도 다 잊어버렸다. 더는 집들이 줄지어 나오지 않는다. 저 너머는 들판, 땅만 보인다. 지나는 여자에게 어디로 해서 집으로 돌아가는지 길을 묻는다. 집? 너희 집이 어딘데?

✦

마리아는 서랍장 위에 수건을 깔고 아기를 눕힌다. 똥 냄새가 풍긴다. 기저귀 천이 젖어있는 거로 봐서 거리에 나가 있던 동안 오줌도 싼 게 분명하다. 마리아가 일하는 집 아기는 젖은 기저귀를 불편해하고 칭얼거린다. 하지만 카르멘은 있는 그대로 받아들이고 자기가 거기에 있다는 걸, 기저귀 갈 때가 되었다는 걸 누군가 알아차려 주기를 기다리고만 있다. *다리 올려.* 아기에게 말하고는 옷을 들어 올려 설사를 지린 기저귀를 푼다. 자주 이런 일이 있는지 엄마에게 물어봐야겠다고 생각한다. 만일 아니라고 하면 오늘 하루 카르멘이 뭘 먹었는지 돌이켜봐야지. 따뜻한 물에 손을 담갔다가 비누에 문지른 다음 더러워진 엉덩이를 씻어낸다. 수건을 톡톡 두드려 말리고 분첩을 꺼내 파우더를 가볍게 한 겹 발라준다. *다리 올려,* 라고 말하며 아기의 이름을 불러준다. *다리 올려, 카르멘. 도와줄 거지? 좋아.* 아기는 다리를 올리고 마리아는 발목을 움켜쥔다. 자기 힘은 가늠하지도 않고 아기의 몸과 서랍장 사이에 딱 기저귀가 들어갈 만큼만 아기 몸을 들어올리려고 한다. 하지만 아기가 칭얼거린다. 처음엔 가볍게 칭얼대더니 결국은 울음이 터진다. 솔레닷이 들여다보며 무슨 일이냐고 묻고, 아버지도 무슨 일이냐고 소리친다. 엄마는 어딘가 알 수 없는 누군가의 집 앞에 죽치고 있느라 그 소리를 듣지 못한다. 솔레닷은 마리아가 미처 대답하기도 전에 제자리로 돌아가면서 이렇게 집에 와도 바느질하는 건 전혀 도와주지 않는다며 화를 낸다. 일은 무슨 일. 아이는 아이일 뿐, 그러니 우는 거지. 마리아는 반사적으로 카르멘의 발목을 풀어주면서 다리가 서랍장 나무판에 부딪히는 걸 알아채지 못한다. 여러 소리가 뒤섞인 틈에서 부드러운 살이 바닥에 부딪히는 소리를 구별해내지 못한다. 아기는 여전히 서랍장 위에 누워 훌쩍이고 있다. 어쩌면 벗은 몸 아래 나무판 감촉이 싫은 걸지도 모른다고 생각한 마리아는 아기를 품에 안아 들고 큰 수건을 치코의 침대로 옮긴다. 간신히 수건을 펼친 다음 그 위에 카르멘을 눕힌다. 다리 올려, 카르멘, 제발. 다리 올리고, 내리지 마. 아기는 이제 훌쩍거리는 대신 눈물, 콧물이 뒤범벅된 채 입술을 파르르 떤다. 카르멘, 제발 어렵게 하지 마. 카르멘은 움직이지 않는다. 그 틈을 타 기저귀 천을 몸 아래로 밀어 넣는다. 어젯밤에는 금세 했는데 이번엔 한 동작 한 동작이 몇 분씩 걸리는 것 같다. 어느 매듭을 어디에 묶어야 할지 구별되질 않는다. 그때 불쑥 손 하나가 마리아의 손을 잡는다. 왔어? 오늘 일찍 왔네, 치코.

-응, 토니 형이 일찍 가보라고 했어. 누나가 내일 일찍 간다고 내가 말했거든.

마리아는 카르멘을 누인 침대 옆에 풀썩 주저앉는다. 동생이 아기를 다루는 모습을 주의 깊게 보면서 자기가 한 것과 어디가 다른지 생각해본다. 치코는 카르멘을 장난감 다루듯 한다. 아기 손목을 잡고 손바닥을 마주쳐 손뼉을 치게 하고 노래를 흥얼거리면서 수건으로 코를 풀어준다. 마리아는 주의 깊게 모든 걸 지켜본다. 치코가 말한다. 누나는 겁을 내서 그래. 아기가 그걸 느낀다고. 카르멘은 코를 들이마시고는 두 팔을 벌려 치코에게 안긴다. 카르멘이 뭐가 한마디 하는 소리가 들린다. 카르멘이 말을 할 줄 안다는 이야기는 들어보지 못했다. 카르멘은 치코를 꽉 움켜쥔다. 마리아는 말소리를 잘 들으려고 둘에게로 다가간다. 카르멘의 목소리가 들린다. 마리아를 알아보는 건가? 치코 가슴에 머리를 기댄 카르멘은 치코를 엄마라고 부른다.

왕국
1998년 코르도바

알리시아가 매일 밤 시달리는 악몽 속 그 사건이 일어난 날, 그 사건 전에는 무슨 일이 있었던가. 먼저 엄마 성화에 못 이겨 잠을 깼고 마지못해 청바지, 샌들과 스포츠 브랜드 로고가 새겨진 티셔츠를 챙겨 입은 후 학교에 다녀왔다. 방학이 얼마 남지 않았고 곧 이사를 앞둔 데다가 학교도 옮길 예정이었다. 그날 이야기에는 여러 사람이 등장한다. 자그마한 엄마, 더 작은 동생, 널찍한 등판을 가진 아버지, 쉬는 시간에 운동장을 돌아다니던 십 대 아이들. 그 아이들 얼굴은 기억나지 않는다. 이름이 기억나는 아이도 거의 없다. 알리시아가 매일 밤 꾸는 악몽에 그 애들은 나오지 않는다. 오로지 아빠의 몸이 등장할 뿐이다. 나무와 충돌한 다음 절뚝거리며 차에서 내려 나무에 목을 매는 사람이 아빠일까 아니면 알리시아가 만들어낸 아빠 이미지일까. 그런 결정을 내리기 전에 아빠가 보낸 하루, 인적이 드문 도로를 택해서 커브 길에 속도를 냈지만 계산을 잘못한 바람에 벼랑으로 날아가기는커녕 언덕길 모퉁이를 돌아 나무와 충돌했고 하는 수 없이 절룩이며 나무에 목을 매달러 간 그 하루를 이해하기 위해 알리시아는 몇 번이고 아빠의 몸짓, 아빠의 말을 돌이켜보곤 했다.

✦

거실 한가운데에서는 누구 눈에도 띄지 않고 거리를 살펴볼 수 있었다. 전에는 한 번도 본 적 없을 만큼 어마어마하게 큰 거실이었다. 발코니에 나가면 밖에서 자기 모습이 보일 것이다. 빨간색 머리끈으로 묶어 올린 밝은색 머리칼이 엄마의 화분 사이로 금방 눈에 띌 테니까. 하지만 거실 한가운데 서서 발코니 밖 거리를 내다보면 누구 눈에도 띄지 않고 사람들이 광장을 가로질러 모퉁이까지 걸어오는 모습을 볼 수가 있다.

시계가 다섯 시를 가리킬 때 알리시아는 거실 샹들리에 아래 바로 그 자리에 섰다. 반 친구들에게 그 시간 이전에 오지 말라고 말해두었고, 셀리아는 시간을 꼭 지키는 타입은 아니었기 때문에 조금 늦을 게 분명했다. 셀리아는 멀리 동네 끝 마드리드 고속도로 부근에 사는 데다가 거리 계산을 잘 못 했다. 그렇지만 시계가 다섯 시를 가리켰을 때 알리시아는 소파에서 일어나 텔레비전을 끄고 몰래 밖을 내다보았다. 10분이 지나자 인마가 보였다. 그리고 잠시 후 셀리아가 종종걸음으로 나타났다. 셀리아는 길을 건너기 전 가로등에 몸을 기대고 잠시 숨을 골랐다. 둘은 한두 마디 이야기를 나눈 다음 알리시아네 집 쪽으로 향했다. 잠시 후 아파트 건물 출입구 초인종이 울렸다.

알리시아는 왜 그 팀 과제에 인마와 셀리아를 골랐을까? 셋이 한 팀이 되는 숙제였고 그 둘은 언제나 함께 다니는 데다가 알리시아는 아무 그룹에도 끼지 못했다. 그래서 알리시아는 두 줄 떨어져 앉은 셀리아에게 다가갔다. 셀리아는 마지못해 알리시아를 받아들였다. 어쩌면 알리시아를 믿지 못하겠다는 마음이었을 수도 있다. 반대로 인마는 신이 나서 대답했다. 그 순간, 그 애들에게 말을 걸었던 그 날에는 그저 문제가 해결됐다고 생각했을 뿐이었다. 하지만 다음 날 아침 셀리아가 자기 집에서는 할 수 없다고 했다. 식구가 너무 많다는 것이다. 게다가 인마 역시 할머니가 편찮으셔서 떠들면 안 되기 때문에 자기 집도 어렵다고 했다. 자기에 대해 필요 이상으로 이야기하는 법이 절대 없는 알리시아는 어쩔 수 없이 그 하찮은 애들에게 집을 공개할 수밖에 없었다.

아니, 사실은 그렇지 않다. 실제로 알리시아는 셀리아가 어째서 그렇게 인마를 감싸고 도는지 알고 싶었다. 인마는 너무나 순진해서 뭐든 쉽게 믿는 통에 놀림당하기 일쑤인 데다가 별것 아닌 말에도 얼굴이 빨개지는 아이였다. 셀리아는 그런 인마를 놀리는 누구에게라도 한 방 먹일 준비가 되어있었다. 그건 친한 친구나 언니의 태도가 아니라 엄마에게서나 바랄 수 있는 애정이었다. 요즘도 알리시아는 간혹 셀리아를 생각한다. 시간 맞추느라 정신없이 달려온 탓에 숨을 몰아쉬던 셀리아, 나이보다 성숙한 풍만한 엉덩이. 그 애 인생은 어떻게 되었을까. 인마와 셀리아는 여전히 친한 친구일까, 이미 아이를 서넛 낳았을까, 둘은 비슷한 인생을 살고 있을까. 셀리아가 그림 그리기를 좋아했던 기억이 난다. 교과서 여백에 세밀하게 꽃을 그려 넣는 걸 좋아했던 것, 색연필을 허벅지 아래 숨기고 국어 수업이나 역사 수업시간에 자기만의 정원을 완성해 나갔던 것도 기억한다. 반대로 인마에 대해서는 별로 할 말이 없다. 머리를 하나로 묶어 땋아 내리고 다녔다는 것, 내내 할머니와 오빠에 관해 이야기했다는 것 정도이다.

✦

셀리아와 인마는 전에도 몇 번 알리시아네 집 발코니 창을 지켜본 적이 있었다. 알리시아가 9월 새 학기에 처음 학교에 왔을 때 여자애들 대부분이 각자 편한 시간에 무리 지어 광장 부근을 지나치면서 알리시아네 아파트 건물 앞에 멈춰서서 서로서로 팔짱을 끼고 그 집을 지켜보았었다. 매 학기 똑같은 얼굴만 만나다가 낙제 때문이건, 가족이 전부 이사를 왔기 때문이건 누군가 새로운 얼굴이 나타나면 그때부터 여러 소문이 돌기 시작했다. 핫심은 과거가 남다르다는 이야기가 돌았었다. 보육원에 살았었다는 영화에나 나올법한 이야기였다. 하지만 실제로는 쇼핑몰 맞은편 신흥주택단지에서 부모 형제와 함께 살고 있었다. 전에 여러 번 낙제했었던 욜리는 아버지가 사무실 여직원과 눈이 맞아 달아나는 바람에 숙제나 시험 준비에 시간을 쏟을 수가 없었다는 소문이 돌았지만 실제로 그랬는지는 영영 알 수 없었다. 욜리 엄마와 욜리 그리고 욜리처럼 머리칼이 빨간 쌍둥이 동생들이 학기가 끝나자마자 어디론가 떠나버렸기 때문이다. 여름방학에 보던 영화에서는 아이들이 나무 위에 집을 짓고 나무 몸통에 박힌 널빤지 계단으로 오르내리면서 어른들의 눈을 피해 그 집에 모이는 이야기가 나온다. 인마, 셀리아, 마르타, 로시에게는 공원의 가냘픈 나무 네 그루와 누런 흙바닥, 6월이면 손댈 수 없을 만큼 뜨거워지는 금속 그네가 바로 그 숲이었고 같은 반 아이들에 대해 지어내는 이야기가 그 나무 위 집 같은 거였다.

그런데 알리시아에 대해서는 이렇다 할 소문이 들려오지 않았다. 사실 알리시아는 좀 달랐다. 맞춤법도 정확하고, 역사 시간에 나오는 인물 이름이나 연도도 다 잘 외우고, 수업시간에 하품도 하지 않았다. 그런 아이가 유급했다는 사실이 믿어지지 않았다. 하지만 정말로 이상한 건 공부에 관한 게 아니었다. 알리시아는 일주일 내내 매일 다른 운동화를 신고 왔다. 뿐만 아니라 일부러 청바지 상표가 드러나게 하려고 애썼다. 그런 게 아이들의 호기심에 불을 질렀다. 자리에 앉을 때면 티셔츠를 허리춤까지 들어 올리거나, 쉬는 시간이면 새로 산 나이키가 발목에 쓸린다고 투덜거렸다. 셀리아는 대로변 땡처리 매장에서 엄마가 사다 준 티셔츠, 자파(Zappa), 필라(Pila) 처럼 유행하는 브랜드의 글자 하나만 바꾼 짝퉁 바지를 입고 다녔다. 인마는 심지어 새 옷이라고는 입어본 적도 없었다. 전부 사촌에게서 물려받은 것이었다.

유치원 때부터 붙어 다니던 인마와 셀리아, 셀리아와 인마가 알리시아가 사는 아파트 건물 앞 인도에 서서 거리를 향해 난 큰 발코니 창을 통해 그 안을 들여다보면서 혹시라도 간식을 주는 엄마의 실루엣이라든지, 아버지가 앉아있는 소파라든지 뭐라도 보려고 했던 건 이번이 처음은 아니었다. 결국은 아무것도 보지 못하고 실제로든 상상 속에서든 뭔가 일어나길 기다리다 지쳐 발걸음을 돌리기는 했지만 말이다. 알리시아에게 에바라는 여동생이 있다는 건 그들도 알고 있었다. 두 자매가 다음 해 카르멜리타 수녀회가 세운 사립학교로 전학할 거라는 사실, 부자들이 사는 동네에 차고도 있고 수영장도 있는 아파트로 이사하기 때문이라는 것도 알고 있었다. 쉬는 시간에 에바가 운동장에서 친구들과 댄스팀을 꾸려서 유행하는 노래 안무를 만드는 것도 본 적이 있었다. 알리시아 엄마는 일하지 않았다, 아니 집안일만 했다. 그런데도 일주일에 몇 번 청소하러 오는 여자가 있다고 했다. 알리시아가 그런 말을 한 적이 있었다. 오늘 오후에는 숙제할 수 없어. 일하는 아줌마가 오시거든. 그 아줌마가 먼지 턴다고 선반 위에 있는 피규어 자리를 다 바꿔놨어.

◆

날카로운 벨 소리. 알리시아의 기억 속 그 아이들은 훨씬 더 작다. 인마는 거실 가구 위에 놓인 도자기 인형만 하고 셀리아는 자기 또래 여자애만 한 몸집이다. 날카로운 벨 소리, 침실에서 좀 더 자려고 누워 있는 엄마가 짜증 내는 소리, 손님 오는 것에 들뜬 동생. 알리시아는 아파트 현관문 뒤에서 기다리다가 엘리베이터가 4층에 서는 소리를 듣고 셀리아가 현관 초인종을 누르기 전에 문을 열어주었다.

―엄마가 낮잠 주무시거든.

알리시아는 아이들의 정성껏 차려입은 옷차림을 보고 웃음이 나왔다. 아니 어쩌면 세월이 지난 지금, 그때 상상했던 어른이 되지 못하고 그 아이들과 비슷한 형편에 처한 지금 그런 생각이 드는지도 모른다. 셀리아는 오전에 입었던 같은 청바지에, 텐트 광고가 박힌 티셔츠 대신 엄마 옷장에서 찾은 듯한 비단 레이스를 수놓은 하얀색 민소매 셔츠를 입고 있었다. 인마는 체크 무늬에 어깨끈이 달린 여름 원피스를 입고 있었는데 윗부분이 너무 꼭 끼어서 움직일 때마다 옷을 끌어 내려야 했다. 알리시아의 여동생은 환하게 웃으며 아이들을 맞았지만 알리시아는 그 아이들이 어서 테이블에 앉아 그림을 오리고 포스터 위에 붙이기 시작하기를 기다렸다.

―내가 집 구경시켜줄게.

동생이 인마의 손을 잡으며 말했다.

동생은 집주인 행세를 하면서 복도를 앞장서 걸어갔다. 알리시아가 거실 가운데 서서 건물 출입구 벨이 울리기 전에 아이들이 오는 걸 보려고 애쓰는 동안 동생은 이 알지 못하는 손님들을 어떻게 맞이할지 계획을 세운 것 같았다. 알리시아보다 4살 어리고 얼굴에는 주근깨가 가득한 데다가 자주 넘어지는 바람에 드문드문 이빨이 빠진 동생이 화장실 문을 열고 변기와 세면대, 고급수건을 보여주었다. 셀리아와 인마를 이끌고 자랑스럽게 자기 방도 보여주었다. 분홍색 벽에, 책꽂이 선반 한가운데 자기 이름 글자가 크게 새겨져 있는, 동생이 혼자 쓰는 방이었다. 곰 인형과 바비인형들, 동화책, 주말에 일찍 잠이 깨거나 아무도 귀찮게 하지 않고 혼자 기분전환을 하고 싶을 때 보라고 놓아준 작은 텔레비전도 있었다. 자기 방을 나와서는 알리시아의 방문을 열고 들어가 자기 것보다 좀 더 큰-부모님은 손위 구분을 확실하게 하시는 편이었다-텔레비전, 피규어 컬렉션이 가득한 선반, 먼지가 쌓여있는 인형 같은 것들을 보여주었다. 옷장을 열어 보여주지는 않았지만 알리시아는 셀리아가 감탄하는 눈빛으로 자신의 스니커즈들을 바라보고 있다는 걸 알 수 있었다. 동생은 인마의 손을 놓고 다시 셀리아를 잡아끌었다. 아이들은 부모님 침실은 멀리 비껴갔다. 그 문을 열었다면 복도의 웅성거리는 소리를 들으면서 눈을 감고 누워있는 알리시아의 엄마와 또 다른 텔레비전과 벽을 온통 둘러싼 옷장, 집으로 돌아가는 길을 잃어버리지 않으려고 뿌려놓은 빵조각처럼 바닥에 널브러진 하이힐 같은 것들을 보았을 것이다. 그다음은 아빠의 서재, 책상 위 컴퓨터와 모뎀이 있었다. 인마는 인터넷이 되느냐고 물었고 동생은 그 아이들이 숙제할 때 야후 검색 같은 건 하지 않는다는 사실은 모른 채 그렇다고 대답했다.

-그렇지만 전화할 때는 끊겨.

아직 큰 욕실의 비데와 욕조, 아빠가 면도하고 엄마가 화장할 때면 알리시아와 동생이 함께 그 앞에 서서 가족사진을 완성하는 엄청나게 큰 전신 거울이 남아 있었다. 각종 크림과 향수, 인마의 엄마가 아침마다 딸에게 뿌려주는 대용량 아기용 탈취제가 아니라 섬세하게 조각된 작고 우아한 크리스털 병들, 한두 방울 귓불과 가슴팍에 살짝 바르는, 엄마가 아빠에게 선물한 향수병들이 있었다. 또 주방의 전자레인지와 양문 냉장고, 아무렇게나 쌓여있는 엘 코르테 잉글레스 백화점 비닐쇼핑백들. 알리시아는 섬세한 후각을 누구에게 물려받았는지 알지 못했다. 엄마나 아빠는 아니다. 어쨌거나 그 순간 셀리아에게서는 금방 껍질을 벗긴 감자 냄새가 났다. 식물이라기보다는 식품에 가까운 냄새였다.

알리시아와 동생 에바, 인마와 셀리아, 이렇게 넷은 거실로 돌아왔다. 알리시아는 곧장 테이블로 가 마분지를 펼치고 딱풀을 나눠주었다. 하지만 에바는 테라스를 보여주고 싶어 했다. 엄마가 정성껏 물을 주는 화분들. 알리시아는 그 식물들의 이름을 발음하기조차 어려웠다. 엄마가 비키니를 입고 일광욕하러 앉아있곤 하는 의자 두서너 개. 인마와 에바가 테라스를 둘러보는 것으로 집구경은 끝났다. 셀리아는 거실 중앙에, 바로 전에 알리시아가 서 있었던 그 샹들리에 아래 서 있다. 바깥 풍경에는 관심 없는 듯 알리시아가 늘 내다보는 곳으로는 고개를 돌리지 않았다. 대신 거실 가구의 절반을 차지하는 텔레비전 스크린과 아빠가 얼마 전 새로 사 온 비디오, 음향기기와 영화, 음악 CD, 휴가 때 떠난 가족여행 사진 같은 것들을 뚫어지게 바라보았다. 액자 속 알리시아는 마르베야 호텔에서 다른 여자아이들과 춤을 추거나, 파리 디즈니랜드에서 엄마, 아빠, 동생과 함께 미소 짓거나, 귀가 달린 동물 모자를 쓴 에바와 잠자는 숲속의 공주 성에서 아빠 머리 위로 얼굴을 내밀고 있었다. 사진을 바라보는 셀리아의 두 눈이 점점 커지면서 초록색 눈동자가 거의 검은색으로 변해갔다.

◆

인마와 셀리아 역시 가끔 알리시아 집에서 보낸 그 날 오후를 돌이켜 보곤 했다. 그날 이후 몇 주 동안은 다른 사람들에게 무슨 일이 일어난 것인지 설명하느라 힘들었다. 모두 정말로 그 아파트까지 올라갔는지, 집을 보여줬는지, 그 집에 있을 때 그 전화벨이 울렸는지 알고 싶어 했다. 처음엔 인마도 꼬박꼬박 대답했다. 응, 방마다 텔레비전이 있었어. 응, 음료수를 마셨어. 아니, 우리는 금방 나왔어. 하지만 셀리아는 입을 다물었다. 부모님이 딸에게 말이라도 걸어볼 요량으로 아래층 바에서 듣고 온 소문을 눈치 없이 이야기할 때조차도 셀리아는 아무런 말도 하지 않았다. 그로부터 몇 년이 지난 후에야 셀리아는 세세한 것들을 기억하면서 이야기를 끄집어내곤 했다. 예를 들어 어느 날 학교에서 교실을 이동할 때 에바 방의 분홍색 침대 이야기를 한다든지 또 한참 지난 후 포르투갈에서 에라스무스 프로그램*을 하는 동안 인마에게 긴 이메일을 보내기도 했다. 그날 오후를 생각할 때마다 새록새록 생겨나는 느낌, 자기들 같은 여자아이들이 도저히

---

* 유럽 연합에 속한 나라들 사이의 대학생 교환학생 프로그램

상상도 할 수 없었던 풍요로운 삶을 목격한 일에 대해 회상하는 메일이었다. 학기 내내 알리시아가 셀리아에게 불러일으킨 부러움의 감정, 후드티에 바지를 맞춰 입는 거로 만족해야 했던 자기들에 비해 값비싼 상·하의 운동복을 입었던 아이. 그리고 또 그날 저녁 집으로 돌아왔을 때 느낀 안도감. 집에 돌아와 소파에 앉아있는 엄마와 이모, 숙제를 막 끝마친 동생과 사촌들, 한밤중처럼 블라인드를 내린 채 흔들의자에 앉아있던 할머니를 보았을 때 느낀 그 편안함, 그리고 이모와 사촌들이 집으로 돌아가면서 문을 닫는 소리를 들었을 때, 좀 더 후에 문이 열리면서 아버지가 돌아오셨을 때 카센터에서 일을 마치고 기름 얼룩투성이로 돌아온 아버지에게로 달려가 끌어안은 바람에 셔츠가 더러워졌던 일. 처음으로 그런 이야기를 늘어놓았다. 셀리아가 보낸 그 메일의 제목은 〈불가사의Wonders〉. 겉보기에 그 상황과는 아무런 관련이 없는 말이었다.

인마는 즉시 그 메일을 읽었지만, 답을 보내는 데는 몇 주가 걸렸다. 썼다가 지우고 다시 쓰고, 결국 한 문단을 두 문장으로 줄였다가 다음날이 되면 똑같은 일을 반복했다. 그리고 마침내 자기는 지난 몇 년간 그날 오후에 일어난 일이 신의 심판에 부응한다고 생각했다고 썼다. 탐욕은 죽음에 이르는 죄라고, 적어도 자기는 할머니에게서 그렇게 배웠다고 썼다. 그 가족은 어째서 그 모든 게, 그 많은 텔레비전과 그 호사스러운 여행과 그런 모든 게 필요했을까 나는 매일 밤 묻고 또 물었어. 인마는 문장마다 마치 후렴구처럼 이런 말을 덧붙였다. 자기를 정말로 괴롭힌 게 뭔지 몰랐다고, 셀리아와 인마 앞에서 자기네 삶의 수준을 과시하며 열심히 집을 보여주던 에바의 순진함이었

소유에 관한 아주 짧은 관심

는지, 아니면 심드렁하게 자신들을 맞이하던 알리시아의 태도, 셀리아나 인마 같은 아이들과는 공유할 게 전혀 없다는 듯한 알리이사의 그 무관심한 태도였는지 알 수가 없었다고 썼다. 인마의 메일에 대해 셀리아는 간단하게 몇 줄, 지난밤 파티에서 있었던 일을 적어서 즉시 답장을 보냈다.

둘은 알리시아도 에바도 잊지 않았다. 걔들 엄마 카르멘 역시 기억했다. 문 저편에서 잠든 채 숨 쉬던 그 몸, 처음에는 작게 들리다가 점점 커지던 목소리, 더듬거리다가 고함으로 변해가던 그 목소리. 그 이후로 오래도록 인마와 셀리아는 영화관을 나서다가, 서로의 이사를 도우러 갔다가, 혹은 둘 중 누군가 아이를 출산한 병원에 다른 하나가 병문안을 하러 갔을 때 그날 오후를 돌이켜보곤 했다.

―우리도 그 사람들처럼 될까?

둘 중 하나가 묻곤 했다.

그러면 둘 중 누군가 인상을 찌푸리며 아니라고 대답했고, 그렇게 되고 싶은 소망과 그렇게 될까 봐 두려운 마음을 숨긴 채 웃음을 터뜨렸다.

♦

알리시아의 기억 속에는 그날 일들이 시간 순서대로 남아 있지 않다. 구체적인 장면들, 예를 들어 자명종이 울린 순간부터 집에 돌아올 때까지 그 몇 시간 동안의 장면 장면이 제대로 복원되지 않는다. 시간도 분명치가 않다. 기지개를 켜고, 엄마가 어서 샤워하라고 소리를 지르고 동생이 멜빵 원피스에 핫초코를 쏟고 엄마는 알리시아에게 에바가 옷 갈아입는 걸 도와주라고 소리친다. 하지만 몇 년 후, 불과 몇 년 후, 에바는 아빠가 원래 자기들보다 일찍 일어나 아침 식사는 밖에서 하곤 했지만 그날은 학교에 데려다주고 싶어 했고 자기가 우유를 흘린 건 맞지만 아빠가 방으로 데려가 함께 학교에 입고갈 옷을 골랐다고 우긴다. 이 두 이야기 속에서, 그러니까 알리시아의 이야기와 에바의 이야기 속에서 엄마는 아직 일어나지 않았거나, 어쨌든 침대 밖으로 나오지 않았고, 침대에서 아이들을 향해 무엇을 할지, 어떻게 할지 명령을 내렸으며 간혹 하품을 하기도 했다. 그리고 그 지점부터 알리시아의 기억이 길을 잃는다. 에바랑 둘이서, 아니면 아빠랑 에바랑 셋이서 학교에 갔다. 에바가 저학년 건물로 들어가는 것을 확인하고 자기는 고학년 교실로 들어갔는지 아니면 아빠와 함께 왔다는 걸 남들이 보지 못하도록 건물에서 몇 미터 떨어진 곳에서 아빠의 볼에 입을 맞추고 혼자 걸어 들어갔는지 분명치 않다. 3교시까지 수업을 간신히 버텼고 셀리아와 인마에게로 다가가 그날 오후 몇 시까지 자기 집에 와야 하는지 이야기했다. 지난해 담임이 알리시아의 학업이 많이 나아졌다고 칭찬했고, 이어서 종교 수업인지 미술 수업인지 아무튼 세 시간 수업을 마친 후 책과 공책을 배낭에 챙기고 셀리아에게 인사를 한 다음 동생을 데리러 달려갔다. 아, 잠깐! 알리시아는 동생이 오렌지색 하늘하늘한 원피스를 입고 철책 옆에서 기다리고 있었다고 생각한다. 엄마는 동생이 그 옷을 입고 운동장에서 뛰노는 걸 절대 허락하지 않았었다. 그래, 동생 원피스에 흙이 묻어있었다. 댄스 안무인지 뭔지 때문에 운동장 바닥을 굴렀던 것 같았다. 어쩌면 에바 말이 맞는지도 모른다. 아빠는 그 시간 이후 일어날 일을 알고 있었기 때문에 그날 출근 시간을 좀 늦췄을 수도 있다. 알리시아는 동생의 손을 꼭 잡았었다-아빠 손의 감촉은 잊어버렸다-. 그리고 함께 집으로 돌아왔다. 그날 점심엔 뭘 먹었을까. 거의 이십 년이 지났는데도 그 생각을 하면 목이 탁 막힌다. 점심을 먹고 동생은 방에 틀어박혀 텔레비전을 보았고 엄마는 엄마 방에서 낮잠을 잤다. 알리시아도 텔레비전을 보다가 다섯 시가 되자 텔레비전을 끄고 거실 한가운데 샹들리에 바로 아래 서서 반 친구들이 오는 것을 지켜보았다.

-코카콜라 마실래?

-엄마가 못 먹게 해. 암에 걸린대.

-우리 이모는 선탠할 때 몸에 콜라를 발라. 그러면 더 잘 탄대. 넌 콜라 마셔? 맛있니?

-난 콜라 좋아해. 엄마는 지금 낮잠 주무셔. 너희 엄마는 뭐하시니?

-우리 엄만 집에 계셔.

-우리 엄만 슈퍼마켓에.

-장 보러 가신 거야?

-아니, 거기서 일하셔.

인마가 조심스럽게 사람 모양을 오리는 동안 셀리아는 포스터 내용을 마분지에 쓰고 알리시아는 맨 위편에 제목을 적었다. 동생은 공책을 펼치고 색칠 놀이를 했다. 그건 더 어린 애들이나 하는 것이지만 동생은 여전히 색칠 놀이를 좋아했다. 에바는 음료수와 사탕 같은 걸 내오고, 더듬더듬 잘 모르는 어려운 말을 써가면서 자기는 만난 적도 없는 그 애들 친척의 안부를 물었다. 자기 친구들이 집에 놀러 왔을 때 엄마가 하던 그대로 흉내 내는 것이다. 그럴 때 엄마의 말은 대화라기보다는 차라리 소음에 가까웠었다.

  -에바, 조용히 해, 우리 좀 내버려 둬. 공부하는 거 안 보여?

  에바는 곧장 입을 다물었다. 인마가 에바에게 몇 학년인지, 어떤 과목을 좋아하는지, 커서 뭐가 되고 싶은지 따위를 물을 때도 동생은 단답형으로만 답할 뿐이었다. 늘 그랬듯이 에바가 엄마의 미니 버전이 되려고 하는 순간 알리시아가 에바의 작동을 멈춰 버린거다. 목소리를 꾸며댈 줄도 모르고 아직 제 생각밖에 못 하는 아홉 살짜리 본연의 모습으로 되돌려 보낸 것이다.

  인마의 엄마는 슈퍼마켓에서 일하고, 셀리아의 엄마는 부르는 곳이면 어디든 가서 일한다. 몇 달은 계단 청소도 하고, 다음에는 미장원 일을 돕기도 한다. 셀리아가 교실에서 자기 엄마가 알리시아 아빠의 레스토랑에서 얼마간 일했다는 이야기를 했던 것도 같았다. 알리시아가 예지몽이나 예언 같은 걸 믿는다면, 과학 숙제를 하려고 마분지를 앞에 놓고 거실 대형 탁자에 앉아있던 그 날 자기의 미래 모습을 보았다고 말하리라. 하지만 지금도, 그리고 당시에는 더더욱 그런 걸 믿지 않았으므로 그날 오후 알리시아는 그저 상황을 즐기고 있었을 뿐이었다. 며칠만 지나면 그 애들이랑은 영영 다시 볼 일이 없을 것이라고 생각했다. 걔네들 부모가 자기가 다닐 사립학교 학비를 낼 만한 형편은 못 될 것 같았다. 게다가 전혀 호감이 가지 않는 아이들이었다. 멍청하기는! 일요일에나 입을 것 같은 옷을 평일에 차려입고 오다니!

  -인마, 너희 집에는 인터넷 있니?

  -우리 집에는 컴퓨터가 없어.

-그럼 인터넷에 접속해본 적 없어?

-한 번도 없어. 도서관에서 한 번, 비키랑. 근데 비키가 접속한 거야.

-진짜 느렸어.

셀리아가 설명을 덧붙였다.

-비키는 자기네 동네에 인터넷 있는 집이 몇 있어서 할 줄 아는 거야.

-너희 집에 텔레비전은 있어?

-응, 텔레비전은 있어.

-응, 거실에 있어.

-거실에만 있지?

-응, 거실에만.

-우리도 거실에만 있어. 그렇지만 별로 안 봐. 할머니가 편찮으셔서.

-우리는 매일 봐. 온종일. 이모가 오면 진짜 종일 봐.

-우리 집에서는 각자 자기 방에서 보고 싶은 프로그램을 봐.

에바는 선 밖으로 색이 삐져나오지 않게 하려고 온 신경을 집중하고 있었다. 어떡하든 선을 넘지 않으면서 그림 안은 남김없이 꼼꼼히 칠하려는 노력이 감탄스러울 정도였다. 알리시아는 그런 모습을 지켜보며 에바가 색칠에 노력과 집중력을 기울이는 만큼 똑같이 셀리아와 인마에게 상처 줄 말, 그 아이들 머리에 오래도록 남아 상처가 될 한마디를 고르는 데 집중하고 있었다.

-인마, 셀리아, 오늘 너희 입은 옷 맘에 든다.

-고마워. 새 옷이야.

-그래? 어디서 샀어? 나도 똑같은 거 하나 있었으면 좋겠다.

-우리 사촌 언니 건데 작아서 지난주에 나한테 준 거야. 가슴이 작

대. 언니는 완전히 숙녀가 다 되었거든. 근데 두세 번밖에 안 입어서 거의 새것이래.

 ─벼룩시장에서 산 건가 봐?

 ─아니, 아닐걸. 사촌 언니는 동네에서 옷을 사. 거기까지는 안 갔을 거야.

 ─셀리아, 근데 벼룩시장이 어디니? 난 한 번도 못 가봤거든.

 알리시아는 〈셀리아〉라고 확실하게 이름을 부르며 그 아이에게로 눈길을 돌렸다. 셀리아와 눈이 마주치기 전 먼저 입술 사이에 혀를 조금 내밀고 색칠에 집중하고 있던 에바를, 그다음은 풍경 사진의 가장자리를 자르는 데 집중하고 있는 인마를 차례로 보았다. 그리고 잠시 후 마지막으로 셀리아에게 시선을 고정시켰다. 셀리아는 펜 뚜껑을 탁 닫고 팔짱을 끼었다. 불꽃이 튀는 듯한 그 애의 두 눈이 알리시아의 시선과 마주쳤다. 그 순간 알리시아는 자신의 실수를 깨달았다. 인마는 놀랄 수 있다. 아마도 인마는 알리시아가 자신의 생활에 대해 알고 싶어 한다는 생각에 기분이 좋아졌을 것이다. 어쩌면 그런 대화를 나누는 순간에는 알리시아와의 우정을, 그래서 한여름 무더운 오후 에어컨 바람을 쐬며 텔레비전을 보는 자신을 상상했을 수도 있다. 하지만 셀리아는 달랐다. 인마에 대한 공격은 셀리아를 아프게 하지만 셀리아 자신에 대한 공격은 분노를 불러일으켰다. 한마디만 더 하면 셀리아는 알리시아에게 공격을 가할 것이다. 다니엘이 복도에서 인마의 치마를 들춘 날 셀리아가 복도에서 어떤 반응을 보였는지 이미 본 적이 있다. 셀리아는 다니엘의 멱살을 잡았고 그래서 거의 학교에서 쫓겨날 뻔했다. 다니엘의 다리가 바닥에서 몇 센티 들려

대롱거릴 때, 인마가 두 주먹을 꼭 쥐고 있던 그 순간, 셀리아의 지금 눈빛은 그때와 정확히 똑같다.

 -벼룩시장은 매주 화요일이랑 금요일에 교회 근처 도로 옆에 있는 주차장에 서는 거야. 난 학교에 가야 하니까 못가지만 우리 엄마는 일하는 날 아니면 한 바퀴 둘러보러 가. 이 청바지는 벼룩시장에서 산 거고, 이 셔츠는 너희 아빠가 제일 처음 열었던 레스토랑 근처에 새로 생긴 땡처리 매장에서 산 거야. 그 부근에 너희 엄마 삼촌이 사신다던데? 우리 옆집 사람이 그 삼촌을 안다고 그랬어.

 그 순간 셀리아의 대답은 알리시아를 당황하게 했다. 전혀 다른 장면을 기대하고 있었기 때문이다. 셀리아가 주먹을 휘둘러 자기를 때리면 에바가 소리를 지를 테고 엄마가 거실로 달려 나올 것이다. 그럼 다음날 학교에서 온통 그 이야기일 거고 담임이 셀리아와 인마의 부모님, 그리고 자기 부모님을 불러 학기가 얼마 남지 않은 상황에서 대책위를 열지도 몰랐다. 하지만 셀리아는 이제 입을 다물고 다시 자기 맡은 일을 가능한 한 빨리 끝내려고 서두르기 시작했다. 알리시아는 셀리아가 참 똑똑하다고 생각했다. 똑똑하고, 직접적으로 분명하게 말하는 셀리아. 그 아이와 그렇게 가까이에서 한 학기를 보냈으면서도 더 이야기를 나누지 못했다는 게 안타까웠다. 그리고 그 애를 과소평가해서 그런 식으로 상처를 준 것도 후회했다. 아니, 사실 당시에 알리시아는 그 상황을 즐기고 있었다. 속아 넘어간 인마는 혼자 신이 났고 셀리아는 인터넷도 없고 텔레비전도 없이 우스꽝스러운 비단 레이스 옷을 입고 수치심에 떨었다. 삼십 대가 되어서야 느끼는 그런 후회를 열세 살 나이에 느꼈던 척할 수는 없는 노릇이다. 게다가 지금도 없는 공감 능력을 십 대였던 그때 가지고 있었다고 할 수도 없다.

그리고 그때 전화가 울렸다.

◆

학교 선생님이 된 셀리아는 학기 초가 되면 그날 오후의 이미지를 떠올리게 하는 아이들을 찾아내는 게 제일 신경 쓰였다고 인마에게 말한다. 〈알리시아 타입〉에 해당하는 아이들. 돈 많은 집안 딸이라서, 다른 애들보다 예뻐서, 혹은 자기가 더 똑똑하다고 생각해서 모든 면에서 우월하다고 여기면서 자기보다 가난하고, 못생기고, 멍청한 애들과 어울리는 아이들. 수영장에서 하듯 다른 사람 어깨에 올라서 자기는 펄쩍 뛰어오르면서 다른 사람은 물에 빠지게 만드는 아이들. 새로운 학기가 시작되는 첫 몇 주간 인마와 셀리아는 길게 전화통화를 하며 자기들이 맡은 반 아이들을 분석하곤 했다. 처음에는 초짜 선생의 열정이었고 나중에는 기억 속 교훈이 알려주는 혐오감 때문이었다. 셀리아는 인마가 과학 과목을 맡고 있기 때문에 그런 걸 잘 알아채지 못한다고 말해주었다. 과학 과목에서는 학생들의 인간미가 드러나기 어렵다는 것이었다. 하지만 미술사 같은 과목에서는 그런 점이 훨씬 두드러지게 나타난다. 알리시아 같은 애, 그 〈알리시아 타입〉들은 감동할 줄 모른다. 눈을 크게 뜨고 감동하는 척은 하지. 왜냐고? 그렇게 해야 한다는 걸 아니까. 사람들이 그런 반응을 기대한다는 걸 알고 있으니까. 두 사람에게 알리시아는 전형적인 유형이 되었다. 둘의 약점, 선량한 마음, 이런 것들이 희미해지면서 이제 인마와 셀리아는 알리시아를 저녁 식사 후 잡담거리로나 기억한다. 시간이 흐르면서 둘은 점차 관객이 되어갔다. 거실 테이블에 두 자리를 차지하고 앉아 전화기가 울리는 소리, 카르멘의 말소리, 에바의 울음소리, 그리고 알리시아의 침묵을 들었었다. 하지만 지금은 그 장면에서 멀리 떨어져 있다. 처음에는 테라스에 앉아 거실에서 일어나는 일들을 바라본다. 그리고 잠시 후 거리로 자리를 옮긴다. 거실 창을 들여다보던 그 건물 앞 인도에 다시 서 있다.

-그때 전화가 울렸어.

언제나 시작은 셀리아다.

-그렇게 어이없이 일생이 바뀌어버리다니! 전화 한 통으로 말이야.

♦

그때 전화가 울렸다. 알리시아의 엄마는 언제나처럼 전화를 받았다. 거실과 엄마 침실에서 동시에 전화벨이 울렸다. 알리시아는 엄마가 어째서 그런 식으로 불쑥 거실로 나왔는지 이해할 수가 없었다. 항상 단정하게 화장하고, 딸들 앞에서도 맨얼굴을 보이지 않던 엄마가 알지도 못하는 아이들 앞에 거미줄처럼 흉측하게 보라색 정맥이 울툭불툭 튀어나온 맨다리를 드러내고 나오다니 당황스러웠다. 전화가 울리고부터 알리시아는 엄마 말 몇 마디를 알아들었다. *아니요, 그 노트는 서재에 보관해요.* 하지만 막상 엄마는 아빠 서재가 아니라 아이들이 있던 거실로 나왔다. 불쑥 나타난 엄마는 텔레비전 옆 선반 위에서 검은 공책을 집어 들고는 셀리아와 인마는 아랑곳하지 않고 전화기를 집어 들었다.

-여기 있네. 다른 데 두고 있었어요. 어젯밤 텔레비전 보면서 뭘 적고 바로 옆에 두었던 게 기억났어요. 번호 불러드릴게요.

엄마 목소리에 매직이 마분지 위를 긁고 지나가는 그 불쾌한 소리가 멈췄다. 에바도 색칠을 멈췄고 알리시아도 마찬가지였다. 인마는 테이블 위에 가위를 떨어뜨렸고 셀리아는 다시 펜 뚜껑을 닫았다. 두 아이는 서로 마주 보며 대화에 귀를 기울였다. 그리고 전화선 건너편 목소리가 누구인지, 무슨 말을 하고 있는지 짐작하려고 애썼다.

♦

그때 전화가 울렸다. 그 여자는 유령처럼 거실로 나왔다. 새하얀 피부에 검은색 란제리, 검은 레이스와 어깨끈, 그리고 창백한 얼굴에 마스카라가 번진 다크서클. 전화가 울렸지만 알리시아도 에바도 받지 않았다. 셀리아와 인마는 멀리서, 복도 저 끝보다 훨씬 더 멀리서 들려오는 여자 목소리를 느꼈다. 둘은 숙제하던 손을 멈추고 그 목소리에 귀를 기울였다. 안 듣는 척 따위는 하지 않았다. 두꺼운 마분지 위를 지나는 매직 소리도, 뾰족한 산 모양을 오려내는 가위질 소리도 들리지 않았다. 카르멘은 어떤 주소-인마는 그렇게 생각했다-, 혹은 전화번호-셀리아는 전화번호라고 우겼다-를 찾으며 말을 더듬었다. 그리고는 뭔가 불러주고 나서 감사하다는 말을 덧붙였다.

-잘 모르겠어요. 보통 제가 일어나기 전에 나가거든요. 오늘은 레스토랑들을 쭉 한 바퀴 돌 거라고 어젯밤에 그랬는데…. 그래서 시내에서 아침을 먹을 줄 알았죠. 삼촌이랑은 그저께 만났거든요. 그러니까 레스토랑에는 아무 데도 안 왔다는 거잖아요. 전화를 다 돌려봤다

소유에 관한 아주 짧은 관심

는 거죠? 아니, 못 믿겠다는 게 아니라 묻고 있는 거예요. 삼촌 좀 바꿔주세요. 알았어요. 그럼 아무 레스토랑에라도 얼굴 비추면 내게 전화해달라고 얘기해주세요. 전화하시라고 메모를 남기라고요. 놀란 거 아니에요. 그냥 좀 이상해서요. 아니, 아니, 걱정 안 해요. 나 그렇게 멍청한 여자 아니에요. 그런 식으로 말씀하지 마세요. 지금 택시 불러서 그리로 갈 테니까, 삼촌 연락 닿으면 그리로 오시라고 말해둬요. 내가 그리로 갈 테니까 다시 집에 전화하지 마시고요.

카르멘은 불쑥 인마와 셀리아 앞에 나타났다가 또 그렇게 휙 사라져버렸다. 알 수 없는 어딘가에서 툭 튀어나온 여자. 카르멘은 셀리아에게, 그리고 인마에게 이 세상 밖의 존재가 되었다.

◆

알리시아가 기억하는 건 이렇다. 그날 오후 엄마가 나가려고 옷을 갈아입으면서 알리시아를 방으로 불러 말했다.

-알리시아, 아빠가 실종됐대. 오전 내내 레스토랑에도 사무실에도 우리 새 아파트에도 안 왔대. 전화도 안 받고 신호도 안 간대. 비서가 병원이랑 경찰서에도 전화해봤는데 아무 데서도 모른다고 그랬대. 치코 삼촌이 차 가지고 찾으러 나가서 레스토랑마다 들려보고 있는데 다들 못 봤다고 그런다나 봐. 친구들에게 그만 돌아가라고 하는 게 좋겠다.

하지만 실제로 그날 오후 일어난 일은 이랬다. 엄마는 나가려고 옷을 갈아입으면서 알리시아를 방으로 불러 말했다.

-아빠를 못 찾고 있대, 알리. 내가 시내 레스토랑으로 나가서 어떻

게 된 일인지 알아볼 테니까 에바 좀 보고 있어. 그리고 걔한테는 아무 말도 하지 마. 솔레닷 이모한테 와서 너희랑 같이 있으라고 말할게. 시간 나는 대로 택시 부르기 전에 연락할 테니까…. 이모 말고 다른 사람한테는 문 열어주면 안 돼. 이모가 여기 열쇠가 없으니까, 아, 그리고 물론 아빠가 오시면 열어드리고. 친구들은 더 놀고 싶으면 있으라고 하고. 에바에게는 아무 말도 하지 마. 만화영화 하나 틀어줘, 놀래지 말고 그거 보면서 있으라고 해.

◆

한 가족이 차를 몰고 시내에서 언덕을 올라오고 있었다. 모처럼 상쾌한 바람을 맞으며 저녁을 먹으러 가는 중이었다. 작은 딸아이가 멀리서 흔들리는 남자의 몸을 발견하고 소리를 질렀다. 아이가 재미로 그리던 그림에서처럼 머리에 감긴 밧줄은 나뭇가지에 매달려있었고 발은 땅바닥에서 한참 떨어져 있었다. 엄마도 놀라 소리를 질렀다. 아빠는 속력을 높여 그냥 지나치고 잊어버릴까 아니면 차를 세울까 잠시 망설였다. 결국 몇 미터 더 간 지점에서 차를 멈추고 죽음이 전염이라도 되는 듯 조심스럽게 다가갔다. 목을 매단 남자의 것임에 분명한 차는 나무를 들이받은 것 같았다. 차에 불이 붙지 않은 게 기적이었다. 죽은 남자는 뛰어내릴 때 눈을 감은 모양이었다. 코와 입에서 흘러내린 피는 더위 때문에 다 말라 있었다. 살아있는 남자는 자동차로 돌아와 언덕 아래 제일 가까운 주유소까지 차를 달려 그곳에서 경찰에게로 전화를 걸었다.

처음 며칠간 언덕 주변 동네에서는 사고라고들 이야기했다. 새로 산 아파트가 너무 좁아서 살아보지도 않고 온 가족이 이 동네 전원주택으로 이사할 생각이었다느니, 죽은 남자가 이 부근 바비큐 그릴을 하나 매입해 사업을 확장할 생각이었는데 돌아가는 길에 너무 빨리 차를 몰다가 그런 사고가 일어났느니 하는 것이었다. 그러다 주유소 직원이었는지 아니면 시신을 거둔 경찰이었는지 여하간 누군가 살아 있는 사람 입에서 목을 매단 밧줄이 자동차 안전띠로 엮은 것이고 자동차가 나무를 들이받은 것은 사고처럼 위장하려고 그런 것이라는 이야기가 흘러 나왔다. 소문은 동네 술집으로, 레스토랑 주방으로 퍼져나갔다. 사람들은 인마와 셀리아에게 그 집에서 무슨 이상한 이야기를 못 들었느냐고 물었다. 인마는 뭔가 대답했지만 셀리아는 항상 입을 다물었다. 인마와 셀리아에 대해서도 카르멘이 전화를 받았을 때, 혹은 남편의 죽음을 통보받았을 때 흐느끼는 소리를 들었다는 소문이 돌았다. 그 몇 달 동안 갑자기 두 부부의 친밀한 친구를 자처하고 나서거나, 함께 해변으로 나들이 갔었다고 주장하는 사람들, 혼외 관계의 목격자, 심지어 죽은 이가 자기 꿈에 나타나 비밀을 밝히고 복수를 맹세했다고 말하는 사람까지 생겨났다.

  몇 달 후 대로변 도로보수공사 준공식 날 어떤 여자가 자기 아파트 발코니에서 뛰어내렸다. 떨어지는 모습을 남에게 보이지 않으려고 흰 시트로 몸을 감싸고 뛰어내린 여자의 시신이 준공식에 참석한 시장님 몇 미터 옆에 떨어졌다. 그렇게 가을이 지날 무렵 카르멘과 알리시아, 에바, 그리고 언덕에서 목을 맨 남자는 모두에게서 잊혀져 갔다. 그리고 그 무렵, 살아남은 자들은 이미 또 다른 삶에 뿌리를 내리고 있었다.

절제
1975년 마드리드

다리 올리세요. 마리아가 말한다. 양손에 베이비파우더 가루가 얇게 뒤덮인다. *제발, 다리 올려요. 그렇게 해야 편해요. 좋아요, 그렇게요.* 목욕을 시키고 이제 간신히 자리에 눕혀 기저귀를 채우려는 참이다. 어떤 때는 침대 시트를 더럽히지 않으려고 먼저 타월을 깔고, 욕조에 뜨거운 물을 받거나 아니면 가스레인지에 찻물 끓이듯 물을 조금 덥힌 다음 수건을 적셔 엉덩이를 한 번 문지르고 비누칠해 헹구기도 한다. 침대 시트 귀퉁이처럼 천이 거칠어서 똥은 그대로 흘러내리고 오줌도 흡수되지 않는 기저귀를 접어 채운다. 벌써 몇 년째 매일 하루에도 몇 번씩 기저귀를 접고 채운 탓에 이제는 자연스럽게 그 일을 해낸다. 침대에 길게 누워 두 눈을 감은 그 몸의 주인은 절대 마리아와 눈을 마주치는 일이 없다. 마치 시야에서 마리아를 지워버리려는 것 같다. 눈에 보이지 않는 것은 존재하지 않는다고 생각하는 게 마리아는 이상하기만 하다. *다리 올리세요.* 그 몸의 주인이 엉덩이를 약간 들어 올려 가까스로 등을 활처럼 휜다. 간혹 신음도 들린다. 마리아는 그 틈을 타서 침대와 몸 사이로 천을 밀어 넣는다. *다리 내리세요.* 이어서 허벅지 사이로 나머지 천을 잘 밀어 내린 다음 허리 양쪽에 매듭을 묶는다. 마리아는 두 손으로 그 몸을 일으켜 세운다. 양팔을 내밀어 마리아 손등을 움켜쥐고 엄지손가락에 잔뜩 힘을 준 그 몸을 마리아는 자기 쪽으로 끌어당긴다. 이제 좀 편안해진 것 같을 때 마리아는 몸을 돌린다. 마리아는 이제 그 몸을 보고 있지 않다. 침대 가장자리에 간신히 버티고 앉아있는 연약한 몸, 침대 스프레드를 꽉 잡은 두 손, 그렇게 잡고 있다고 해서 침대 스프레드가 굴러떨어지는 걸 막아주지는 못한다는 걸 모르는 몸, 균형을 잃게 되면 이불뿐만 아니라 침대 시트까지 함께 굴러떨어질 거라는 걸 알지 못하는 그 연약한 몸. 그 몸에 입힐 옷을 찾으면서 아주 잠깐 그 몸이 바닥에 떨어져 부딪히는 모습을 상상한다. 뼈만 들어있는 부댓자루, 앙상한 뼈를 감싼 메말라 갈라진 피부. 마리아가 등을 돌리고 서서 팬티와 무릎까지 올라오는 양말, 또 오늘 입을 옷을 찾고 있는 동안 그 몸이 침대에서 떨어진다 해도 마리아가 알아챌 수 있을까? 이웃집에서 물건이 떨어지는 소리, 아니면 위층 집 누군가의 무릎에서 책이 떨어지는 소리로 혼동하지 않을까? 몇 센티미터 떨어진 곳에 있는 시시 부인의 무게는 머리 위로 몇 미터 떨어져 있는 위층 집 물건의 무게와 같을까? 어쩌면 차가운 마룻바닥 위에 떨어진 시시 부인의 몸, 침대 스프레드에 싸인 그 몸에서 *마리아, 아가, 나 다쳤어, 시트 아래,* 하는 여든 살 아기의 작은 외침이 들릴지도 모르겠다.

목욕시키는 동안 마리아는 꼼꼼히 부인의 몸을 살펴본다. 상처가 있는지, 어제와 달라진 것은 없는지, 또 며칠 전 생긴 상처에 딱지가 앉았는지도 살펴본다. 간혹 부인의 몸이 너무 빨리 나빠지고 있다는 사실을 딸에게 알릴까 생각한다. 조심스럽게 부인의 몸을 욕조 물에 담그고 물이 미지근해질 때까지 오 분이나 십 분 동안 부인을 혼자 둔다. 처음에는 음악을 듣겠냐고 물었었다. 그리고 주방의 작은 트랜지스터라디오를 가져다주었다. 하지만 주변이 고요하거나 라디오 소리가 들리거나 부인이 별반 신경 쓰지 않는다는 사실을 알고는 한걸음이라도 줄이기로 했다. 물이 식기 시작할 때쯤 마리아는 욕조 옆에 무릎을 꿇고 앉아 긴장한 피부를 샤워 장갑으로 문지른다. 뼈 위에 바싹 달라붙은 피부 위로는 털 하나 없다. 그 피부 속으로 피가 다 말라버린 가느다란 혈관이 이리저리 퍼져나가며 얽히고설킨다. 끝난 듯 다시 시작되고 또 끝나다가 다시 열린다. 같지만 다른 피가 흐르는 것만 같다. 마리아의 움직임은 민첩하다기보다 부드럽다. 부인의 몸이 흔들리지 않도록 애쓰면서 결이 고운 때밀이 장갑으로 겨드랑이와 상체를 닦는다. 가슴과 사타구니를 닦는 것, 또 그때 느끼는 부끄러움에 여전히 익숙하지 않다. 아마 영원히 그럴 것이다. 몇 달 전부터 부인의 긴 머리칼을 잘라주고 있다. 몇 차례 실랑이하면서 부인이 자신의 백발을 한 움큼 뽑아버린 일이 있었기 때문이다. 그 후로 보름이나 이십 일마다 한 번씩 마리아는 귀를 덮고 목덜미까지 내려온 머리칼을 조심스럽게 잘라준다. 샴푸 후 머리를 헹굴 때는 눈 주위를 피하려고 조심하면서 수건으로 살살 눌러 메마르고 주름진 얼굴, 눈과 입 주변의 쪼글쪼글한 피부와 나머지 부분을 닦는다. 이제 저리로 가요. 마리아는 언제나 이렇게 말한다. 아니면 이제 끝났어요. 이제 부인이 뭔가 할 차례라는 뜻이다. 말을 알아들은 부인은 두 팔을 내밀어 마리아의 목에 두른다든지 하는 반응을 보인다. 부인이 허공을 더듬는 걸 눈치채면 마리아는 부인의 몸을 수건으로 싸서 들어 올려 욕실에서 침실로 옮긴다. 짐짝 다루듯 하지 않고 가능한 한 살살 다루려고 애쓴다. 무거운 분위기를 덜어보려고 미소를 지어 보이거나 노래를 흥얼거리기도 한다. 몸이 두 손에서 미끄러져 내리지 않도록 꼭 붙잡는다. 또 물방울이 떨어져 나중에 얼룩이 되지 않도록, 혹은 지나온 길을 되짚어 닦아야 하는 수고를 하지 않도록 주의한다. 목욕을 위해 옷을 벗긴 순간부터 깨끗한 기저귀를 채우고 옷을 입혀줄 때까지 부인은 두 눈을 감고 있다. 자신의 벗은 몸을 보지 않을 수 있다면, 누군가 자신의 벗은 몸을 씻기고 있다는 사실을 의식하지만 않으면 자신에게는 아무 일도 일어나지 않은 것과 같다고 생각하는 것이다.

나이가 들면서 노부인은 몸무게가 줄고 기억도 희미해졌다. 마리아가 처음 그 집에 갔을 무렵 부인은 아직 혼자 샤워할 수 있었고 오후에는 친구들도 맞이했었다. 노부인들 이야기 소리가 주방까지 들렸었다. 부인들이 나누는 이야기뿐만 아니라 사용하는 단어 하나하나를 듣다 보면 마치 집에서 몇 블록 떨어진 영화관에 앉아 영화를 보는 것 같은 착각에 빠지곤 했다. 부인들은 성인력*을 훑어보고, 각자 앓고 있는 병에 대해 불평을 늘어놓고, 또 수십 년 전 일화를 기억하며 즐거워했다. 파티와 드레스, 보석들 그리고 50년대에 비해 보잘것없고 평범하기만 한 요즘 시대, 온전히 기쁨이 충만했던 자신들의 삶에 관해 이야기했다. 마리아는 노부인들의 잡담에 호기심보다는 낯선 분노를 느꼈다. 마리아는 자신의 어린 시절을 생각했다. 엄마가 이야기하는 어린 시절의 좁아터진 오막살이는 기억나지 않는다. 그렇지만 새로 조성된 고향 동네가 비만 오면 진흙탕이 되던 것, 포플러 숲에서 가족들과 긴 점심을 먹으며 보낸 추운 일요일과 물방앗간에서 보낸 여름 아침은 기억한다. 어느 날 갑자기 물방앗간에서 헤엄치

---

* 로마 가톨릭교회에서 인정하는 그리스도교의 성인(聖人) 축일을 표시한 달력

는 게 금지되는 바람에 치코는 그곳에 가보지도 못했다.

부인의 딸은 오전에 묵주기도를 하곤 했다. 엄마는 호칭기도*에는 참석했지만 신비의 묵상이나 다른 기도는 피했다. 그때는 마리아가 라디오를 듣는 것을 금지했기 때문에 냄비를 닦거나 장을 보러 내려가곤 했다. 오후 시간에도 엄마와 딸은 떨어져 지냈다. 아르구에예스 옆 성당이 철거되기 전까지 엄마와 그 친구들은 팔짱을 끼고 프린세사 거리를 올라가 주변 디저트 카페에서 차를 마시곤 했다. 부인의 딸은 산마르코스까지 가로질러 가거나 산타 테레사와 산호세 교회까지 내려가곤 했다. 그러다가 노부인들 중 하나가 죽었고 그로부터 몇 달 지나지 않아 또 한 부인이 세상을 떠났다. 게다가 병이 들어 침실에서 욕실만 간신히 오가는 부인들이 생겨났다. 또 다른 이들은 시시 부인이 대화를 나누는 도중 단어를 떠올리지 못한다든가, 어떤 이름을 발음하지 못하는 것을 보고 부인의 기억이 온전치 않다는 것을 눈치챘다. 결국 엄마와 딸 단둘이 남게 되었다. 마리아가 사진틀 위의 먼지를 털어내는 일을 하지 않았더라면 아마도 두 여자가 실험실에서 툭 튀어나왔다고 믿었을 것이다. 액자 속 사진들에는 실체를 알 수 없는 신사 하나가 등장한다. 어느 시절인지 알 수 없으나 가느다란 콧수염을 가진 남자, 웨딩드레스를 입은 부인이 팔짱을 낀 마른 남자, 레티로 공원 호수 나룻배 위에서 품 안에 여자아이를 안은 곱슬머리 시시 부인 옆에 앉은 남자. 하지만 그 이후의 사진에서는 남자의 모습이 전혀 보이지 않는다. 딸에게서 지금의 얼굴이 보이기 시작하

---

* 가톨릭에서 일종의 탄원기도로서, 사제나 부제, 성가대 등이 선창하고 신자들이 응답하는 형태의 기도

는 무렵, 부인이 여전히 어느 정도 품위 있게 브로치로 몸치장하고 행복을 과장하며 찍은 사진에서부터 남자의 모습은 사라지고 없다. 하지만 앞의 사진 세 장이 보여주듯이 아버지가 있었다. 그 신사에게는 무슨 일이 일어난 걸까, 어떻게 사라져버린 걸까, 마리아는 절대 알 수 없었다.

딸은 엄마가 다니는 교회가 무너져내릴까 몹시 두려워했다. 전쟁 후 복구공사를 했음에도 불구하고 엄마와 함께 그 교회로 가지 않고 반대 방향으로 향했다. 잔해 더미에 깔려 죽지 않으려고 엄마를 버려두는 것과 마찬가지라 해도 말이다. 딸은 자기가 있는 동안 남자들이 집에 들어오는 것도 피했다. 그래서 이미 병중인 부인을 대신해 마리아가 배관수선공을 맞아 딸이 준비해둔 돈을 지불하기도 했다. 또 가톨릭에서 지키는 성금요일 금식 메뉴를 혼동했을 때는 음식을 내다 버리게 했다. 하지만 마리아로서는 딸의 이런 기이한 성향이 오히려 마음 편했다. 딸은 어떤 일이 있어도 마리아가 그 집에서 밤을 보내는 것을 좋아하지 않았다. 마리아의 숙모 친구가 일하는 집 여주인이 마리아를 그 집에 소개한 날, 딸은 그 문제를 분명히 했다. 모두 잠든 사이 마리아가 뭘 훔쳐 갈지도 모르고, 몇 세대 걸쳐 나타난다는 숨겨진 트라우마 때문에 베개를 눌러 복수를 할 수도 있고, 하여간 어디서 왔는지 근본을 알 수 없는 저 여자아이가 무슨 짓을 할지 알 수 없다는 두려움 때문이었다. 딸은 또 마리아가 일상의 규칙을 바꾸는 걸 절대 허락하지 않았다. 지하철 오페라역에서부터 걸어와 외출복을 유니폼으로 갈아입고 청소, 설거지, 다림질, 요리를 한 다음 시시부인이 숫자며 이름 등을 아직 기억하고 있는지 점검하는 대화를 나누고, 시시 부인이 손수 커피를 끓이지 않도록 도와준다. 마지막으로 목욕을 시킨 다음 옷을 갈아입히고 그 거친 천 기저귀를 갈아주는 것이다. 분명 아기들 기저귀처럼 부드러운 천으로 된, 하지만 아기들 것보다는 더 큰 기저귀가 있을 것이다. *제가 한 번 알아볼까요.* 마리아가 말해봤지만 딸은 거절했다. 엉덩이 기저귀 발진과 밤새 풍기는 오줌냄새, 똥 냄새, 때로 시트를 뚫고 매트리스에까지 배어드는 그 냄새에 대해 자기 엄마를 탓할 뿐이었다. 마리아는 일하는 집 가족에게 애착을 갖지 않으려고 애쓴다. 처음 일하던 집 아이에게서 이미 실패를 맛보았다. 일정 거리를 유지하도록 해요, 언제 그 집에 왔나 싶게 또 그 집에서 나가게 될 거니까요. 다른 집에서 일하는 여자들과 시장에서 마주칠 때면 이런 경고도 들었다. 그래도 매번 아침이면 간혹 정신줄을 놓기도 하고 또 때로는 볼 수 없는 것은 존재하지 않는다고 생각해서 두눈을 감아버리는 시시 부인에게 알 수 없는 감정을 느꼈다. 그건 안타까움도 슬픔도 아니었다, 정확히 말해 안타까움도 아니고 슬픔도 아니었다.

-오늘이 내 성녀 축일이야.

부인이 말했다.

마리아는 깨닫지 못했었다. 사실 시시라는 이름은 들어본 적이 없었다. 벤투라 로드리게스 거리의 그 아파트에서 부인이 처음 마리아를 맞이한 날, 만나보고 얼마를 줄 건지, 어떤 건 절대 용인되지 않는지 이야기하려고 그 아파트로 불러 찾아간 그 날, 처음 들어본 이름이었다. 묵주기도 소리를 빼고는 처음 만난 그날 하루 딸에게서 들은 말이 지금까지 들었던 말 전부보다 더 많았다. 딸은 보통 아주 짧은 문장만 사용했다. 언제 뭘 해야 하는지, 어떻게 해야 하는지 명령을 내리는 것이 전부였다. 마리아는 카라반첼에 있는 삼촌 댁에 살고 있고, 마드리드에서 태어난 건 아니라는 이야기를 했었다. 카르멘 이야기는 하지 않았다. 그 이야기는 언제나 빼놓는다. 그 당시는 아직 페드로와 만나지 않던 때였다. *아가씨는 독실한 신자인가?* 딸이 물었었다. 그럼요. 마리아가 답했다. 몇 년이 지나고 부인이 병에 걸렸을 때, 마리아는 그제야 확실히 알 수 있었다. 정확히는 안타까움도 슬픔도 아니었다. 그건 가엾게 여기는 마음이었다. 그런데 그건 명령을 내리고 돈을 주는 그 여자들을 향한 것이 아니라 바로 자기 자신을 향한 마음이었다.

✦

-오늘이 내 성녀 축일이야.

마리아는 부인에게 입을 옷을 고르게 하고 보석함에서 성녀 메달이나 반지도 하나 고르라고 했다. 눈과 입술에 화장을 해줄까 물었지만 시시 부인은 답이 없다. 처음 일하기 시작했을 무렵 딸이 고해성사하러 미사 시간 전에 집을 나가고 아직 부인의 친구들이 도착하지 않았을 때 부인과 마리아는 이야기를 나누곤 했다. 라디오 소리보다 자신들의 목소리 듣는 걸 더 좋아했었다. 날씨 이야기도 하고, 다음 날 뭘 먹을지, 그래서 뭘 요리해야 할지도 얘기했다. 또 시시 부인은 마리아에게 고향 집 이야기를 자세히 해달라고 했었다. 부인에게는 딴 나라 이야기 같다고 했다. 그렇게 작은 집에 그 많은 사람이 함께 살다니! 그렇게 못생긴 손으로, 그 뭉툭한 손가락으로 바느질을 했다는 거야? 시시 부인, 부인 이름은 영화에서 나온 건가요? 내 이름은 글자마다 시옷이 하나씩이야. 부인이 바로잡아 주었다. 그 영화 시씨*는 두 번째 글자가 쌍시옷이고. 내 이름은 시시니아, 그러니까 시시니오에서 따온거야. 13세기 초에 이십 일 동안 교황 자리에 있었던 분인데 통풍을 앓아서 다른 사람들이 밥을 일일이 먹여주었다더군. 우리 아버지는 그게 아주 재미있으셨던 모양이야. 매년 11월 23일이면 모녀는 생일을 축하하려고 밖에서 점심을 먹었다. 부인이 병들고 집 밖을 나가는 일이 불편해지자 딸은 대신 집에서 우아한 점심을 차리게 했다. 마리아는 공을 들였다. 딸을 위해 닭 1/4마리를 굽고 나머지 1/4마리로는 엄마를 위해 콩소메를 준비했다. 또 엄마를 위해서는 채소 푸레를, 딸을 위해서는 레큄글라세를 만들고 디저트로는 커스터드를 준비했다. 하지만 요리는 딸의 마음에 들지 않았다. 딸은 마리아에게 시시 부인이 안전하게 삼킬 만한 좀 더 우아한 것으로 준비하라고 요구했다.

-내 딸은 언제 돌아오나.

마리아는 알지 못하지만 거짓말을 했다. 곧 돌아오셔요. 부인을 위해서는 추위를 막아줄 두꺼운 직물로 된 진홍색 긴소매 원피스를 골랐다. 속치마를 입히고 스타킹을 신긴 다음 신발을 신겼다. 부인은 마리아가 끌고 갈 수 있도록 두 손을 내밀었고 그렇게 둘이 함께 거실로 걸어 나왔다. 마리아의 팔뚝을 꽉 붙들고 아주 작은 걸음으로 천장은 높고 전등 빛은 어두운 -어떤 청소 도구로도 그 아파트의 커다

---

* 에른스트 마리쉬카 감독의 1955년 오스트리아 역사 영화 〈아름다운 공주, 시씨(원제: Sissi)〉

란 창문을 깨끗이 닦을 수가 없었다-그 아파트의 긴 복도를 따라 침실 세 개를 지나쳐왔다. 아버지가 쓰던 제일 큰 방은 잠가두었다. 간혹 오전 시간에 마리아가 들어가 환기를 하고 먼지를 터는 게 전부였다. 그리고 한쪽으로는 부인의 방, 반대쪽으로는 딸의 방이 있었다. 두 방에는 똑같은 가구가 놓여 있었지만 엄마 방에는 언제나 싱싱한 꽃이 담긴 꽃병을 놓아두었다. 시시 부인이 제대로 알아보지 못해도 마리아는 매번 싱싱한 꽃을 꽂아두었다. 한쪽 발, 반대편 발, 한 걸음 한 걸음 부인이 소파에 몸을 풀썩 앉힐 때까지 걸었다. 마리아는 노부인이 감기에 걸리지 않도록 담요를 덮어주고 텔레비전을 켠 다음 주방으로 향한다. 시시 부인을 위해 캐모마일 차를 한 잔, 자기를 위해서는 커피를 한 잔 준비한다. 차를 마시는 동안에는 시시 부인을 주의 깊게 지켜본다. 간혹 부인과 마리아는 딸이 돌아올 때까지 함께 앉아 텔레비전을 본다. 승강기가 3층 주변을 움직이는 소리가 나면 마리아는 혹시나 해 몸을 일으켜 주방으로 돌아온다. 처음 몇 해 동안은 오후 시간 노부인들과의 티타임에서 부인이 하는 얘기마다 과장하며 꾸며대는 게 이상하게만 들렸다. 이 건물에 있던 아파트들은 훨씬 더 넓었어. 가구도 훨씬 더 호사스러웠지. 우유나 소금을 주문하러, 혹은 주어진 돈으로 뭔가 사려고 아래층으로 내려갈 때면 마리아도 어슴푸레 그걸 느꼈었다. 하지만 화려했던 옛 시절에 대한 부인의 이야기는 허풍스럽게 들릴 정도였다.

-TV 꺼. 거리가 시끄러워.

그날, 목요일 아침 마리아가 집에 들어섰을 때 집안에는 블라인드가 내려져 있고 텔레비전도 음악도 없이 라디오 대담프로가 간간이

들려올 뿐이었다. 꼭 필요하지 않으면 아무 말도 하지 말고. 이 집은 돌아가신 분을 존경하는 집이야. 오전에 집을 나간 딸은 점심 시간이 다 지나도록 돌아오지 않았다. 부인에게 국물을 한 숟가락 한 숟가락 떠먹이고, 주방에서 서서 점심을 마친 후까지 아무런 소식이 없자 마리아는 딸이 집에서 점심을 하지 않을 것으로 생각하고 혹시라도 더 늦게 돌아와 배가 고프다고 할 때를 대비해 음식을 그릇에 담아두었다. 딸은 마리아가 보통 일을 마치고 집을 나서는 시간 조금 전, 혹시라도 시시 부인을 혼자 내버려 두게 되는 건 아닌지 걱정하는 참에 집에 돌아왔다. 딸이 물었다. 오페라역 쪽으로 갈 건가. 마리아는 처음엔 그 부근에 사람이 많으니 그쪽 길을 피하라는 얘기로 알아들었다. 하지만 곧 그 질문에는 다른 의미가 내포되어 있다는 걸 알았다. 프랑코의 시신이 안치되어있는 쪽으로 갈 것인지 알고 싶었던 것이다. 마리아는 당연히 그렇다고 했다. 그 답을 바란다는 걸 알고 있었다. 딸은 그 대답이 마음에 든다고 했다. 품위 있는 여자라는 게 마음에 든다고도 했다. 마리아는 오른쪽으로 돌아 페라스 거리까지 갔다. 하지만 스페인 광장에서 방향을 바꿔 그란비아까지 올라갔다. 거기서 카야오역까지 걸어가 집으로 돌아가는 지하철을 탔다. 마리아는 본래 토요일과 일요일 오후는 쉬었다. 오전에 딸이 직접 덥혀 먹을 수 있도록 저녁 식사를 준비해두기만 하면 됐다. 하지만 그날 외출하기 전 딸이 마리아에게 말했다. 정말이지 정신이 없는 때라서 말이야. 너도 무슨 말인지 알겠지? 요 며칠 어쩌면 네가 사모님을 좀 더 길게 돌봐드려야 할 수도 있어. 사모님이란 건 자기 엄마를 일컫는 말이다. 왜 그런 말을 하는지 몰랐지만 어쨌거나 마리아는 알겠다고, 당

소유에 관한 아주 짧은 관심

연히 그러겠노라고 대답했다. 일요일 아침, 늘 그러듯 종업원용 출입구를 통해 주방으로 들어갔을 때 딸의 침실에서 기도 소리가 들리지 않았다. 대신 엄마가 언제부터 그랬는지 알 수 없는 젖은 기저귀를 차고 신음하는 소리가 들려왔다.

-넌 어디서 왔지?

간혹 아침에 부인이 이렇게 묻는 때가 있다. 어디서 왔느냐, 어떻게 왔느냐. 그럴 때면 마리아는 부인이 처음 몇 해 동안 그랬던 것처럼 격식을 차리는 것인지, 그런데 날씨 얘기를 묻는 대신 거리 얘기를 묻는 것인지, 아니면 마리아를 자기 딸이라고 혼동하는 것인지, 그것도 아니면 매일 새로운 얼굴이라고 생각하는 것인지 분간할 수가 없었다. 마리아는 참을성 있게 자기 출근길을 설명해준다. 현관문을 나서서 거리를 지나 지하철역에 닿고 열차 안에서 매일 마주치는 얼굴들 이야기를 들려준다. 자기 말을 듣지 않는 건지, 관심이 없는 건지, 아니면 매일 듣는 이야기를 매일 잊어버리는지 알 수 없는 시시 부인의 무심한 표정에 마리아는 매일 이야기를 조금씩 바꾼다. 오늘 눈을 뜬 곳은 자기 아파트가 아니라 이 집에서 일하기 시작할 무렵 살고 있었던 삼촌 내외의 아파트이다. 간혹 심지어는 부모님 집에서 옷 수선집까지 이어진 길에 대해 기억나는 걸 이야기해주기도 한다. 싸구려 회반죽을 바른 흰색 건물들이 길게 늘어선 거리. 겉모양이 다 똑같아서 번지수를 자세히 보지 않으면-몇몇 주인들은 번지수가 새겨진 타일을 내걸지 않고 버텼다-혹은 안에서 들려오는 대화에 주의를 기울이지 않으면 도저히 구별할 수 없는 건물들을 따라 길게 이어진 그 길은 똑같이 생긴 또 다른 길로 이어진다. 기억 속 그 길은 마드리드처럼 회색빛 아스팔트가 아니라 고향 동네의 황토색 흙바닥이다. 시시 부인에게 들려주는 이야기 속에서 마리아는 문을 열고 나와 걷고 또 걸어 집들이 다 사라질 때까지, 그리고 왼쪽 골목을 돌아 버스 정류장에 다다를 때까지 걸으면서 아, 이제 여기는 우리 동네가 아니지, 하고 깨닫는다. 버스에 올라타 길을 지나다 보면 차창 밖 집들이 더는 지금 솔레닷과 치코, 그리고 부모님이 사는 집과 닮아있지 않다. 마치 다른 동네 같다. 그 기억 속에서는 아직 카르멘이 태어나지도 않았다. 투명하지 않은 버스 유리창, 건물과 사람들이 그 위로 투영되는 느낌. 마치 영화 속 같다. 지금 마리아는 이야기하고 시시 부인은 꺼져있는 텔레비전을 바라본다. 부인은 텅 빈 항아리 같다. 가끔은 그거 잘됐구나, 아니면 그렇게 해서 여기 온 게로구나, 아니면 물 한 잔 마실 테니, 하고 말한다. 그리고 때로는 아무 말 하지 않는다.

목요일 밤 페드로가 집 근처로 와 상황을 알려주었다. 혹시라도 아직 모르고 있을까 해서, 라고 했다. 지금 이 나라에서 그 일을 모르는 사람은 없어. 자신을 무시하는 것 같은 기분이 들어 마리아는 쏘아붙였다. 금요일부터 마리아는 오페라역에서 내려 광장을 돌아서 걷는 대신 카야오에서 지하철을 노란색 라인으로 갈아타고 길모퉁이에 내리거나 그란비아를 따라 내려오면서 쇼윈도에 주의를 기울인다. 페드로는 오리엔트 광장 근처로 가지 말라고 했다. 마리아도 그 부근을 피하겠다고 약속했었지만 어쨌거나 아파트에 가야 했다. 딸은 금요일에도 토요일에도 집에 없었고 오늘도 역시 집에 없다. 어제 마리아는 주방에서 점심을 먹지 않고 거실 테이블에 자기 상을 차렸다. 딸은 프랑코의 시신이 안치되어 있는 곳에 들어가 보려고 금요일 온종일 기다리다가 토요일에 집에 돌아와 교구의 기도회에 참석했다. 오늘은 다시 집 가까이 기도하러 갈까? 아니면 이웃 누군가의 차를 얻어타고 쿠엘가마노스까지 갈까? 마리아는 묻지 않았고 딸도 설명해주지 않았다. 핸드백, 외투, 문 닫는 소리. 엄마도 딸도 아무 말도 하지 않는다. 밑도 끝도 없는 가구 위의 사진들. 그중 몇몇에는 남편, 아버지라고 생각되는 남자의 모습이 보이지만 마리아는 감히 돌아가셨느냐고 묻지 않는다. 같은 건물 다른 집에서 일하는 여자들도 아무것도 모른다고 했다. 사실 아파트 건물 안에는 오래 일하는 여자가 별로 없었다. 일하다가 결혼해서 자기 집을 돌보러 가거나 아니면 주인집에서 일하는 아이를 바꾸거나 했다. 여자들은 모두 어렸고 카디스나 무르시아, 바다호스 출신이었다. 보통 이름으로 부르지 않고 여자들이 청소하고 설거지하고 요리하는 그 집 호수로 불렀다. 마리아는 부인을 목욕시키고 기저귀를 갈아준다. 2층 오른쪽 아파트에서 일하는 여자는 쌍둥이를 버티지 못했고, 위층에서는 누구도 두세 달을 견디지 못한다. 마리아가 그 집을 그만두어도 아무도 어떻게 된 일인지 알지 못할 것이다. 존재한 적이 없었던 것처럼 사라져버릴 것이다.

✦

승강기 소리가 들린다. 시간상으로 볼 때 딸이 돌아온거라고 생각한다. 하지만 승강기는 멈추지 않고 계속 올라간다. 마리아는 다시 긴장을 푼다. 이미 주방으로 향하던 발걸음을 돌려 소파 위 부인의 몸, 아무렇게나 늘어진 그 몸을 덮은 담요를 바라본다. 부인은 아무것도 묻지 않았다. 마리아 역시 간혹 목욕을 시킬 때나 옷을 갈아입힐 때,

또 기저귀를 갈아줄 때 달래려고 몇 마디 할 뿐 부인이 말을 걸어오기 전에는 아무 말 하지 않는 데 익숙했다. 하지만 아무리 그래도 지금 둘 사이의 이 침묵은 뭔가 불편하다. 이제 할 일이 별로 없다. 시시 부인 치장도 끝났고, 집 청소도 마쳤고, 점심을 준비하고 저녁 식사 거리를 마련할 시간은 아직 한참 남았다. 부인은 거리에서 들려오는 소음이 뭣 때문인지 들어보려고 텔레비전을 꺼달라고 했었다. 그 소리가 지금 보고 있는 화면에서 나온다는 걸 몰랐기 때문이다. 마리아가 다시 텔레비전을 틀자 거부의 몸짓을 보인다. 두 눈을 가늘게 뜨고 오른손을 어렵사리 휘젓는다. 지금 무슨 일이 일어나고 있는지 부인은 관심 없는 것 같지만 달리 할 일이 없는 마리아는 지난 이틀간 텔레비전에서 보여준 것들을 부인에게 이야기해주기 시작한다. 사람들 줄이 너무 길었다는 것, 궁궐에서부터 시작된 그 줄이 산타 테레사와 산호세를 넘어 구불구불 이어졌고 작은 점처럼 점점이 이어진 사람들의 몸은 너무 작아서 시시 부인과 그 딸, 또 마리아 자기 자신, 페드로와 자기 부모로 혼동할 수도 있었을 거라고 말한다.

딸은 아직 돌아오지 않았다. 마리아는 이제 무슨 말을 해야 할지 알 수 없다. 점심 식사시간은 아직 멀었다. 마리아는 노부인의 말을 거역하고 다시 텔레비전을 켠다. 배경음이다. 두 눈을 감고 소파에 잠들어 있는 시시 부인을 지켜본다. 자주 있는 일이다. 약 때문인지, 나이 때문인지 아니면 보지 않기 위해 눈을 감고 있다가 잠이 들고 다시 눈을 떴다가 또다시 잠드는 것 이외에는 달리 할 일이 많지 않은 때문인지 병이 든 이후로 부인은 잠이 많아졌다. 마리아는 다시 부인 옆 소파에 앉는다. 본능적으로 부인의 손을 찾는다. 사실 이런 일은 처음이다. 어떻게 부인의 손을 잡을 생각을 했는지 알 수 없다. 담요 속으로 부인의 손을 찾는다. 손이 차갑다고 느낀다. 집 밖의 날씨를 생각하면 이상할 일도 아니다. 11월 말 날씨. 당연하다. 23일 일요일, 성녀 시시니아의 축일. 부인은 잠들었다. 혹은 그렇게 보인다. 왼손으로는 부인의 차가운 손을 감싼 채 오른손 손가락 끝으로 가볍게 부인의 어깨를 건드린다. 처음에는 머뭇거리다가 나중에는 끈질기게 어깨를 두드린다. 부인은 반응하지 않는다. 마리아는 이름을 불러본다. *시시부인!* 혹시 잠들어 있는 것을 깨우는 것일까 속삭이듯 말한다. *시시. 또다시 시시.* 이름을 부르던 목소리는 간절한 애원으로 변한다. 마리아는 지금 일어났을 것만 같은 그 일이 부디 일어나지 않았기를 바라면서 점점 더 큰 목소리로 부인을 부른다. *시시 부인, 시시, 사모님, 대답해보세요.* 부인의 몸이 반대쪽으로 미끄러진다, 뼈자루, 늙은 뼈 위로 살 한 점 없는 몸, 메마르고 갈라진 피부. 마리아는 노부인의 손을 놓고 부인에게서 떨어진다. 어떡하나 생각한다. 어떡하지, 마리아, 도움을 청해야지, 누군가 찾아야지. 전화? 누구에게 걸까? 치코? 페드로? 이사 나온 이후로 자주 들려보지도 않았던 삼촌? 도움을 청해야지, 누군가 찾아야지. 아파트 수위, 이웃 남자. 남자들은 이럴 때 어떡해야 할지 알 거야.

비상문은 사용하지 않는다. 어떤 집들은 일요일에 비어있기 때문에 자기 목소리를 들을 수 없을지도 모른다. 문을 열어두고, 대답이 없는 시시 부인을 소파 위에 내버려 두고, 왼쪽으로 기울어진 뼈만 남은 몸, 죽었다고 믿고 싶지 않은 부인의 몸을 내버려 두고 집을 나선다. 앞치마 주머니에 집 열쇠를 챙겼다. 승강기를 기다리지 않고 건물의 현관문을 향해 계단을 달려 내려간다. 건물 현관 경비실은 잠겨 있다. 일요일이다. 아무도 대답하지 않는다. 경비의 집을 두드린다. 주먹을 쥐고 문을 두드린다. 똑똑똑똑똑똑. 점점 더 세게, 문 좀 열어주세요, 여보세요, 저 마리아예요, 시시 부인 댁 마리아, 4층이요. 점점 더 큰 목소리로, 점점 더 세게 두드린다. 똑똑똑똑똑똑. 절 좀 도와주세요. 아무도 대답하지 않는다. 문에 귀를 대본다. 아무 소리도 들리지 않는다. 마리아는 한 걸음 물러선다. 또 한걸음. 2층까지 계단을 올라 왼쪽 문 초인종을 누른다. 그다음은 오른쪽. 힘에 겨워 기진맥진 점점 숨이 가빠온다. 문 좀 열어보세요, 이봐요, 저 마리아예요, 시시 부인 댁 마리아, 도와줘요. 살려줘요. 경비실에서와 상황은 마찬가지다. 아무도 문을 열지 않는다. 경비와 그 가족이 한데 모여 쌀 요리를 앞에 놓고 함께 시간을 보내기에 얼마나 좋은 일요일인가. 2층 왼쪽 집과 2층 오른쪽 집 가족이 시시 부인의 딸과 함께 사람으로 꽉 들어찬 거리에 있는 모습을 상상하는 것은 어렵지 않다. 하얀 손수건을 흔들면서 눈물이 뺨을 타고 흘러내리리라. 마리아는 그사이 건물 안을 뛰어다닌다. 관리사무실은 비어있고, 경비실에도 아무도 없다. 2층 집들도 모두 비어있다. 3층으로 올라간다. 숨을 몰아쉬며 3층 왼쪽 집 문을 두드린다. 똑같은 말을 반복한다. 여보세요, 문 좀 열어보세요, 도와주세요, 시시 부인 집 사람입니다, 여보세요. 층계참 이편에서는 아무런 대답이 없다. 마리아는 끈질기게 초인종을 누른다, 몇 걸음 옮겨 3층 오른쪽 집으로 다가가 문을 쾅쾅 두드린다, 도와달라고 외친다, 살려달라고 외친다. 시시 부인네 마리아예요, 문 좀 열어봐요. 마리아는 자신이 소유 형용사를 사용한다는 것을 깨닫지 못한다. 자신을 시시부인의 소유물로 여기고 있다는 것을 인식하지 못한다. 그 순간에는 그런 생각을 하지 않는다, 그 몇 해 동안은 그런 생각이 들지 않는다. 마침내 무슨 소리가 들린다. 누군가 의자 혹은 테이블을 움직이는 소리, 나무 바닥에 나무가 끌리는 소리, 소파에 기대있는 시시 부인의 뼈가 아닌 다른 사람의 뼈와 살이 움직이는 소리. 나가요. 문 안쪽에서 들리는 목소리가 말한다. 그러면서 자물쇠가 하나, 둘, 문고리가 벗겨지는 소리가 들린다. 이윽고 문이 열린다.

　-저 마리아예요, 4층 시시 부인 댁에서 일하는 마리아요. 부인이 대답을 안 해요. 어떻게 된 거 같아요. 말을 안 해요. 흔들어도 말씀이 없어요. 도와주세요, 제발.

　-주인분들이 지금 안 계셔요. 엘에스코리알에 올라가셨는데…. 집을 비워도 될지 모르겠어요. 늦지 않게 돌아오실 텐데….

　마리아는 *제발*, 이라고 답한다, *제발*. 다른 말은 하지 않는다. 마리아는 알고 있다. 여자를 바라보는 마리아의 눈빛이 뭔가 말한다. 헐떡이며 들이마시는 숨, 헛구역질하듯 내쉬는 숨이 뭔가 말한다. 문틀을 움켜쥔 작은 몸집이 뭔가 말한다. 3층 오른쪽에서 일하는 여자는 알겠다고 대답한다. 그럴게요. 그리고는 주인들이 돌아오면 4층에서 들리는 소란스러운 소리에 무슨 일인지 보러 올라올 거로 생각한다. 문을 닫는데 시간이 좀 걸린다. 자물쇠 하나, 또 하나를 잠근다. 여자는 마리아의 걸음을 따라 계단을 올라온다. 마리아는 두세 계단씩 성큼성큼 올라가고 3층 여자는 하나씩 밟고 올라간다. 여자는 아파트 도면이 자기가 일하는 집이 다르다는 걸 확인한다. 왼쪽 집들은 발코니 하나가 적다는 이야기를 늘 들어왔다. 그리고 부인이 정성껏 손질

해온 가구들을 보고 감탄한다. 소파라고 했어요? 여자가 목소리를 높인다-마리아보다 약간 더 나이가 든 그 여자는 주방 옆에 붙은 구석방에서 잔다는 이야기를 들은 적이 있다. 아무도 그 여자를 3층 오른쪽 집에서 일하는 <여자애>라고 부르지 않았다-. 마리아가 여자의 묻는 말을 확인하듯 반복한다. 소파에요. 여자는 가구들을 빙 둘러 담요를 덮은 시시 부인에게로 다가간다. 여자가 부인 쪽으로 몸을 기울일 때 마리아는 여자의 손이 부인의 팔목과 목을 짚어보리라 생각한다. 마리아가 전에 부인의 어깨를 두드리고 차디찬 손을 만졌을 때 착각했다고는 생각하지 않았다. 하지만 누군가 다시 확인해줄 필요가 있었다. 마리아는 숨이 차온다. 목줄이 죄어오기라도 하는 양 앞치마를 벗어 바닥에 던진다. 그래도 숨쉬기가 어렵다.

-아이, 마리아!

여자가 다가온다.

-정말 안됐네요, 마리아. 맥박이 없어요. 숨을 쉬지 않아. 안됐어요, 진심으로.

부인이 아직 정신이 맑았던 때 그저 시간을 보내려고 나눴던 대화가 뜨문뜨문 떠오른다. 부인은 자신의 이름에 관해 몇 가지 더 이야기해주었었다. 아버지가 지어준 이름이란 건 이미 알고 있었다. 아버지, 딱 그 말뿐이었다. 부인은 결코 더 자세히 이야기하지 않았다. 이름도, 고향도. 직업도. 집에는 엄마와 딸, 그리고 이제는 여기 없는 사진 속 남자, 그 외의 흔적은 남아 있지 않았다. 아주 짧은 기간 교황이었던 병든 성자의 이름을 여자 이름으로 바꿔 딸에게 붙여준 아버지. 그런데 그 성녀, 산타 시시니아에 대해서 내가 알고 있는 건 딱 하나야. 기도문에 나오는 건데-이 부분에서 목소리를 낮췄다-바로 마귀를 쫓는다는 거야. 부인은 주변을 둘러보면서 부인이 모르는 사이 딸이 돌아온 것은 아닌지 확인했다. 딸은 때로 미사에서 돌아와 방 안에 틀어박혀 점심이나 저녁을 먹으러 조차 나오지 않을 때도 있었기 때문이다. 그리고는 마귀에게 대항할 수 있는 건 단 두 여자, 성녀 마리아와 산타 시시니아 밖에 없다고 설명했다. 예수와 세례 요한, 천사장들과 순교자들, 예언자들과 고위직 신부들, 전부 다 남자들이지. 이 사람들은 악령을 멀리하게 해줄 뿐이야. 그 이상의 것은 예수의 어머니, 말씀과 십자가의 힘을 가져다주는 성녀 마리아에게 청하는 거고. 하지만 마귀를 쫓아내는 건 바로 산타 시시니아야. 시시니아 딱 하나지. 어떤 남자도, 어떤 다른 성자도 귀신들린 사람의 몸에서 마귀를 쫓아내지는 못해. 우리 아버지는 그게 재미있었다는군. 그런데 마리아, 자네는 왜 마리아라는 이름을 붙였지? 우리 할머니 이름이 마리아였거든요. 그리고 할머니가 제 대모이시고요. 잘됐다, 마리아. 부인은 즐거워했다. 혹시라도 마귀가 우리 집 문을 두드리면 자네랑 나랑 함께 물리치도록 하세. 그 사이 아래층에서 일하는 여자가 어떡하냐고 물었다. 어떡하지, 병원에 전화할까, 장의사에게 전화할까, 나도 이런 일은 처음이라서, 이 부인이 내 망자도 아니고. 마리아는 '내'라는 소유 형용사를 이해할 수 없었다. 시시 부인의 시신이 자신의 소유물이라도 된단 말인가? 부인의 이름에 대한 기억이 다 할 무렵 마리아는 여자가 전화하는 소리를 들었다. 여자는 그 컴컴한 집 안에 있는 성녀들이 기적이라도 일으킬 양 죽은 시신을 위해 의사에게 전화를 걸었다.

-네, 벤투라 로드리게스, 3번지, 4층 왼쪽 아파트요. 부인이 숨을 쉬지 않아요. 대답도 없고, 맥박도 뛰지 않고요. 네, 네, 여기로는 못 오신다는 건 알아요. 그런데 오리엔트 광장은 해산하지 않았나요?

오늘 마드리드에서는 사람이 더 많이 죽는 모양이야. 아니면 그자를 매장하기 전에는 사람들이 죽는 걸 금지했든지. 문제를 만들지 않으려고 〈프랑코〉라는 이름을 입 밖으로 내지 않았지만 여자는 그런 식으로 마리아를 공범으로 만들려고 했다. 그러나 마리아는 그저 멍하니 있을 뿐이다. 그러다가 정면을 바라본다. 먼저 낮은 테이블 앞에 서 있는 여자, 그리고 소파 위의 시시 부인을 본다. 마리아는 대답하지 않는다. 두 사람은 문을 닫아두지 않았고 여자는 자기 말을 후회한다. 혹시 복도에서 자기 목소리가 들렸을까 봐, 마리아가 못 믿을 사람일까 봐, 혹은 부인이 의식을 회복해서 자기 주인들에게 그 이야기를 할까 봐. 산 사람과 죽은 사람을 구분할 수 없으니 깜짝 놀랄 일이 있을 수도 있다. 자기 주인을 위해 청소하고 요리하며 사는 여자는 그런 걸 알 턱이 없다. 여기 다시 소유 형용사가 등장한다. 다시 누군가가 누군가의 소유물이 된다. 마리아가 대답이 없자 여자는 말을 바꾼다, 세상에, 마리아, 너무 안됐어요. 어쩌면 좋아. 여자가 위로의 말을 건네는 동안 마리아는 '마리아의 망자'를 본다. '마리아의 망자'라니? 그러면 시시 부인이 마리아의 것이란 말인가? 시시 부인이 마리아와 무슨 상관이지? 거리에서 스며들어오는 빛으로 볼 때 정오도 채 되지 않았지만 3층 오른쪽 집에서 일하는 여자와 마리아는 훨씬 더 늦은 시간이라고 생각한다. 빛은 잘못이 없다. 창문의 잘못도 아니다. 밤이 다 되어서야 마리아는 가구와 자기 유니폼, 시시 부인을 위해 골라준 옷 색깔 때문이라고 생각한다. 오래된 가구 위에 쓰러진 몸, 가볍디가벼운 몸, 살집 하나 없는 뼈 자루 같은 몸, 그 뼈를 감싼 두꺼운 피부, 왼쪽으로 쓰러진 그 죽은 몸 탓이라고 생각한다. 마리아는 노부인이 밖에서 일어나는 일에 대해 알고 싶지 않아 두눈을 감던 것을 기억한다. *내게 보이지 않으면 그건 없는 거야.* 누군가 집으로 들어온다. 의사인지, 딸인지, 경비인지, 음식 접시를 받으러 온 아래층 주인인지, 누구인지 알 수 없다. 마리아는 눈을 뜬다.

목맨 남자
1999년 코르도바

아이의 몸은 지금 강당 들보에 거꾸로 매달려있다. 누군가 아이의 손을 등 뒤로 묶은 다음 몸이 바닥에 떨어지지 않도록 오른쪽 발목에 단단히 매듭을 묶어 거꾸로 매달아 놓았다. 바닥으로 떨어진다면 부딪혀 상해를 입을 것이 분명했다. 천장에서 바닥까지의 거리가 별로 떨어져 있지 않아 심하게 다치지는 않겠지만 잘못하면 뼈가 부러질 수도 있다. 이 사춘기 여자아이를 여기 매단 사람들은 아이가 수치심을 느끼게 하려는 것 이상의 의도는 없는 것 같다. 아이가 얼마나 오래 여기 이러고 있었는지는 아무도 모른다. 강당에서는 온종일 수업이 없었고 아이의 영어 선생님은 분명히 첫 수업 시작 전 학교로 들어오는 아이와 마주쳤노라고 말했다. 하지만 확실한 건 아이가 수업에 들어오지 않았다는 것이다. 첫 수업에도, 그 이후 수업에도, 그 이후 수업에도 들어오지 않았다. 그러나 매 학기 높은 점수로 시험을 통과하고 숙제도 늘 제때 제출하고 가끔 강세부호를 놓치기는 해도 맞춤법도 정확하고 내용 면에서도 충분한 의지와 사색의 능력을 보여주는 학생이므로 선생님은 별로 의심하지 않았다. 감기에 걸렸거나 진찰을 받으러 갔거나 했을 테지. 내일이면 다시 학교에 나와 이유를 설명하리라. 광장에서 담배를 피우고 있다거나 쇼핑몰을 쏘다니고 있을 위험은 없었다. 아무리 뛰어난 학생이라도 하루쯤은 수업에 나오기 싫을 수도 있다, 이해하고 용서해야지. 그런데 아이는 여기 발목이 묶여 거꾸로 매달린 채 숨겨져 있었다.

아이를 발견한 것은 아이를 알지 못하는 언어·문학 선생님이었다. 강당에서 강연이 있을 예정이었고 선생님은 행사 준비를 맡았다. 연사의 눈을 즐겁게 하려던 꽃 화분이 바닥에 떨어져 꽃이며 흙이며 깨진 화분 조각들이 온 사방으로 튀었다. 아이가 눈을 뜨고 있나? 입술을 움직이나? 알 수가 없다. 문 쪽에서 아이의 등이 보이도록 매달아 두었기 때문이다. 선생님은 아이에게 살아있느냐고 묻는다. 알리시아는 그렇다고 대답한다. 괜찮냐고는 묻지 않는다. 당연히 괜찮지 않다. 숨을 쉬고 있는지, 의식은 있는지 그것만 궁금했다. 선생님은 안도하며 다가간다. 시체를 보지 않아도 되리라. 그리고 소녀 앞에 선다. 벌개진 얼굴. 선생님 눈동자에 박힌 눈동자. *제 이름은 알리시아, 3학년 B반이에요.* 자세 때문에, 거꾸로 매달려 보낸 시간 때문에 목소리는 떨려도 억양은 차분하다. 침착하게 자신을 소개하고 선생님의 반응을 기다리며 바라본다. 선생님은 얼른 그 자리를 떠났다가 돌아온다. 알리시아의 계산으로는 대략 십 분가량 걸렸다. 하-나, 둘, 셋, 넷, 다-섯… 초를 셌다. 오-백을 셀 때쯤에는 이미 지루해졌다. 선생님은 다른 선생님들 여럿, 그리고 수위 아저씨와 함께 돌아왔다. 최고학년 학생 세 명이 체육관에서 매트리스를 가지고 따라왔다. 관리실 사람들은 몇 분 더 걸렸다. 그 사람들은 사다리를 끌고 왔다. 선생님 중 하나가 발목에 묶인 매듭을 푸는 동안 알리시아는 교장 선생님이 성호를 긋는 걸 보았다. 약간의 거리를 두고 연극 공연을 보는 것처럼. 끝나면 박수를 쳐야 할까? 알리시아를 발견한 선생님은 너무나 영리한 방법으로 몸을 매달아 놓았다고 감탄한다. 육십 킬로 정도 되는 십 대 아이의 몸에 아무런 자국도 남지 않도록 조심해서 묶어둔 것이다. 아무도 듣지 못할 거로 생각하고 낮은 목소리로 중얼거렸지만 모두 무겁게 침묵을 지키고 있었으므로 선생님 목소리는 더 크게 증폭되는 것 같았다. 몇몇 선생님은 -그중 프랑스어 선생님을 알아볼 수 있었다- 매듭이 풀렸을 때 바닥에 부딪히지 않도록 아이의 어깨를 붙들고 있었다. 학생들은 소녀 아래쪽에 매트리스를 깔았다. 혹시라도 미끄러져 내리면 바닥에 부딪힐 때 충격을 줄여주기 위해서였다. 묶인 매듭을 푸는 동안 알리시아는 자기가 이런 일을 당해도 싸다고 생각한다. 매듭이 풀리자 균형감을 되찾게 하려고 모두 알리시아를 붙들고 몸을 매트리스 위에 눕힌다. 알리시아는 누운 채 한 사람 한 사람 얼굴을 바라본다. 한사람 옆에 또 한 사람, 그리고 또 한 사람. 그중 대부분은 도대체 무슨 일이 일어난 것인지 아직도 어리둥절하다.

선생님은 아직 사다리에서 내려오지 않았다. 선생님은 알리시아에게 기념으로 그 끈을 가져가겠느냐고 묻는다.

알리시아가 스스로 이런 일을 당해도 싸다고 생각하는 데는 다 이유가 있었다. 첫날부터 알리시아는 친구들에게 시비를 걸었다. 모욕을 주고, 웃음거리로 만들며 즐거워했다. 별로 새로울 것도 없었다. 알리시아는 늘 그랬었다. 초등학교에서라면 아이들은 주먹질로 응수했을 것이다. 수업이 끝나기를 기다렸다가 주먹을 꽉 쥐고 배에 한 방 먹이거나 누군가는 개 같은 년 욕설을 퍼붓고 또 누구는 머리끄덩이를 잡아당겨 머리 고무줄에 엉킨 머리카락이 한 움큼 빠질 수도 있다. 그런데 이번 같은 반 아이들에게서는 좀 더 세련된 반응을 기대하고 있었다. 아이들은 그런 알리시아의 기대를 충분히 충족시켰다. 예상은 틀리지 않았다. 사실 마음속으로는 그 사실을 인정하고 싶지 않았지만 말이다. 맨 처음 거꾸로 매달아 머리가 약간 흔들렸을 때 알리시아가 약간 괴로워하는 걸 지켜보며 즐거워하기는 했지만 그 이후의 계획은 박수를 받을 만하다. 빈틈이라고는 없었다. 네 아버지가 버스정류장도 없는 동네에서 호치키스를 팔건, 네 아버지 이름을 딴 로펌을 가지고 있건 상관없다고, 인간이 별 볼 일 없으면 그건 돈으로 바꿀 수 없다고들 한다. 하지만 알리시아는 그 말이 사실이 아니라는 걸 알고 있다. 적어도 숨길 수는 있다. 그렇지 않은 척할 수 있다. 일주일 치 용돈을 받아 그걸로 안전한 최고급 밧줄을 살 수 있다. 다음 사용자가 검색 이력을 모두 들여다볼 수 있는 도서관 공공 인터넷이 아니라 보안이 철저한 인터넷을 통해 위험하지 않고 안전하게 매듭을 묶을 방법을 검색할 수 있는 것이다.

교장 선생님은 수업에서 이와 관련한 이야기를 꺼내지 말 것을 당부한다. 학부모들에게 알리지 않으려는 것이다. 사회 선생님을 대신해 몇 번 수업에 들어온 적이 있어 낯익은 여선생님 하나가 손을 내밀어 일으켜준다. 알리시아는 비틀거리며 넘어지지 않으려고 선생님의 팔뚝을 잡는다. 학생들이 알리시아에게 의자를 가져다준다. 그중 하나가 마침내 입을 연다. *네가 자초한 일이야.* 알리시아는 주위를 둘러본다. 이미 그 말에 주의를 기울일 사람은 없다. 무대 앞면에 의자를 정리하고 있는 언어·문학 선생님을 빼고 다른 선생님들은 모두 돌아갔다. 알리시아는 그 소년을 바라본다. 한 번도 본 적 없는 아이다. 알리시아는 맞아, 라고 대답한다. 맞아. 자랑스럽게 말한다. *나는 그럴 만했어.* 마치 상이라도 받은 듯 말한다, 자아, 모두 박수!

다음 며칠간 알리시아는 자기만의 버전을 고수한다. 아무것도 기억나지 않는다. 갑자기 눈을 떴을 때는 이미 강당에 거꾸로 매달린 상태였다. 천장이 바닥이고 바닥이 천장인 채로. 그리고 가로로 펼쳐진 텅 빈 무대. 누가 그랬니, 알리시아? 기억나지 않아요. 어떻게 그렇게 했니? 기억나지 않아요. 언제 그랬니? 기억나지 않아요. 알리시아에게서 아무것도 알아내지 못한 신부님들은-몇 년 후 알리시아는 사람들이 알리시아의 몸을 내리는 동안 성호를 긋던 교장 선생님을 기억하게 될 것이다-다른 사람들에게 물어물어 정보를 얻어냈다. 그날 아침 학교 건물에 들어서면서 알리시아와 인사를 나눴던 선생님은 적어도 그 모든 일이 여덟 시 십오 분 이후에 일어났다는 걸 증명했다. 같은 반 몇몇 여학생들, 똑같이 왕따에다가 소심한 아이들은 그날 알리시아가 책상에 앉은 적이 없다고, 그랬다면 자기들이 알았을 것이라고 말했다. 강당은 건물 맨 끝, 도서관과 교무실 뒤에 있었다. 그러니 수업 시작을 알리는 종이 울리기 전 잠깐의 시간, 학교 입구 철책에서부터 강당에 이르는 공간, 그 시간과 공간에 누군가 숨어들어 이 아이를 묶어둔 것이다. 애들 장난일까? 이 아이가 누군가와 짜고 주의를 끌려고 일을 벌였다가 감당할 수 없는 수준이 되어버린 걸까? 그래서 그 아이들에게 불똥이 튀지 않게 하려고 입을 다문 게 아닐까? 선생님들이 알리시아에 대해 알고 있었다면, 조금이라도 관심을 두고 그 아이 이야기에 귀를 기울였다면 그 아이는 재미있어 하는 게 하나도 없다는 사실을 알게 되었을 것이다. 알리시아가 그런 것처럼 같은 반 나머지 아이들도 똑같이 침묵을 지킨다. 아무도 아무 말 하지 않는다, 자백하지도 않는다. 그리고 그날 이후로 수업에 나오지 않는 알리시아에 대해 아무도 묻지 않는다.

◆

 알리시아는 수업 첫날부터 이렇게 될 거라는 걸 예감했다. 그즈음에 알리시아 이야기를 모르는 아이가 어디 있었겠는가. 신문에서는 사고를 가장한 자살로 파산을 막아보려 한 사업가 이야기를 끊임없이 떠들고 있었다. 같은 반 아이들의 부모들은 분명 집에서 이런 이야기를 했었을 것이다. *가엾은 아이 같으니라고, 결국 어디서 살게 됐는지 좀 보렴.* 그즈음에는 이미 공립학교에는 빈자리가 하나도 남지 않았기 때문에 엄마는 이미 등록해 두었던 종교계 사립학교에 아이들을 그대로 보낼 수밖에 없었다. 학교를 마친 오후와 저녁 시간에는 빈곤한 미래의 삶, 도시 변두리 동네, 엄마는 치코 삼촌의 레스토랑에서 일하고, 아빠는 죽고 없는 삶을 살고 오전에는 학교에서 부유한 아이들과 과거의 삶을 살면서 알리시아는 등굣길에 학교로 가는 길을 벗어나 결코 이사할 수 없었던 그 아파트를 보러 가곤 했다. 동생이 그 사실을 잊지 않도록 하기 위해서였다. 에바는 투덜거리면서 언니의 청바지나 소매를 잡아당기다가 결국에는 언니를 무시하고 혼자 학교로 걸어가곤 했다. 알리시아는 그 집 발코니와 창문을, 그리고 그 안에서 일어나는 일들을 지켜보곤 했다. 도대체 누가 그 자리를 차지한 걸까?
 하지만 알리시아가 그런 행동을 할 만한 동기는 충분치 않았다. 같은 반 아이들은 이미 여러 학기째 함께 학교에 다녀 자기들끼리 잘 아는 사이였고 거기 끼지 못한 것은 자신의 상황이나 출신 때문이라기보다는 학교 아이들의 무관심 때문이었다. 그 아이들에게 알리시아는 별 의미 없는 존재였다. 없는 거나 마찬가지, 아무도 상관하지 않는 존재였다. 딱 한 소녀가 둘째 날 알리시아에게 다가와 낮은 목소리로 자기 아버지가 알리시아의 아버지를 알고 있었노라고 이야기한 것이 전부였다. 그때 알리시아는 그 아이의 아버지가 은행 지점장이라는 사실을 알았고, 그것만으로도 다시는 그 애와 이야기를 나누지 않을 이유가 충분했다. 그리고는 어떻게 하면 그 예민하고 멍청한 아이, 동물을 사랑하는 마리나에게 상처를 줄 수 있을지 고민하기 시작했다. 어느 날 교실 벽 갈라진 틈으로 생쥐 한 마리가 들어왔다. 수업 내내 교실을 휘젓고 다니면서 그 아이 주변에서 얼쩡거리던 생쥐가 선생님에게 발각되자 마리나는 울음을 터뜨렸다. 알리시아는 너무나 즐거운 마음으로 그 장면을 지켜보았다. 알리시아에게 말을 거는 아이는 없었다. 알리시아 역시 누구에게도 다가가지 않았다. 그룹별 과제를 내줄 때에는 언제나 빠질 궁리를 했다. 다른 동네에 살기 때문에 오가는 거리도 멀고 돌봐야 할 동생도 있다는 핑계를 댔다. 동생을 돌봐야 해요, 여기까지 다시 오느라 동생을 혼자 둘 수가 없어요. 선생님들은 대부분 그 말을 받아들였다. 같은 반 아이들은 집으로 돌아가는 길에 삼사십 분 정도 떼로 몰려다니며 놀았다. 에바는 친구들과 헤어지는 데 시간이 오래 걸렸다. 볼에 뽀뽀하고 껴안고 또 저녁에 전화하기로 약속을 하고…. 그럴 때면 알리시아는 참을성 있게 에바를 기다렸다가 함께 버스정류장으로 내려가곤 했다.

그러는 사이 알리시아는 매일 밤 아빠 꿈을 꿨다. 밤이면 밤마다 다음 날 아침 자명종이 울릴 때까지 교통사고로 목숨을 끊으려다가 결국은 나무에 목을 매는 아빠가 꿈에 나왔다. 잠에서 깨면 알리시아는 목을 더듬어보고 다리를 움직여 보면서 자신이 아직 살아있는지 확인했다. 꿈에 관해서는 절대 아무에게도 이야기하지 않았다. 누구에게 이야기 하겠는가? 주변에 친구라곤 없었고, 엄마랑은 말도 하지 않았다. 삼촌은 종일 일하느라 바빴고 동생은 너무 어렸다. 알리시아는 침실이든 욕실이든 주방이든 그 작은 아파트 어디서든 들려오는 알람 소리나 엄마 하이힐 소리, 엄마 팔목에 요란한 팔찌 소리에 잠이 깨곤 했다. 엄마는 바에 나갈 채비를 마치면 아이들에게 알아서 옷 입고 아침 먹고 학교에 가라고 말하고는 허공에 입을 맞춘 다음 홀가분한 마음으로 문을 닫고 나갔다. 그리고는 점심때 엄마가 일하는 바로 가 〈오늘의 메뉴〉로 점심을 먹을 때나 얼굴을 볼 수 있었다. 운이 좋으면 엄마가 썩은 기름내를 풍기며 돌아왔을 때 이미 잠들어있을 때도 있었다. 알리시아는 억지로라도 그렇게 하려고 애썼다. 밤 열 시 무렵이면 이를 닦고 트레이닝복을 파자마로 갈아입은 다음 에바에게 잘 자라는 인사를 한다. 에바는 밤마다 자기 전에 엄마 얼굴이라도 한 번 보려고 텔레비전을 보며 기다리거나 소파에서 꾸벅꾸벅 졸고 있다. 모르는 이들에게도 입을 맞추는 에바, 별 도움이 되지 않는 사람도 모두 가까이 끌어당기는 에바. 지난 몇 달간 알리시아는 잠이 오지 않아도 불을 끄고 침대에 누워 그 나쁜 꿈이 다가오기를 기다렸다. 두눈을 감으면 여름이 시작되기 며칠 전 그 메마른 땅 위에서 아빠가 자살하는 모습이 장면 장면 되살아났다.

　다른 사람들은 무슨 꿈을 꿀까? 학교 가는 버스 안에서 알리시아는 사람들의 이야기를 듣는다. 꿈에서 이빨이 빠졌다느니, 홀딱 벗고 거리를 걸어 다녔다느니, 기차를 놓쳤다느니 혹은 이미 붙은 시험을 다시 보는 꿈을 꿨다느니 하는 이야기들. 집에 돌아와서는 중고 책 바자에서 사 온 꿈 백과사전에서 그 의미를 찾아본다. 변화에 대한 두려움, 다가오는 위기 앞에서 느끼는 불안감, 관계의 기복, 그런 것들 때문이란다. 여자건 남자건 젊었건 늙었건 다른 꿈을 꿨다고 말하는 사람은 없다. 알리시아는 다른 사람들의 꿈 이야기, 그 솔직한 묘사, 독특하다고 강조하는 세부사항들을 모두 기억해 두었다. 아직 한 번도 그런 적은 없지만, 그리고 앞으로도 그럴 리 없지만, 혹시라도 누군가와 꿈 이야기를 나누게 된다면 자기 상황에 필요한 해석을 덧붙여보려는 생각에서다. 이빨과 누드, 늦게 도착한 기차역, 오지 않는 합격증. 그런 걸 더하면 알리시아의 꿈 이야기는 한층 더 진짜처럼 들릴 것이다. 자기에게 일어난 일을 있는 그대로 말하면 과연 누가 그 말을 믿어 주겠는가?

◆

학교 강당에 거꾸로 매달려있는 자신의 모습. 알리시아는 오늘도 그 이야기는 하지 않는다. 커피타임. 어린 시절의 일화를 돌이켜보는 시간. 대화 상대자가 아직 자기 이야기를 끝마치기도 전에 내 추억 속 한 장면의 먼지를 털어내며 서로의 속 이야기를 주고받는 시간. 하지만 알리시아는 그 이야기는 하지 않는다. 부끄러움이나 수치심 때문은 아니다. 사건에 관해 이야기하면, 그날 어떻게 학교로 갔고 어떻게 모든 게 시작되었는지, 밧줄에 묶여 발목 피부가 따끔거리던 그 시간에 관해 이야기하면 그 짓을 한 아이들에게 자기 기억의 한편을 내주게 될 거란 걸 알기 때문이다. 그 애들이 그럴 만한 가치가 있나? 걔들이 알리시아의 기억 속에서 존재감을 얻으려고 애쓴 건 물론 인정한다. 계획을 세우느라 애쓴 것, 그 아이러니를 인정한다. 한때 그 애들을 과소평가했다는 걸 인정한다. 그 학년 아이들의 이름은 거의 기억하지 못한다. 그러니 그 아이들의 상황은 더더욱 알지 못한다. 하지만 그 애들을 어떻게 상처 주었는지는 분명하게 기억하고 있다. 몇 주 동안 어떻게 하면 그 아이들을 웃음거리로 만들 수 있을까, 어떻게 창피를 줄 수 있을까 고심하게 만든 동기만은 분명하게 기억하고 있다. 마리나, 그 아이 이야기는 이미 했다. 그래, 그 아이 이름은 기억한다. 또 다른 곱슬머리 여자아이 하나. 하도 오래 입어서 허벅지가 낡아 찢어진 알리시아의 청바지를 비웃었던 아이. 그리고 또 하나, 감기 걸린 알리시아에게 휴지 한 장 빌려주는 걸 거절했던 남자아이. 알리시아는 창피해하면서 후드티 소매로 흘러내리는 콧물을 닦았고 쉬는 시간 종이 울리자마자 화장실로 달려가 차가운 수돗물 아래 몇 분이나 옷소매를 빨고 젖은 채 교실로 돌아왔다. 그 애 일은 쉽지 않았다. 한 치의 실수도 없이 용의주도하게 공격의 순간을 택해서 일을 처리해야 했다. 알리시아는 며칠이고 수업시간에 그 아이를 지켜보았다. 에바에게는 혼자 버스를 타고 엄마가 일하는 바로 가라고 했다. 엄마에게는 알리시아가 배가 아파 곧장 집으로 갔다고, 집에서 혼자 수프를 데워 먹을 거라고 말하도록 시켰다. 그런 다음 그 아이를 따라다녔다. 그리고 어느 날 수학 수업, 드디어 유레카! 그 아이 다니엘이 책을 잊고 안 가져오는 바람에 옆자리 아이에게 함께 보자고 청한다. 알리시아에게는 그렇게 빡빡하게 굴었으면서 자기에게는 너그럽게 대해주는 게 당연하다고 생각하나 보다. 그런데 갑자기 옆자리 아이를 바라보는 다니엘의 시선이 보통보다 이삼 초 더 길게 지속되는 걸 느낀다. 알리시아는 그 몸짓을 기억에 담아두고 몇 주 동안이나 단서를 쫓았다. 다니엘이 계속 볼펜이나 수정액 따위를 잊어버리고 온다는 것, 축구경기에 대해 열성적으로 해설을 늘어놓으면서 물어보는 아이는 심드렁한데 다니엘의 대답에는 열정이 넘치는 것, 옆자리 아이는 아무런 반응을 보이지 않는데도 언제나 다니엘의 시선이 옆자리 아이에게로 향해있다는 것. 알리시아에게 휴지 한 장 빌려주기를 거절했던 다니엘은 아무도 자기를 보고 있지 않다고 믿었겠지만 그건 착각이었다. 교실 맨 마지막 줄에서 알리시아가 그를 관찰하고 있었다. 알리시아는 소심한 척하면서 제일 늦게 와서 그 자리에 앉게 되었노라 말했다. 하지만 실제로는 지난 학기에 우연히 그 자리가 전략적 공간이라는 걸 알게 되었기 때문이었다. 그 자리는 여러모로 장점이 많았다. 먼저 다른 아이들 눈에 띄지 않으면서 그 아이들을 지켜볼 수 있다. 열네 살, 열다섯 살 사춘기 아이들을 분석할 수 있고 상황이 허락하는 한 다른 아이들에 비해 더 유리한 고지를 선점할 수 있다.

만일 핸디캡이 있다면 선택지는 두 가지, 공격 아니면 방어다. 알리시아는 공격을 택했다. 그러니, 애야, 네 이름이 뭐든지 간에 -그런데 넌 정말 운이 좋구나. 내가 네 이름을 기억하고 있잖니, 다니엘-, 네 부모가 뭘 하는 사람이건 간에, 네가 어디 살고 또 네가 십 년 이십 년 뒤에 어떤 사람이 되어있든지 간에, 휴지 한 장 빌려달라던 두 줄 뒤 여자아이의 부탁을 거절한 너, 배낭을 열고 휴지 한 장 꺼내 주는 걸 귀찮아한 네가 바로 네 옆에 앉은 그 남자아이에게 끌리고 있다는 거지? 넌 곧 한 방 먹게 될 거야. 그리고 다음번에는 좀 더 좋은 행실을

소유에 관한 아주 짧은 관심

보이는 법을 배우게 되겠지. 좀 더 친절하게 구는 법 말이야. 다니엘에 대해 아는 게 하나도 없는 것과 마찬가지로 그 옆자리 남자아이에 대해서도 역시 아는 게 없었다. 하지만 한가지, 가톨릭 교단에서 세운 학교가 용납하지 못하는 관계가 있다는 건 알고 있었다. 어떤 방식으로 복수하고 상처를 줄까 생각해본다. 그 아이의 성적 취향을 폭로하는 것은 좀 과하기도 하고 공정하지 못하다고 생각한다. 그런 방식은 알리시아답지 않다. 그것보다는 훨씬 섬세한 접근이 필요하다. 미래의 엔지니어, 미래의 회계사, 십 년이나 이십 년 후 알리시아가 커피, 아니면 등심 스테이크를 서빙해주게 될지도 모를 그 아이, 다니엘의 일생을 망치고 싶지는 않다. 그 아이가 알아들을 수 있도록 간단한 벌칙, 귀를 한 번 세게 잡아당기는 정도, 그래서 다시 한번 깊이 생각하고 친절이 부족했음을 사과하게 되는 정도, 딱 그 정도를 원했다. 어느 날 화장실에서 생리대를 갈면서 알리시아는 결심한다. 쉬는 시간 종이 울릴 때-아무하고도 이야기하지 않기 때문에 쉬는 시간은 보통 도서관에서 보낸다-모두가 다 나갈 때까지 기다리며 천천히 가방을 챙긴다. 그 아이의 백 팩을 열고 책을 한 권 꺼낸 다음 갈피에 그걸 끼워 넣고 백 팩 지퍼를 잠근다. 아무도 알리시아를 의심하지 않을 것이다. 재빠르게 움직였을 뿐만 아니라 매점과 화장실에서 일부러 아이들 눈에 띄도록 애썼고 게시판 앞에서 언어연수 공지를 자세히 살펴보기도 했다. 또 다음 학년도에 전학할 예정이기 때문에 그 모든 변화를 어떻게 감당해내야 할지 모르겠다는 걸 핑계로 상담 선생님께 상담 약속을 요청해두기도 했다. 아버지를 잃고 새로운 환경에 어떻게 적응해야 할지 몰라 당황해하는, 문제아가 되고 싶지는 않다고 고백

하는 가엾은 소녀의 말을 믿지 않을 사람은 없다. 다음 수업시간, 선생님이 책의 오늘 배울 부분을 펼치라고 했을 때 다니엘은 자기 책 그 페이지 위에 생리대 하나가 펼쳐져 있는 것을 발견한다. 페이지 속 도표를 가리고 있는 생리대 날개를 떼어내려면 책장이 찢어질지도 몰랐다. 그 아이와 그 옆자리 아이 그리고 뒷자리의 여자아이가 이 사실을 알아챈다. 이런 선정적인 효과가 평소 알리시아의 취향은 아니지만 알리시아는 좀 더 일찍 생리대 작전을 쓰지 않은 걸 후회한다. 다니엘 옆자리 아이의 몸이 약간 들썩이는 게 보인다. 터져 나오는 웃음을 참으려고 팔뚝을 손톱으로 꾹 누르는 모습을 알리시아는 가만히 지켜본다. 앞으로 오랫동안 다니엘은 그 아이의 눈을 마주 볼 수 없을 것이다. 아니, 영원히 그러지 못할 수도 있다. 그렇지만 알리시아는 그 장면은 보지 못할 것이다. 그땐 이미 학교 강당에 거꾸로 매달린 후일테고, 그 일이 있고 난 뒤로는 학교에 가지 않고 집에 있게 될 테니까.

공격이나 방어, 둘 중 하나. 그렇다. 같은 반 아이들이 끼리끼리 모이는 모임에 알리시아를 빼놓을 때도 알리시아는 공격으로 맞받아친다. 알리시아는 소풍에도, 청소년 할인 쿠폰으로 보는 연극관람에도 당연히 참석하지 않는다. 그 아이들과는 공통점이 하나도 없고 또 그럴 형편도 아니다. 할인 쿠폰이 적용된다고는 하지만 극장 입장료는 알리시아의 일 년 치 옷값에 맞먹는다. 알리시아는 그래서 아이들이 자기에게 거리를 둔다고 생각한다. 무엇보다도 아이들은 생일파티나 영화 보러 가는 데 알리시아를 부르지 않는다. 돈이 없다는 걸 알고 있기 때문이다. 아이들은 알리시아에 대해 아무것도 모른다. 하지만 무릎이 튀어나온 낡아빠진 청바지와 도시의 반대편으로 가는 버스를 기다리는 사람들에 대해서는 잘 알고 있다. *저런, 가엾어라, 정말 가엾은 아이야.* 하지만 알리시아는 아이들이 자기를 초대해주기를 바란다, 이야기를 걸어주기를 바란다. 같은 반 여자아이 중 하나가 다가와 흥분한 목소리로 토요일 저녁 여섯 시에 클럽에 가기로 했다고, 너도 같이 가지 않겠느냐고 물어봐 주기를 바란다. 알리시아는 그럴 때 살짝 인상을 찌푸리면서 오만한 표정으로 아니, 난 너 같은 애한테 시간을 낭비할 생각 없어, 라고 대답하고 싶다. 어쩌면 마침표를 찍는 의미에서 미소를 약간 띨 수도 있겠다. 그리고는 하던 일로 돌아가 공책을 챙기고 필통을 닫을 것이다. 적어도 거절할 기회가 필요하다. 아무도 그런 기회를 주지 않으므로 어떤 방식으로든 자신이 그 자리에 있다는 것을 알게 할 수밖에 없다. 애들로 꽉 찬 그 교실 벽에 딱 달라붙어 있다는 것을 알게 해야 한다. 선생님이 서 있는 곳으로부터 너무나 먼, 그래서 언젠가는 손을 드는 것으로도 부족해 소리를 질러 선생님의 주의를 끌어야 했던 자리. 그때 앞줄 어디선가 비아냥거리는 소리가 들렸다. *그렇게 하면 안 되지, 그건 네 고향에서나 그러는 거고.* 선생님은 쉿, 아이들을 조용히 시키고 알리시아를 달랜다. *여기서는 거기 있는 학생들을 잘 알아볼 수가 없어. 그래, 뭘 알고 싶은 거지.* 알리시아는 고소해하면서 똑똑한 학생이 혼자 풀지 못할 리가 없는 너무나 간단한 것을 질문한다. 그러면서 사실은 뒤돌아보지 않는 아이를 눈으로 찾고 있었다. 그 아이가 분명 그런 말을 한 아이였을 거라고 확신하면서.

✦

알리시아는 같은 반 아이들 속에 뭔가를 일깨워줬다는 점에서 그 아이들이 그런 식으로 반응한 것에 대해 속으로는 일정 부분 자부심을 느끼고 있었다. 내가 그렇게 행실이 나빴나? 아이들은 모든 걸 잘 계산했다. 거리와 무게, 수업시간표. 이 정도면 시험 통과다. 지금 생각해보아도 그리고 십 년이나 이십 년 후 다시 생각해보아도 알리시아에게 선택지는 단 두 가지이다. 아무것도 모르는 척하거나 아니면 진실을 말하거나. 선생님들의 질문에 그랬던 것처럼 바보행세를 할 수 있다. 그런 짓을 한 아이들을 몰라요, 언제 그랬는지 몰라요, 왜 그랬는지 몰라요. 하지만 지금은 진실을 말할 시간이다. 걔들은 네 명이었다. 자기들끼리만 작당을 한 걸까, 아니면 반 전체를 대표한 걸까. 학기가 끝날 때까지 알리시아가 입을 다물도록 할 방법을 찾으려고 전체 학급회의를 했을까? 마리오, 그 애와는 처음 부딪힌 거였다. 마리나, 그 생쥐 소녀, 아버지가 은행지점장이라는 그 아이와 이야기를 많이 나누는 아이. 마리오는 알리시아의 머리채를 휘어잡아 알리시아를 기쁘게 했다. 알리시아는 그런 식의 스캔들을 기대했다. 점잖은 척하는 카르멜리타 수도원 학교 애들이나 시멘트 마당이 있는 공립학교 애들이나 다를 바 없다는 걸 증명해 줄 그런 스캔들. 아이들은 등 뒤에서 다가왔다. 복도는 남자아이들, 여자아이들, 외투와 볼펜, 배낭으로 복작거리고 있었기 때문에 알리시아는 뒷걸음치지 못하고 그대로 앞으로 걸을 수밖에 없었다. 물리적 고통보다 긴장감이 차라리 낫다고 생각하는 알리시아는 아이들이 밀치는 대로 그냥 걸었다. 아픈 건 잘 참지 못하는 편이다. 마리오가 알리시아의 묶은 머리를 잡아당기자 알리시아는 저항하며 다시 머리를 앞으로 당긴다. 마리오가 등을 밀었다. 알리시아는 교무실, 행정실 그리고 강당이 있는 쪽으로 방향을 잡는다. 여러 아이의 손이 여자아이 하나를 어디론가 몰고 가고 있다는 걸 눈치챌 어른이 있을 거라고 생각했기 때문이다. 네 명이 하나를 상대하면서 그렇게 강제로 밀어댈 필요는 없었다. 하지만 알리시아가 고통받고 있다는 생각에 마리오가 즐거워하고 있다는 걸 깨닫는다. 그 순간 이런 말이 들린다. 얘 좀 봐, 밀지 않아도 알아서 그냥 그쪽으로 걸어가는데? 마리오는 머리를 잡아당기던 왼쪽 손에서 힘을 빼고 대신 오른손에 힘을 주면서 알리사아의 등을 떠민다. 아, 그러니까 애들은 *계획이 있는 거구나*, 알리시아는 생각한다. 상황이 재밌어진다, 라고 생각한다. 어디, 라고 묻자 강당, 강당으로, 라는 대답이 돌아온다. 처음부터 계속 한 목소리만 들린다. 그리고 물론 그 목소리와 연결되는 얼굴, 이름이 있다. 아이들이 수업에서 무슨 이야기를 하는지에는 관심 없었다. 하지만 주의 깊게 듣곤 했다. 혹시라도 나중에 필요한 일이 생길까 해서였다. 수산나. 눈꼬리를 길게 그리는 아이. 체육 과목 일등. 다른 교과는 별로인 아이. 무슨 짓을 했었는지 기억나지 않는다. 물론 알리시아가 수산나에게 한 일을 말하는 것이다. 수산나가 알리시아에게는, 글쎄, 그런 단순한 아이가 이런 일에 엮였다는 사실이 놀랍다. 또 다른 목소리는 사리타이다. 어느 날 칠판 앞에 나와 맞춤법을 엉망으로 쓴 사리타를 비웃어준 적이 있다. 부끄러워 죽을 지경이 되어 책상으로 돌아온 사리타는 이후로 절대 손을 들고 나서지 않았다. 사리타의 목소리가 강당 문이 열려있다고 말한다. 이미 수업 첫날 강당 문이 뒤틀려 잘 닫히지 않는다고 선생님이 말한 바 있었다. 그래서 열기도 힘들고 그런 이유로 강연을 연기한 일도 있었다. 네 번째 목소리-반가워, 다니엘, 너도 있을 줄 알았어-가 빨리, 빨리, 서두르라고 재촉한다. 만일 강당에서 1교시 수업이 있다면 발각될 수도 있다. 수산나가 이제 밧줄로 손을 묶는다. 알리시아는 호기심에 그렇게 하도록 내버려 둔다. 아이들을 바라본다. 다 똑같아 보인다. 여자아이들은 길고 어두운 색 머리칼, 남자아이들은 짧은 머리를 젤을 발라 세웠다. 서로 얼굴과 신분을 맞바꾼다 해도 지금 점심 식탁에 앉은 아이가 아침에 학교 간다고 나간 아이와 다른 아이라는 사실을 아무도 눈치채지 못할 것이다. 내 배낭에 좋은 밧줄 있어. 마리오가 말한다. 어서, 올라가. 들보에 밧줄을 묶으려면 한 아이가 다른 아이 어깨 위에 올라타야 할 텐데, 그러려면 키도 작고 마른 몸집이어야 할 거라고 짐작한다. 아무래도 사리타일 것이다. 경제 관념 투철한 신부님들이 한 층을 지을 공간에 두 개 층을 짓느라 천장 높이를 낮게 해주었으니 애들에게는 얼마나 행운인가. 그런데 정말? 정말 여기 학교 강당, 산후안 델 라 크루스가 하느님에게서 번개처럼 깨달음을 얻는 그림 앞에서, 마리오랑 수산나, 사리타 그리고 다니엘에게 목이 졸려 생을 마감하게 될 거란 말이야? 뭐, 좋아. 그보다 더 심한 일도 있었는데 뭐, 라고 생각하는데 아이들이 알리시아의 몸을 돌린다. 그래, 이건 좀 당황스럽다. 목 주변이 아니라 오른쪽 발목에 밧줄을 묶다니 말이다.

알리시아가 기억나지 않는다고 대답할 때는 기억나지 않기 때문이고 알리시아가 모른다고 대답할 때는 모르기 때문이다. 아니, 기억하지 못하고 알지 못한다기보다는 일어난 일을 설명하는데 자기의 값진 시간을 투자하고 싶지 않기 때문이다. 신부복 옷깃을 바로 잡으며 교장 선생님이 묻는다. 알리시아는 꿈쩍도 하지 않았다. 또 다른 신부님, 또 다른 신부님, 그리고 또 다른 신부님이 연이어 묻는다. 복도에서 한 번 마주친 적도 없고, 미사도 들어본 적 없는 신부님들이다. 학교는 의무적으로 미사에 참석하도록 강요하기 때문에 어떨 때는 일요일에도 에바와 함께 버스를 타고 영성체를 하러 그 먼 길을 다녀오기도 했다. 알리시아는 계속 기억나지 않는다고, 모른다고 대답한다. 신부님 중 하나가 알리시아를 감싸고 돈다. 무서워서 그러니까 같은 반 아이들을 고자질하라고 압박을 가해서는 안 된다고, 분명 공포감으로-공포감! 알리시아는 한밤중, 집에 있을 때면 그 말을 떠올리며 웃음을 터뜨리곤 했다-기억이 다 지워져 버렸을 거라고, 이미 그렇게 끔찍하게 아버지를 잃었는데 얼마나 무서웠을지 생각해보라고 다른 신부님들을 설득한다. 주님은 우리가 주님의 자녀 됨을 깨닫게 하시려고 이런 시험을 주시는구나. 알리시아는 자기도 그렇게 생각한다고 대답한다. 그리고 신부님들이 자기들도 모르는 사이 알리시아에게 완벽한 변명거리를 제공해 주었다는 걸 깨닫는다. 그 아이들을 고자질하면, 신부님, 제가 어떻게 다시 수업에 들어갈 수 있겠어요? 강당 들보에 거꾸로 매달려 몸이 흔들거리면서 알리시아는 아이들이 강당을 빠져나가는 소리를 들었다. 마리오, 수산나, 사리타, 다니엘, 그중 누가 이런 아이디어를 냈을까. 누가 나머지 아이들을 불러모았을까. 아이들은 자기들 배낭을 집어 들고, 혹시 증거가 될만한 열쇠고리나 필통 같은 걸 두고 가지는 않는지 꼼꼼하게 살폈다. 그리고 누군가-이건 알 수 없었다. 얼굴을 무대 쪽으로 돌려 매달았기 때문이다-알리시아의 외투를 접어 가방을 덮었다. 훔쳐 가지 못하도록 하려는 것이다. 나중에 생각한 것이지만 아이들의 이런 행동이 알리시아의 마음을 누그러뜨렸다. 상처를 주기는 하되 어느 선까지만. 그게 아이들이 원하는 바였다. 아무도 방해하지 못하게 하려고 문을 꽉 닫아두었기 때문에 아이들은 그 문을 다시 여는 데 애를 먹었다. 문이 쾅 닫히는 소리를 들으며 알리시아는 눈을 감았다. 누군가 자기를 발견하고 풀어줄 것을 침착하게 기다리기로 했다. 여러 시간이 흘렀고 그사이 분명 잠도 좀 잤다. 마침내 흠모하는 강연자에게 완벽한 선생인 체하고 싶었던 한 선생님이 수업이 없는 틈을 타 강당에 의자도 정리하고 연단 아래 화분도 가져다 두려고 왔다가 들보에 거꾸로 매달린 알리시아를 발견한다.

◆

그로부터 얼마 전, 마리오, 수산나, 사리타, 다니엘이 누가 무엇을 할지 이야기를 나누는 동안 알리시아가 불쑥 끼어들었다.

— 말해두는데, 우리 아빠는 목매달아 죽었어. 목매달았다고. 만일 나를 웃음거리로 만들고 싶어서 이러는 거라면 너희들이 그 사실을 잊은 것 같아서 하는 말이야. 어서 계속해.

아이들은 그 말을 못 들었거나 못 들은 척했다. 깔깔대던 웃음소리가 조용해졌다. 그리고는 다른 아이들이 이 일로 얼마나 놀랄지에 대해 이야기를 나누었다. *그래서 그런 거였어?* 몇 년이 지난 지금 그 아이들은 친구들과 커피를 마시며 그 일을 떠올릴까? 알리시아를 기억이나 할까?

전투

1982년* 마드리드

마리아, 여기 맥주 받아. 왜? 왜 우리가 건배하는 건데? 그런데 누가 생맥주 시켰지? 오늘 같은 날은 와인을 마셔야 하는 거 아냐? 아니면 샴페인이라도. 프랑스 사람들처럼 말이야. 생맥주 셋! 내가 누구랑 거기 가기로 약속했지? 난 집에 가서 울려던 참이야! 우리가 뭣 때문에 축배를 들어야 하는 건데? 앞으로 다가올 것들을 위해서지. 넌 정말로 최악의 순간에 튀어나온 그 작자를 믿어볼 거야? 생맥주 하나, 또 하나, 작은 잔들과 부딪치자 맥주가 몇 방울 다른 사람 손위로 흘러내리는 더블 잔 하나, 그리고 포도주 한 잔과 음료수 한 잔을 들어 올리는 손들이 모여 잔을 부딪친다. 누가 포도 주스를 시킨 거야? 그러면 재수 없어! 우린 여기 축하하러 온 거잖아. 장례식장이 아니라고, 빌어먹을. 포도 주스라니. 몇 살이지, 이쁜이? 엄마가 이 시간에 혼자 나가도 아무 말 안 하시니? 이런 식으로 나라의 앞길에 재를 뿌리다니. 맥주 한 잔 더 시켜줄까? 축배 한 번 더 들어야지! 우리를 위해서! 연대의식은 다 어디로 간 거야? 우리를 위해! 또 다른 모두를 위해! 우리를 위해, 또 오늘 이 자리에 오지 못한 동료들을 위해! 바텐더 아가씨를 위해! 특히 바텐더 아가씨를 위해! 잔과 잔이 또 다른

---

* 1981년 군부 쿠데타가 카를로스 국왕의 강력한 반대로 무혈 진압된 후, 1982년 10월 실시된 조기 총선에서 스페인사회노동당(PSOE)가 압승을 거둬 스페인 최초 사회주의정당이 집권하면서 스페인 민주화 이후 최초의 평화적 정권교체를 이루었다. 세비야 빈농의 아들로 태어나 노동 전문 변호사로 일하면서 프랑코 독재 시절 불법 사회주의단체 활동으로 수차례 투옥된 바 있던 40세의 정치 신인 펠리페 곤살레스가 총리에 취임했다.

잔과 부딪치는데 옆 무리에서 또 다른 손 하나가 불쑥 건배에 끼어든다. 손가락 마디에는 잔털이 수북하고 깨끗한 손톱, 손목 위 가죽 시계끈에는 흠집 하나 없는 손이다. 바에서는 누가 친구인지 구분하기가 쉽지 않다. 마리아는 이쑤시개를 -포크는 주지 않았다- 크로켓 접시로 가져간다. 콧수염을 기른 남자들이 시킨 크로켓이라는 건 알고 있다. 헤어스타일이며 콧수염이며 재킷이며 모두 비슷비슷한 남자들이다. 크로켓을 하나, 또 하나, 그리고 또 하나 입으로 가져가는데 그 남자들 중 하나가 포크로 테이블을 톡톡 두드린다. 고개를 든 마리아는 여전히 크로켓을 씹고 있다.

-여기 도둑이 하나 있군그래!

어색하게 미소를 짓는 마리아의 입에는 아직 베샤멜 소스와 음식이 가득하다. 남자도 마리아를 바라보며 같이 웃는다. 남자는 과장되게 두 팔로 동그라미를 그리면서 몸을 굽혀 마리아에게 절을 하고 손에 키스한다. 이쑤시개를 꼭 움켜쥔 마리아의 손등에 남자의 침이 묻는다. 남자는 큰 소리로 여기 이 아가씨 혼자 먹을 수 있도록 크로켓 한 접시 더! 를 외친다. 마리아는 아니라고 대답한다. *너무 창피하잖아요.* 자기가 먹은 값은 자기가 내겠다고 말한다. 술집 안에는 피클 냄새, 땀 냄새, 담배 냄새가 가득하다. 담배를 피우던 크로켓 남자들 무리가 이제는 마리아에게 주목하고 있다. 몸은 자기 친구들에게로 향하고 고개만 이들에게 돌리고 있던 마리아는 남자들이 자기를 부르기라도 한 것처럼 그쪽으로 몸을 돌린다. 사실 이들은 마리아에게 아무것도 요구하지 않았다. 말을 걸지도 않았다. 하지만 마리아는 왠지 이들에게 주목해야만 할 것 같은 의무감을 느낀다. 사실 크로켓 접시를 혼동한 것은 아니다. 첫 번째 크로켓을 먹을 때, 그때는 헷갈린 게 맞다. 페드로가 주문했다고 생각했었다. 하지만 두 번째부터는 자기 옆에 있는 남자들, 상처 없는 매끈한 손에 손톱을 단정하게 자른 남자들이 주문한 크로켓이라는 걸 알고 있었다. 그래서 더 겁 없이 하나, 둘 먹기 시작했다. 그렇게라도 정의를 실현한다는 이상한 마음에서였다.

-이리 와요, 이리 와서 우리랑 건배해요.

마리아는 자기에게 말을 건 남자를 유심히 본다. 검은 곱슬머리는 풍성한 데 비해 콧수염은 이쪽에 찔끔 저쪽에 찔끔 간신히 몇 가닥 붙여놓은 것처럼 빈약하다. 마리아는 남자의 눈길이 가는 곳 역시 유심히 바라본다. 남자의 시선은 마리아의 얼굴에서 시작해 몸을 훑고 나서는 마리아의 손에 머문다. 그의 눈에는 갈라진 손등, 매니큐어 하지 않는 손톱 주변에 일어난 각질이 보였을 것이다. 그러나 아마도 그가 찾고 있는 것은 결혼반지일 것이다. 마리아는 이런 상황을 이미 여러 번 겪어봤고 그 끝이 어떤지도 알기 때문에 남자에게 미소를 지어 보낸 다음 친구들에게로 돌아온다. 페드로의 허리에 팔을 두르고 그의 뺨에 입을 맞춘다. 남자들의 목소리가 서로 겹쳐 들려온다. 뭔가 마리아에 대해 품평하고 있는 건 분명하지만 정확히는 알아들을 수가 없다. 마리아, 여기 맥주, 마셔. 이거 다 마신 거 맞지? 하나 더 하고 싶다고 했잖아, 그렇지? 오늘은 축하해야 할 날이야. 아주 특별한 날이니까! 거기 모인 친구 누구라도 그렇게 말한다. 친구들은 잘 알지도 못하는 그 동네에서 만나기로 했다. 몇몇은 그 부근에서 일하면서 아주 이른 시간 아니면 아주 늦은 시간 그리로 지나다닌다. 또 다른 몇몇은 쉬는 날, 자기가 사는 도시에서 관광객이라도 된 것처럼 시내로 나올 때 지나다니는 곳이었다. 지난 모임에서 누가 그런 제안을 했는지는 기억나지 않는다. 선거에서 이기면 금요일에 축배를 들자고! 선거 당일 말고. 그날은 일하러 가야 하니까, 금요일에, 그때 꼭 보자고. 사무실 근처에 있는 술집에서 보자. 우리 꼰대가 그날 월말 결산을 하자고 그랬거든. 늦게까지 잡혀있을 거야. 각하, 그만 투덜대시죠. 우리 중에 매일 와이셔츠 입는 건 너밖에 없어! 건배 한 번 더할까? 물론 우리를 위해서지! 마리아는 페드로가 불러서 함께 갔다. 그렇지 않았다면 다음 주까지 친구들과 함께 볼일은 없었을 것이다. 여기 말고도 마리아는 모든 모임에 참석한다. 그밖에도 조합에서 합숙이 있을 때 밥 해줄 사람이 필요하거나 술자리를 가진 다음 청소해줄 사람이 필요할 때 마리아는 언제나 나서서 돕는다. 조합 남자들 상당수는 그 사실을 불편해했다. 남자들이 모이는 곳에는 여자들도 자식들도 없기를 바랐다. 하지만 누군가 마리아가 아니면 누가 설거지를 할 것인가 묻자 모두 잠잠해졌다. 당신이 원샷하면 내가 모두에게 한 잔씩 더 쏠 거야. 누가 감히 포도주를 시킬 생각을 한 거야? 뭐 유산이라도 물려받았어? 칠쟁이 페인트공 백작령이라도 받은 건가? 무슨 말씀! 난 스패너 렌치 공작이라네.

 그들 중 누구도 정당에 가입하거나 하지는 않았다. 하지만 일부는 자기만의 방식으로 정치에 참여하고 있다고 생각하고 싶어 했다. 또 일부는 그냥 그런 대화를 즐기면서 자기들이 단순히 기름밥 먹는 공돌이 그 이상이라고 느꼈다. 페드로는 어느 날 정오 모임에서 채소 볶음밥을 앞에 두고 이런 의기양양한 연설을 한 적이 있었다. 어느

날인가 우리 꼰대들, 우리 사장들이 우리가 우리 힘으로 생각할 수 있다는 걸 알게 되는 그날을 한 번 상상해봅시다. 친구들은 스페인 사회노동당(PSOE)에 투표했지만, 페드로와 마리아는 공산당에 투표했다. 그리고 또 한 명의 동료가 건배할 때의 그 씁쓸해하는 모습이나, 지난주 모임에서 펠리페 곤살레스의 공약에 대해 강한 의심을 표했던 것으로 미루어볼 때 공산당에 표를 던졌음이 분명했다. 그러니 마리아와 페드로의 승리는 아니었다. 어젯밤 페드로와의 전화통화에서도 그렇게 말했다. 하지만 페드로의 친구들, 마리아의 친구가 아니라 페드로의 친구들이 행복해하는 것을 위로로 삼기로 했다. 이 무리와 언제 처음 알게 되었는지는 기억나지 않는다. 페드로와 처음 만난 날은 당연히 기억한다. 하지만 누가 언제 처음으로 모임에 나오기 시작했는지, 또 언제 무리에 합류했는지는 일일이 기억할 수가 없다. 몇몇은 사제가 바뀌면서 해산된 교구 소속이었다. 페드로는 가족 문제를 도저히 혼자서 어찌해볼 도리가 없어 도움을 받으려고 지역 공동체 조합에 가입했다. 시간이 가면서 페드로가 마리아를 모임에 데리고 나갔다. 자꾸 여러 가지 묻는 게 많았기 때문이다. 그리고 또 동생이 보조금을 받도록 도와준 위층 사람도 조합의 행정적인 일을 처리하는 데 도움을 받으려고 함께 데리고 나갔다.

마리아는 언제나 함께하는 존재였지만 페드로의 연장선으로 취급받았다. 무리는 언제나 조합이 있는 골목 모퉁이 술집에서 모임의 뒤풀이를 했고 거기서도 또 다른 주제에 관해 토론을 벌이는 일이 많았다. 어느 거리에 아스팔트를 새로 깔아야 한다든지, 배우자 사망 연금, 고아 보조금 아니면 장애 연금 신청서 작성을 도와줄 자원봉사자 문제라든지, 이 책은 꼭 읽어봐, 이 영화 놓치지마, 이 LP도. 직장에서 잘릴까 봐 상사가 성질을 부리는 앞에서 입도 뻥긋 못하면서 그따위 책이랑 영화가 무슨 위로가 된다고 그래? 이런 모임은 누군가에게는 도움이 되었고, 또 누군가는 스스로를 기만하는 것처럼 느꼈다. 또 다른 누군가는 아무런 반응 없이, 단지 친구들 기분을 거스르지 않으려고 열정 있는 체했다. 그리고 또 그 모든 것이 진정한 투쟁 정신을 흩트린다고 생각해서 한 걸음 앞으로 나가자고, 노조를 조직하고, 투쟁하면서 정말로 세상을 바꿔보자고 주장하는 이들도 있었다.

그날 밤, 다들 돌아간 후 알폰소, 빅토르, 페드로, 마리아 이렇게 넷이 남았다. 빅토르는 〈위대한 밤이야!〉라고 외치며 술집으로 뛰어들어왔고 페드로는 즉시 그를 위해 맥주를 주문했다. 빅토르 입술에 맥주 거품이 묻어났다. 빅토르는 언제나 좀 늦게 모임에 합류했다. 개선장군처럼 모두의 시선을 한 몸에 받고 싶어 그러는 거라고 마리아는 생각했다. 무리 중 가장 젊은 빅토르는 또 가장 순진하고 키도 제일 컸다. 어떤 농담을 해도 다 그대로 믿어버리는 통에 다들 그에게 더는 농담을 하지 않았다. 부모가 오십년대에 엑스트레마두라 시골 동네에서 마드리드로 올라와 카라반첼에 자리를 잡았고 그는 이곳에서 태어났다. 그래서 조합의 모임에서는 언제나 다른 이들보다 유리한 위치에 있었다. 어린 시절부터 그 동네에서 뛰어놀며 자랐으니 그 동네를 위해 뭘 해야 할지, 어떻게 해야 할지에 대해 누가 감히 그의 의견에 토를 달겠는가.

　-생각해봐, 좌파 정부, 사회주의 정부가 우리 민주주의에 들어온 거라고. 그것도 압도적 표 차로 말이야. 노동자들이 세워준 거야. 언

젠가는 누군가 이 이야기를 써줄 거 같지 않아?

 -빅토르, 지구로 돌아와라, 제발! 똑똑똑!

알폰소가 꿀밤을 먹이듯 친구 머리를 두드린다.

 -거기 누구 안 계세요? 제발 신문 좀 보실래요? 여기 1982년 10월 29일이라고 쓰여 있네요. 여기 다 쓰여 있는데 뭘 또 쓴다는 겁니까? 신문 기자들, 라디오, 온 사방에 다 그 얘기뿐인데요.

 -이봐, 뉴스는 내일모레면 다 잊어버릴 거야. 하지만 책이랑 영화는 우리 아이들, 손자들에게 우리가 지금 보고 있는 이 일들을 전부 다 똑같이 알려줄 거라고.

 -누가 그런 걸 할 건데, 빅토르? 너랑 난 방금 퇴근했어. 일요일에는 쉬지만 넌 가족이랑 있어야 하고 알폰소는 장인, 장모랑 시골로 튀어가고, 나도 우리 집에서 할 일이 있어. 언제 자리 잡고 앉아서 우리 이야기를 쓰느냐고! 그리고 그 일을 할 수나 있을 것 같아? 난 글만 쓰면 머리가 뒤죽박죽된단 말이야. 시간도 없고 어떡하는지도 몰라. 내 동생 일만 해도 후안 호세에게 부탁해서 겨우 했는데….

 -네가 해야 될 얘기에 관심 있는 사람이 정말로 있을 거라고 생각해, 페드로? 사람들은 이 사람, 이 사람, 그리고 이 사람, 이 신문에 나오는 사람들이 하는 말에나 관심 있어. 다 잊어버려. 이 사람들은 우리랑 달라. 우선 공부한 사람들이지. 네가 아는 사람 중에 우리 나이에 제대로 공부한 사람 있어? 빅토르 마누라가 단기과정 뭐 이런 데 다녔다는 말은 꺼내지 말고. 난 진짜 공부 얘기하는 거야. 대학 나오고 이런 거. 몇 년씩 제대로 공부하고, 등록금 내주는 가족도 있고 그런 거. 네가 아는 사람 중에 우리 나이에 제대로 공부한 사람 몇이나

알아? 직장 상사들 빼고 말이야. 잘 봐, 후안 호세도 자기 사무실에서는 자기 동료들이랑 똑같은 취급을 못 받아. 여기, 이 신문에 나온 이 사람들은 우리 직장 상사들 같은 사람들이라니까.

-그러니까 그 사람들은 우리 편이 아닌 거야, 알폰소. 그자들은 우리 적이야.

-이 사람들이 우리 상사들이랑 똑같다는 거야, 페드로? 절대 그렇지 않아. 그 사람들도 우리랑 똑같은 걸 위해 싸우고 있다고. 일한 만큼 돈을 받는 거, 시간 외 근무하라고 강요하지 않는 거, 우리 애들이 다른 애들이랑 똑같이 공부할 기회를 얻는 거. 우리가 그 사람들을 밀어줘야 한단 말이야.

-빅토르 네가 한 말에 대해 생각하는 중이야. 몇 년 후 누군가 지금 일어나는 이야기를 써보는 거. 사람들은 여기 이 사진 속에 일어나는 일에 관심 있을 거야, 그렇지? 그리고 자기들에게 일어나는 일에도 관심이 있겠지. 그렇지만 우리가 지금 이 술집에서 하는 이야기에 관심 가질 사람은 없을 거야. 그리고 이야기를 쓴다고 치자. 어떻게? 누가? 네 자식이 할 거야? 손자들이? 우리가 작년에 읽고 얘기했던 그 책 기억나? 그 착한 야만인 이야기. 무식하고, 정 많고, 배고픈 그 불쌍한 노동자 말이야. 딱 우리 얘기지. 우리가 어디 사람이건, 각자 어떤 사연이 있건 상관없어. 우리가 딱 그 야만인인 거야. 내 말 알아들어?

-이봐, 페드로, 네가 무슨 말 하는 지 정확히 이해가 안 가. 그러니까 우리 애들이 나랑은 다를 거라는 말이야?

-대충 그래. 만약 공부한다면, 대학을 간다면 다른 사람이 될 거야. 이 동네를 떠나서 더 나은 직업을 갖고 그러면 사는 게 완전히 달라질

거야, 그럴 거 같지 않아, 빅토르? 네 마누라만 해도, 생각해봐. 고향 마을을 떠났잖아. 가끔 고향에 가기는 하지만 말이야. 네 마누라랑 그 시골에 남은 여자들이랑은 뭔가 다르다고 생각하지 않아? 네 마누라는 그 여자들 얘기를 뭐라고 해?

-제발, 페드로. 금요일 밤인데 좀 마시고, 그냥 있을 수는 없어? 그래, 우리 마누라는 물론 자기 사촌들이랑은 다르지. 우리 마누라는 이리로 왔잖아. 그건 다른 거야.

-다를 거 없어. 바로 그거야. 신문에 글 쓰는 사람이 누구야? 의회에서 말하는 사람이 누구야? 그런 방식을 따르게 되면 우리도 우리 적이 하는 말과 똑같은 말을 하게 되는 거야.

-또 또…. 정말 그렇게 생각해? 이 뉴스, 나 다 읽고 이해해. "새 정부의 대통령으로 확실시되는 사십 세의 펠리페 곤살레스는 오늘 새벽 선거 승리 이후 처음 대국민 담화문을 발표하고…." 네가 공부도 안 했고 철공소에서 일하지만 여기 어떤 말이 이해가 안 되는지 말해봐. 내가 정말 이해 못 하겠는 건 우리 모임에서 너희들이 읽고 이야기하는 그 책들이야. 네가 빌려준 그 책들 버스에서 넘겨보면 무슨 말인지 하나도 모르겠어. 도대체 어느 나라 말로 쓴 건가 싶어. 도대체 무슨 말인가 싶다고. 그 책 쓴 작자들 손을 좀 보여줘 봐. 그 손으로 일한 적 있는 놈들이야? 볼펜 집어 들거나 타자기 두드리는 거 말고 진짜 일 말이야. 적이 하는 말이라니, 그게 뭔데? 내 편이라고 생각했던 사람들도 자기네가 뭘 위해 싸우는지 내가 아는 걸 달가워하지 않는 판에….

-그리고 적이 누구야? 여기 이 신문 일 면에 나온 사람들? 마리아,

여기 우리 좀 도와줘야겠어. 페드로가 열 받았어. 이봐, 페드로, 스포츠맨답게 받아들이라고! 응?

그때까지 마리아는 입을 다물고 대화를 듣고 있다. 홀짝 맥주 한 모금, 빵 사이에 돼지고기 소시지 한 조각을 넣어 먹고 마시면서 이들의 대화를 들으며 즐긴다. 거기 끼어드는 법을 모른다, 아니 말하면 안 된다는 걸 알고 있다. 페드로를 기분 상하게 하고 나머지 남자들을 어안이벙벙하게 만들고 싶지 않다. 집에 남아 있지 않고 이렇게 모임에 함께 나오게 된 것만으로도 충분히 얻어냈다. 마리아는 언제나 침묵을 지키는 쪽을 택해왔다. 모임이나 총회에 참석하고, 거기서 이야기되는 책들의 제목을 노트했다가 찾아 읽은 후 자기 생각을 적은 공책들을 거실장 위에 쌓아두었다. 절대 손들고 말하지 않지만 집에서는 다르다. 페드로와는 정치를 주제로 토론한다. 지금 일어나고 있는 일에 대해서는 별로 이야기하지 않는 편이다. 오히려 앞으로 일어날 일에 대해서 격렬한 토론을 벌인다. 마리아는 딸 생각을 한다. 딸 아이는 어떤 삶을 살게 될 것인가? 딸 아이가 지금의 마리아 나이 즈음에는 어떤 일이 벌어질까? 하지만 예를 들 때는 다른 사람들 아이를 들먹인다. 알폰소 애들에게는 어떤 삶이 주어질까? 빅토르 아이들에게는? 걔들도 주택 융자 갚을 걱정을 할까? 금요일 밤 술집에서 생맥주 한 잔하기도 어려울까? 자기 이야기를 어떻게 남길 것인가 하는 문제도? 페드로가 친구들 앞에서 마리아의 생각을 -페드로의 생각이 아니라 마리아가 했었던 이야기를- 마치 자기 생각인 양 말하고 친구들이 그 이야기에 감탄하는 걸 볼 때면 마리아는 자부심을 느낀다. 누구도 그게 마리아의 생각이라고는 상상도 못 하지만 어쨌거나 자기 생각이 인정받는다는 뜻이니까 말이다.

　-이 사람은 다른 사람들처럼 기쁘지 않은 가봐요. 빅토르가 이해해 줘요. 페드로는 PSOE를 완전히 신뢰하지는 않는 것 같아요.

　마리아는 주위를 둘러본다. 토론이 다시 계속된다. 자기 말을 마친 마리아에게 그들의 말소리는 배경음악처럼 들린다. 술집 안에 여자가 몇 명이나 되는지 세어본다. 세 명이다. 하나는 스탠드와 주방 사이에 서 있는 오십 좀 더 되어 보이는 여자다. 얼룩진 앞치마를 보니 아마도 술집 주인의 부인일 듯싶다. 또 한 여자는 제 또래 젊은이들과 한 테이블에 앉은 젊은 여자아이다. 스물 몇? 파티에 가기 전에 뭐라도 먹으려고 들어온 대학생들인 듯싶다. 그리고 서른세 살 된 마리아. 오늘 이 축하 모임에 참석하느라 잠을 희생했다. 동네 조합에도 여자가 많은 건 아니다. 게다가 모임에 참석하는 대부분은 남편과 함께 온다. 마리아가 페드로와 함께 오는 것과 마찬가지다. 그리고 아무 말도 하지 않는다. 마리아는 페드로에게 하는 이야기를 다른 여자들에게도 한다. 한 번에 한사람, 혹은 두 사람에게만. 절대로 한꺼번에 여러 명에게는 하지 않는다. 보통은 어느 집 거실에서 아기가 울거나 바닥에서 뛰어노는 가운데 이야기를 나눈다. 오늘 밤 분위기는 페드로를 만나고 처음으로 모임에 나갔을 때와 비슷하다. 그때 페드로는 아직 사촌 동생 남편의 공장에서 일하고 있었고 어느 날 페드로가 노동자들 사이의 연대의식에 관해 이야기하는 걸 들은 후로 마리아는 그와 가까이 앉으려고 애썼다.

　그 여자들과 나눈 이야기는 누구도 알아서는 안 되는 것이었다. 여자들의 적은 직장 상사다. 돈도 더 많고 권력도 있어서 여자들의 의견은 묻지도 않고 마음대로 근무시간표를 바꿔버리고, 여자들을 무시하며 잘난 체하는 그 상사들, 그 상사의 부인, 그 상사의 딸이 모두 적이다. 하지만 언젠가 롤리가 지적한 것처럼 여자들과 한 침대에서 자는 남자들 역시 여자들의 적이다. 우리가 여기에서 커피 마시면서 연예인들 스캔들 이야기나 하는 척하는 이유는 남편들이 우리가 이런 이야기하는 걸 싫어하기 때문이야. 이걸 알면 제일 먼저 나서서 못 만나게 할 거야. 콘치타의 작은딸이 대학에서 이혼, 낙태, 페미니즘에 대한 팸플릿들을 가져다주었다. 롤리, 넌 아이를 몇이나 낳았지? 임신을 좀 덜 했으면 좋겠다는 생각은 안 했어? 콘치타, 너 정말로 네 남편이 죽고 나서야 맘대로 살아볼 생각이야? 왜 남편보다 더 똑똑하고 생활력도 강한 네가 나가서 밥벌이하지 않고 집에서 자식을 키운 거지? 이레네도 마찬가지였다. 시골에 살 땐 들일도 했다고 하고, 오빠가 부모님 몰래 가르쳐준 괭이질 하다가 생긴 흉터도 여기저기 있는 이레네가 도시로 와서는 집안에 갇혀 산 까닭에 별거라도 하게 되면 생계가 막막해지는 지경에 이른 것이다. 모두가 이레네를 도우려 했지만 방법이 없었다. 아이 딸린 여자에게 내어줄 남는 방이 있는 집은 없었다. 여자들의 저축을 모두 모아도 작은 아파트 하나, 이혼 절차를 밟아줄 변호사 하나 구할 돈이 되지 않았다. 그리고 모두 입 밖에 내지는 많았지만 -마리아는 이런 느낌이 정말 부끄러웠다-이레네가 수시로 얘기하던 남편, 그 남자의 분노의 대상이 되고 싶어 하지 않았다. 다들 마리아에 관해서는 이야기를 하지 않았다. 마리아가 불편해하기 때문이었다. 여자들은 같은 동네에 살았고 이야기를 나눌 때마다 모르는 것은 콘치타의 딸이 친절하게 설명해주었다. 바로 옆집 사는 롤리의 아파트에서 큰소리가 나면 마리아가 롤리의 아이들을 돌봐주기도 했고, 그중 제일 말이 없는 이레네는 모두가 돌봐주었다. 거실에서 여자들이 벌이는 전쟁에 대해서는 절대 아무도 알지 못했다. 어느 토요일 오후, 각자의 남편들이 이런저런 이유로 귀가가 늦어지는 동안 커피에 우유를 부으면서 마리아가 말했다. 우리가 우리 힘으로 생각할 수 있다는 걸 남편들이 알게 되는 그 날을 한 번 상상해봐.

 -그런데 지금 우리를 좀 봐. -마리아의 목소리다- 막상 총선이 있었던 어제는 승리를 축하하러 사람들이 모인 마요르 거리에도 산헤로니모 거리에도 가지 못했어. 일해야 했으니까. 그리고 오늘 우리 동네 마테오 주점에서 맥주 한 잔하는 대신 여기까지 왔어. 난 왜 그랬는지 잘 모르겠어. 뭘 바라고 그런 거지? 우리 본 모습이 아닌 다른 사람인 척하는 거야? 저기 저 사람들, 우리랑 똑같은 옷차림이지만 변호사들이야. 대학 등록금을 낸 사람들이지. 이 근처 좋은 아파트에 살겠지. 저기 쟤네들은 대학생이야. 넌 열아홉에 뭘 하고 있었지, 빅토르? 그리고 알폰소, 너는? 페드로, 너는? 금요일 밤에 친구들이랑 생맥주 마실 수 있었어? 카페에서 카드놀이 했니? 난 조용히 입 다물고 이 집, 저 집에서 다른 사람 똥 닦아주고 있었어. 어디건 누구건 할 거 없이. 그리고 지금, 뭐? 미래를 위해 건배하자고?

 물론 이런 말은 하지 않았다. 마리아의 머릿속에는 이런 생각이 가득했지만, 다시 생각해보고 입을 다무는 쪽을 택했다. 맥주를 조금 마신 다음 메뉴를 훑어본다. 페드로가 뭐 먹고 싶은 게 있는지 묻는다. 이제 조명이 좀 더 어둡고 음악이 있는 술집으로 옮겨갈 생각이다. 마리아, 집에 갔으면 좋겠어? 그런 것 같은데? 마리아는 고개를 젓는다. 전부 다 아니다. 먹고 싶은 것도 없고, 집에 가고 싶지도 않다. 남자들이 돈을 내고 마리아는 크로켓의 주인에게 작별인사를 건넨다. 인사말을 들은 그가 고개를 들고 마리아의 시선을 찾는다. 무리는 자리를 옮긴다.

◆

—자기 바지 마음에 든다.

여자의 말은 알아들었지만 마리아가 입은 건 레깅스였다. 오늘 밤 벌써 3차를 왔다. 맥주 한 잔에 가볍게 안주만 먹었던 곳까지 치면 4차다. 마리아는 너무 많이 마셨다고 생각한다. 이제 페드로를 설득해서 집으로 돌아가 얼른 샤워하고 옷만 갈아입고 출근해야 한다. 내일, 아니 오늘은 내내 두통에 시달리며 일하게 될 것이다. 하지만 다행히도 일요일은 쉰다. 아마도 페드로가 점심 후 잠깐 집에 들르기는 하겠지만. 금요일에 한잔하는 계획에 합류할 때 이미 모든 걸 계산해두었었다. 마드리드에 올라온 이래로 한 번도 가본 적 없는 동네, 신문 기사에서나 본 동네에서 보내는 색다른 밤. 마리아는 지금 바로 거기에 있다. 검은색 레깅스 위에 너무 길어 원피스처럼 보이는, 어깨에 뽕이 달린 셔츠를 입었다. 그 술집에는 모두가 다 마리아보다 키가 사오 미터는 더 큰 것 같다.

—자기 바지 정말 마음에 든다고.

—바지 아니에요. 레깅스예요.

—아, 그 엉덩이 다 드러내고 거리에 돌아다니는 그거?

마리아는 조곤조곤 그렇지 않다고, 거리로 나갈 때는 무릎까지 내려오는 코트로 다 가리고 나간다고, 게다가 레깅스는 검은색이고 셔츠도 허벅지 중간까지 내려온다고 약간 비꼬는 투로 말해준다. 결국 여자가 신경 써서 한 번 보기만 하면 될 일을 일일이 말로 설명하는 꼴이 되었다. 마리아는 여자를 자세히 훑어본다. 원피스는 너무 짧아 속옷이 다 보이고 또 너무 번쩍거려서 크리스마스이브라고 해도 저런 옷은 못 입겠다고 생각한다. 파인애플 모양의 커다란 귀걸이에, 화장실 침침한 불빛 아래에서도 선명한 형광색 화장을 했다. 마리아는 2차로 간 술집 화장실에서 마스카라와 립스틱을 약간 바른 것을 제외하고는 거의 화장을 하지 않았다. 그리고 무엇보다도 여자를 이 정도로 명확히 설명할 수 있으니 그리 많이 마시지도 않았다. 아니 어쩌면 많이 마셨지만 잘 참아내는 걸 수도 있다. 저 밖의 남자들은 그렇게 말한다. 마리아는 남자들처럼 마신다고.

 여자 화장실 안에는 변기 칸이 딱 하나다. 여자 하나가 나오고 또 다른 여자가 들어갔는데 아직 나오지 않고 있다. 기다리는 여자 하나와 마리아까지는 화장실 안에서 기다릴 공간이 있었지만 또 다른 여자 하나는 들어오지 못하고 무슨 일이 있나 보려고 화장실 문을 열었다가 다시 닫는다. 화장실 안에서 함께 기다리던 여자는 맥주병을 들고 짧게 한 모금 또 한 모금 마시면서 큰 목소리로 떠들어대기 시작한다. 대화하려는 것인지 그냥 침묵을 견디지 못하는 것인지 알 수 없다. 화장실 밖에서 음악 소리, 떠들어대는 목소리, 맥주병과 병이 맞부딪히는 소리가 들린다.

 -난 포도주나 칵테일보다 맥주가 좋더라. 주변이랑 소통하는 느낌

이 있잖아. 포도주는 매력 있지만 나만 혼자 너무 멀리 있는 느낌이야. 안 그래요? 그리고 칵테일은···. 칵테일 생각을 하면 여름에 파티 하던 우리 아빠랑 아빠 친구들이 생각나. 나랑은 아무 상관이 없는 거 같아. 난 맥주가 더 좋아.

여자는 맥주병을 마리아에게로 내밀며 건배하는 시늉을 한다.

-그리고 값도 더 싸고요.

-자기 정말 매력 있는 거 같아, 진짜로. 아까 이미 말했지? 이거 어디 거야? 어디서 샀어? 잠깐! 말하지 말아봐. 이거 여기서 산 거 아니지, 그렇지? 여행 가서 사 온 거지? 런던? 적어도 라스트로에서 산 거 같은데? 자기 라스트로에 가? 난 거기선 LP나 팬진만 사.

여자는 말이 너무 빨라 단어가 다 잘리는 느낌이다. 몇 살일까? 마리아는 여자를 자세히 살펴본다. 관자놀이까지 이어진 주름으로는 알 수 있는 게 없다. 하지만 마리아처럼 진홍빛 립스틱이 입가 주름을 타고 위아래로 번져있다. 그럼 마리아처럼 서른 몇? 난 이미 서른셋인걸, 마리아는 생각한다. 우리 엄마는 내 나이에 아이를 몇이나 낳았을까? 오빠들은 이미 태어났고 어쩌면 마리아까지 태어났을 것이다. 솔레닷은 아직이고, 치코는 확실히 태어나기 전이다. 마리아는 막냇동생 치코를 떠올린다. 몇 시간 전에 직장에서 돌아왔겠지. 어쩌면 이제 영화 한 편을 다 보았을지도 몰라···. 치코 생각을 하면 기분이 좋다. 치코는 여기서 마리아랑 함께 지내고 싶을까? 얼마 전부터 마리아를 보러 한 번 마드리드에 오고 싶다는 말을 더는 하지 않는다.

-나 때문에 놀랐어? 나 지루해? 내 친구들은 나한테 이러거든. 레이디, 넌 너무 말이 많아. 나한테 경고하는 거야. 입 다물라고.

레이디라는 여자가 마리아를 놀리는 것인지, 아니면 너무 취해서 하고 싶은 말과 해야 하는 말을 구분하지 못하는 것인지 그도 아니면 생각하는 대로 그냥 입으로 다 흘러나오게 내버려 두는 것인지 분명치가 않다. 가지고 있던 맥주는 다 마셨는데도 빈 병을 계속 입으로 가져간다. 마리아는 레이디가 재미있다. 여자의 핸드백, 여자의 부츠, 다 얼마일까? 그 돈이면 마리아가 한 달은 충분히 지낼 수 있을지도 모른다. 어쩌면 카르멘에게 좋은 선물을 하나 사줄 돈이 될지도 모른다. 크리스마스 때 입을 원피스 한 벌? 크리스마스에는 코르도바에 내려가야 한다. 지금 카르멘은 치수가 어떻게 될까?

딸아이는 키가 얼마나 되나? 좋은 선물, 그래 그건 같이 있어 주지 못하는 엄마의 빈자리를 메꿀 좋은 방법이 될 수 있겠다고 생각한다. 다음 휴가, 크리스마스, 그리고 생일날 선물도 생각해본다.

-우리 착한 아가씨는 혼자 술집에 온 건가? 아니면 친구들이랑?

-친구들이랑 왔어요.

-당신들, 무슨 그룹, 그런 거야?

-이웃 공동체 조합에서 알게 된 친구들이에요. 카라반첼 이웃 공동체. 마드리드에 와서는 쭉 거기서 살았어요. 이쪽으로는 한 번도 온 적 없어요. 조합에서 강좌도 열고 영화 동아리도 있고 연극 동아리도 있고. 책을 읽거나 영화를 보고 의견도 나누고, 동네에 있는 대학생 시네 클럽이랑 연합해서 영화상영도 하고, 재미있어요.

재미있어요, 하는 그 말은 레이디의 웃음소리에 지워져 버린다. 대답이 끝나기도 전에 여자는 이미 눈을 찡긋하며 과장된 큰소리로 웃는다. *나 때문이야*, 마리아는 생각한다. *나를 비웃는 거야*. 이런 일이 처음은 아니다. 마리아는 약한 척, 순진한 척하는 법, 한번 말했을 때 못 알아들었다는 듯이 다시 말해달라고, 무슨 말인지 설명해달라고 부드러운 목소리로 눈꺼풀을 살짝 내리감으면서 부탁하는 법을 배웠다. 바보 마리아. 몇 년 동안 청소하러 다닌 어떤 집에서 붙여준 별명이다. 거기선 코미디 프로에서 하듯 하이톤으로 말했었다. 마리아는 그런 방식으로 레이디 같은 사람들 앞에서 자신을 방어한다.

 저기 저 밖에 있는 저 사람들이 자기를 도와줄 거야. 저 밖에는 전부, 전부다 PSOE에 투표했어. 자기편이라는 말이야.

여자는 쥐고 있는 병으로 밖을 가리키다가 나중에는 손가락으로 밖을 가리키면서 웅얼거린다. 가상의 목표물을 향해 웅얼거림을 멈추지 않는다. 화장실 문밖에 서서 기다리던 여자가 다시 문을 열어보고는, 이런 개 같은. 아직도 나오지 않았느냐고 묻는다. 그리고는 화장실 문을 몇 번, 처음에는 주먹으로, 나중에는 오른쪽 다리로 두드린다. 오줌싸겠단 말이야. 욕설을 퍼부으며 다시 밖으로 나간다. 칸막이 안에서 조금만 더 기다려달라는 목소리가 들린다. 레이디가 괜찮은 거냐고 묻자 칸막이 안의 목소리가 괜찮다면서 조금만 더 기다려 달라고, 조금만 더, 라고 또 한 번 말한다. 레이디, 그리고 칸막이 안의 말 없는 여자와 함께 있는 이 공간이 마리아는 편안하게 느껴진다.

 난 PSOE에 투표하지 않았어요. 난 공산당 뽑았어요.

 내 친구들한테 말하지 마. 근데 나도 공산당한테 투표했어. 우리 아버지가 아셨다가는…. 우리는 패자야. 그거 알아? 이렇게 좌측으로 가다가 벼랑 끝으로 떨어지는 거야. 우리 할머니는 공산당이 무섭대. 근데 난 너무 다정한 거 같더라고. 모두 다 같다니! 우리를 좀 봐. 자기랑 나랑 그리고 또 저 안에 들어있는 여자애랑. 다 똑같이 같은 술집에, 같은 시간에, 다 같이 취하기는 했지. 근데 우리가 어디가 닮았지? 이봐, 오줌 누는 애! 너랑 나랑 어디가 닮았니?

칸막이 안에서 조금만 더 기다려달라는 말이 들려온다. 그사이 레이디는 마리아의 손을 잡고 거울 앞에 선다. 여자의 몸 옆에 또 다른 여자의 몸. 레이디의 가느다랗고 단단한 종아리는 그보다는 좀 더 통통한, 하지만 역시 단단한 마리아의 종아리와 별반 다르지 않다. 마리아는 허벅지가 더 굵고 엉덩이가 더 크지만 허리로 올라오면서 몸이 가늘어지는 반면 레이디의 몸은 직선에 가깝다. 레이디가 원피스를 걷어 올린다면, 그리고 마리아가 셔츠를 걷어 올린다면 둘 다 배 위에 그어진 기다란 줄 하나를 발견하게 될 것이다. 레이디의 배에는 제왕절개 자국이 있다. 여자의 납작한 가슴-단추 두 개네, 넌 젖 먹어본 적도 거의 없지. 헤어지기 전 여자의 엑스는 그렇게 표현했었다-그리고 또 다른 여자의 풍만한 가슴. 얼굴은 너무나 다르게 생겼지만 그 안에 있는 건 똑같다. 입 하나, 코 하나, 눈 두 개. 레이디는 두 눈을 뜨고, 마리아는 감는다. 레이디는 쉬지 않고 떠든다. 뭐든 다 말한다.

-내가 무슨 그룹이냐고 물은 건 음악 그룹이냐고 물어본 거야. 밴드 말이야. 이 술집에 이 시간에 대부분 밴드 사람들이거든. 자기 놀리려고 그런 거 아니야. 난 배우야. 영화에 몇 번 나왔었어. 파티에서 춤추는 장면이랑, 지금 이런 데서 수다 떠는 장면. 뭐 그런 거. 그룹으로 몰려다니기에는 너무 늙어버렸어. 그런데 자기는 아니잖아. 착한 아가씨, 몇 살? 난 스물일곱.

-서른셋이에요.

　-그렇게 나이 들어 보이지 않는데…. 스물서넛으로밖에 안 보여. 자, 지금까지 내 얘기 다 했으니까 이제 자기 차례야.

　레이디가 손을 내밀자 마리아가 그 손을 잡는다. 잠깐 사이 벌써 두 번째 자기 손안에서 여자 손의 감촉을 느낀다. 여자의 말이 일리가 있다고 생각한다. 둘은 전혀 닮은 구석이 없다. 이제 곧 마리아는 온 길을 되밟아 돌아가 표백제 냄새에 어지럼증을 느끼게 될 것이다. 이번 주말에는 쉴 테고 어쩌면 내일은 집에 전화를 걸어 딸아이와 잠깐 이야기를 나눌 수도 있다.

　-아는 사람 중에 사무실에서 일하는 사람 있어요? 난 사무실 빌딩에서 청소해요. 매일 아침 첫 출근자가 오기 몇 시간 전부터 일해요. 금요일이랑 토요일은 최악이에요. 일곱 시에는 어제 지저분하게 해놓은 것들을 치워야 해요. 그래야 월요일 아침에 바닥 얼룩이나 담배꽁초 때문에 불평하는 사람이 없을 테니까요.

　-난 그런 사람들이 있다는 사실도 몰랐어.

　-말도 말아요…. 별사람이 다 있으니까. 그치만 다 그런 건 아니에요. 2층 사무실에 타자수는 항상 메모를 남겨요. 감사합니다, 즐거운 하루 보내세요. 너무 놀라서 커피를 쏟았다니까요. 닦느라고 혼났어요. 그렇지만 일반적으로 그런 건 아니에요.

　-아니, 난 자기 말하는 거야. 자기 같은 사람들. 누군가 쓰레기를 치울 거라고는 생각해보지 않았어. 내 말은, 거리에서 자기 같은 사람을 보기는 했지만 한 번도 이야기를 나누거나 한 적은 없었거든.

　칸막이 안에서 여자의 오줌 소리가 들린다. 끊이지 않고 시원하게 들리는 물소리다. 그러다 갑자기 재채기를 하더니 변기 물 내리는 소리가 들린다. 칸막이 문이 열리고 레이디와 똑같은 옷차림의 여자가 나타난다. 반짝거리는 짧은 원피스에 치켜 세운 갈색 머리, 어두운색 섀도, 목과 어깨에 여러 겹의 목걸이. 레이디가 반응을 보인다. 핸드백을 열고 동전 지갑을 꺼낸다. 여자 차례다. 지폐를 하나 찾는다. 그러다가 서류들과 카드들 사이에서 증명사진 하나가 바닥으로 떨어진다. 마리아는 몸을 숙여 사진을 집어 들고 유심히 사진 속 계집아이의 얼굴을 들여다본다. 동그란 얼굴에 레이디처럼 노란빛 도는 갈색의 커다란 눈. 뾰족한 턱, 납작한 코는 아빠를 닮은 것 같다. 여자를 닮은 데는 어딘지 찾아본다. 머리칼 색은 어떨지 모르겠다. 레이디는 염색한 게 확실하다. 눈썹 색깔로 볼 때 아마도 밝은 갈색일 거라고 추측한다. 아이는 레이디처럼 곧은 머리칼을 양 갈래로 묶었다. 사진 속 아이는 윗니와 아랫니를 앙다물고 억지로 웃고 있다.

 -이거 봐, 착한 아가씨! 내 딸이야. 지금 일곱 살. 애 아빠랑은 법이 통과되자마자 이혼했어.* 그 남자도 나만큼이나 그날을 기다렸어. 지금 아이는 시어머니랑 있어. 가끔 밤에 애를 봐주시거든. 자기도 이해하지? 나도 내 인생이 있는 거니까, 안 그래? 그래야 사람도 만나고, 또 언제 어떤 배역이 떨어질지 모르니까. 자식만 바라보는 엄마, 글쎄, 난 그건 지나간 시대 얘기라고 봐. 내 발로 걸어 다닐 수 있을 때 내 인생 살아야지. 자기는 애 있어?

 -네, 딸 하나요.

---

* 가톨릭 국가인 스페인에서는 1981년에야 이혼을 허용하는 법이 통과되었다.

-걔도 시어머니가 데리고 있어?

-아니, 우리 엄마가요. 거기 딸이랑 동갑.

-젊은 엄마가 되는 거 괜찮아, 그지? 내 딸이 아이를 갖게 되면 그 애는 내가 돌봐줄 거야. 난 현대적인 할머니가 될 테야. 자기는 카라반첼의 할머니가 되겠네. 우리 딸 좀 봐,

-여기 좀 봐.

여자는 증명사진에 몇 번이고 입을 맞추더니 마리아에게로 내민다.

-똑똑하고 예쁘고. 아직 어리지만 앞으로 어떨지 벌써 다 보여. 달라는 거 줄 때까지 운다니까. 자기도 자기 딸 사진 있어?

-아니, 여긴 없고, 집에. 집에 있어요.

그 점에서도 마리아와 레이디는 다르다. 다리도 두 개, 팔도 두 개, 입 하나, 코 하나, 눈 두 개, 아이를 낳은 배도 똑같지만, 마리아는 카르멘의 나이를 속이려 거짓말을 한다. 집으로 돌아갈 때도 레이디는 택시나 친구 누군가의 차를 타고 갈 테고 마리아는 야간 버스를 탈 것이다. 집에 돌아가면 마리아는 서둘러 샤워하고 출근해야 하지만 레이디는 정오까지 대화를 이어갈 것이다. 집의 거실도 다르다. 레이디는 딸을 위해 방을 하나 마련해두고 있겠지. 마리아는 카르멘의 사진을 자기 아파트에 꺼내놓지 않았다. 페드로가 처음 집에 오던 날 사진을 거실 장 서랍에 넣었다. 일요일이면 페드로의 사촌 여동생 집에서 수다를 떨곤 했는데 마리아가 가전제품이−이제는 세탁기였는지 냉장고였는지도 기억나지 않지만−고장 났다는 말에 페드로가 한 번 봐주겠다고 한 것이다. 마리아는 처음 받았던 카르멘의 그 사진, 삼촌 댁에 살 때 방에 두었던 그 사진과 요 몇 년 동안의 사진들, 음료수

상자 안에 앉아있는 카르멘을 치코가 옮기는 사진, 동네 축제 때 솔레 닷 품에 안긴 사진을 다 서랍장에 넣었다. 그리고 다른 사진들도 있다. 치코가 액자에 넣어 그 방에, 처음에는 함께 쓰다가 나중에는 카르멘 혼자 쓰게 된 그 방에 놓아둔 다른 많은 사진, 그 사진들 속에는 마리아와 카르멘이 함께 있다. 엄마는 딸을 뚫어지라 바라본다. 사진을 보는 사람들은 다정한 눈길이라고 하겠지만 실제로 마리아의 시선은 그 작고 까만 두 눈, 애 아빠를 떠올리는 그 두 눈에 고정되어 있다. 사진은 팔 년 전부터 모두 거실장 맨 마지막 서랍에 숨겨져 있다. 물론 카르멘의 존재에 대해 페드로에게 이미 털어놓았지만 그 긴 세월 동안 사진 한 장 보여준 적도, 눈 두 개, 코 하나, 입 하나, 팔 두 개, 다리 두 개 달린 딸 아이의 모습을 설명해본 적도 없다.

-내 차례야. 자기가 먼저 들어갈래?

마리아는 고개를 젓는다. 레이디가 칸막이로 들어가 조금 전 그 검은 피부에 말 없는 여자처럼 시간을 끌며 조금만 더, 하는 동안 기다린다. 문밖에서 기다리던 여자가 다시 문을 열고 화장실 안으로 들어와 마리아 곁에 서서는 그나마 다행이네, 이런 술집에는 달리 소변을 볼 방법이 없잖아. 말들 좀 해봐요, 방광이 그렇게 오래 버틸 수 있어요? 나는 그렇게 오래 못 참겠더라고요. 거기다가 맥주 한 잔, 또 한 잔 들어가면, 방법이 없어요, 라며 웅얼거린다. 마리아는 두 눈을 감고 여자의 말을 흘려듣는다. 분명 일이 분 정도 잠이 들었던 것 같다. 누군가 어깨를 두드려 잠이 깬다. 레이디가 화장을 고치면서 마리아를 부드럽게 흔든다. *자기 차례야.* 마리아는 계산해본다. 그리고는 페드로와 자신이 이미 몇 분 전에 출발했어야 한다고 생각한다. 칸막이 문을 열고 들어가면서 셔츠를 들어 올리고 레깅스를 내리기 전에 몸을 돌린다.

-물어보지 않았지만 내 이름은 마리아예요.

-난 레이디, 사실 원래 이름은 아순인데, 그 이름은 뭐랄까…. 너무 별 볼 일 없어 보이잖아, 안 그래? 다들 레이디라고 불러.

피부가 변기에 닿지 않도록 까치발을 들고 앉아 조준을 잘하려고 눈을 감은 마리아는 지난밤의 맥주를 모두 오줌으로 내보낸다. 레이디와 기다리는 여자 사이의 대화가 들린다. 기다리며 보낸 시간에 대해 불평을 늘어놓다가 둘이 같은 사람을 알고 있다는 걸 발견한다. 마리아는 핸드백에서 휴지를 꺼내 닦는다. 나가보니 레이디는 이미 떠났고 기다리고 있던 여자만 여전히 기다리고 있다. 마리아는 홀로 술집 안으로 돌아온다.

-시간이 좀 걸렸네, 그렇지?

-그러게 말이야…. 화장실이 붐비더라고. 이제 일어났어야 할 시간인데.

싸구려 옷에 기름 냄새, 암모니아 냄새를 풍기는 페드로와 그 친구들은 어디서 온 걸까? 자기들이 뭐라고 생각한 걸까? 레이디의 무리, 말수가 적던 여자의 무리, 그리고 또 화장실에서 기다리던 여자의 무리와 시선이 마주친다. 아직 토론에 여념이 없는 자기 친구들을 바라본다. 마리아는 눈을 감고 그들에게서 몇 미터 떨어져 혼자 춤을 춘다. 1차로 갔던 술집에서 본 남자 중 하나가 이 마지막 술집에서도 자기에게 다가오는 걸 느끼고 뒷걸음질 치면서 페드로의 손을 잡는다. 펠리페 곤살레스, 칼보 소텔로에게서 정권인수 준비, 포르투갈 혁명

위원회 해산. 타자기 자판 두드리는 소리. 몇 시간 후면 신문가판대에 깔리게 될 일간지 헤드라인들을 마리아는 알지 못한다. 마시고 또 마시고 때로는 자기 자리에서 움직이지 않는 페드로의 손을 잡고, 또 때로는 그에게서 떨어져서 춤을 춘다. 신문이 마리아 얘기를 할까? 엄마이지만 엄마가 아닌 여자의 몸에 눈, 코, 입, 다리, 두 팔과 얼굴에 대해서? 권력과 혁명이 마리아 얘기를 하나? 잔과 잔이 또 다른 잔과 부딪친다. 손가락 마디에 털이 수북하고 손톱 끝이 새카만, 시계끈이 낡아빠진 세 개의 손과 또 하나의 손, 매끈한 손가락에 짧게 깎은 손톱, 손목에는 가느다란 은팔찌를 찬 손 하나가 만난다. 우리 모임의 숙녀분을 위해! 옳소, 숙녀분을 위해 건배! 마셔, 마리아, 맥주 한 잔 더. 왜? 왜 또 한 바퀴 도는 거야? 뭘 위해 건배하는 건데? 빈 잔 하나, 절반 남은 잔 두 개, 누군가 또 하나를 주문한다. 지금 가지 않으면 이 숙녀가 직장에 늦는다고. 우리 마누라 일어나서 내가 아직 돌아오지 않은 거 알게 되면 날 죽일 거야. 또 다른 누군가의 손가락에 남은 차가운 맥주병 자국. 한 번 더 건배! 울지 마, 마리아, 지금 갈 거니까. 얼른 마시고 금방 데려다줄게. 샤워하지 말고 머리만 묶고 나와. 그러면 내가 다시 직장에 데려다줄 테니까…. 울지 마, 마리아, 제발. 우리를 위해 건배! 우리와 또 다른 모두를 위해! 우리 모임의 숙녀를 위해! 그래 숙녀를 위해 건배!

꿈
2008년 마드리드

- 열세 살 때부터 매일 밤 아빠가 자살하는 꿈을 꿔요. 꿈속에서 난 내가 자고 있다는 것도 알고 있죠. 당신에게 이런 얘길 하는 이유는 내일 아침, 내가 이런 상태로 깨어날 거기 때문이에요. 아빠가 나무에 매달려있는 걸 보고 난 다음이라는 거죠. 놀랄 거 없어요. 자면서 말을 하거나 휴대전화 알람에 흐느끼며 깨어나거나 하지는 않으니까요. 난 이미 익숙해졌어요. 어떤 남자들은 자기가 코를 곤다고 나한테 미리 경고하기도 하고 몸을 많이 움직인다고 미리 말해주기도 하더라고요. 내 경우는 매일 밤 아빠 차가 충돌 사고를 일으키고 그래도 죽지 못해서 나무에 목매는 걸 봐요. 사람들이 이미 다 얘기해줬죠? 늘 똑같아요. 내 이름이랑 나이, 그리고 가끔은 어디 출신인지, 직업이 뭔지, 직업이 있을 때 말이죠. 내 소개를 하고 나서는 목소리를 낮추고 제 아버지가 자살했다고 말하죠. 난 그 사람들이 자기들은 절대 겪어볼 수 없는 어떤 고통을 겪어본 척한다고 생각해요. 그 사람들은 아빠를 모르거든요. 아빠가 어떤 사정이 있었는지, 어떤 이유로 그런 일을 저지르게 되었는지 모르잖아요. 내가 안됐다고 생각하는 걸 수도 있어요. 그래서 목소리를 낮추는 거겠죠. 아빠가 자살한 그 순간부터 그로 인해 닥친 모든 일에 대해 내가 희생자라고 생각하기 때문일 거예요. 내 나쁜 행동도 전부 아빠가 그런 결정을 내렸기 때문이라고 정당화되곤 하죠. 몇 년 동안 나는 그런 상황이 아주 편안했어요. 아빠가 자살했기 때문에 난 하고 싶은 건 뭐든 할 수 있

는 백지수표를 받은 거나 다름없었죠. 아픔과 고통을 핑계 삼아서요. 하지만 사실 어려서부터 난 잔인하게 구는 걸 좋아했어요. 어쩌면 즐겼다고 할 수도 있어요. 전에도, 지금도 그 즐거움을 거부할 수가 없어요. 나보다 멍청하거나 나보다 가난한 친구들을 놀리는 걸 좋아했죠. 그 당시엔 그런 게 아주 쉬웠어요. 학교 운동장에서 날 따돌리는 것 따위, 생일파티에 아무도 날 부르지 않는 것 정도는 나한테는 전혀 상관없는 일이었어요. 내가 별로 좋은 사람은 아니라는 거, 사람들이 당신에게 이미 이야기했죠? 분명 당신 친구들이 이미 경고했을걸요? 난 여동생이 하나 있어요. 아뇨, 우린 말 안 해요. 그 얘긴 나중에 할게요. 그 애 이름은 에바, 에바라고 불러요. 나보다 네 살 아래죠. 그 애는 언제나 나랑은 정반대였어요. 사교적이고, 주말이면 아빠 레스토랑에 가서 테이블 사이를 뛰어다니거나 웨이트리스 흉내를 내면서 놀았죠. 아빠가 자살하고 에바는 자기 안으로 들어가 버렸어요. 아주 조금, 아니 전혀 말을 하지 않고 내내 그림만 그렸죠. 그게 자기가 원하는 걸 표현하는 그 아이만의 방법이었던 거예요. 나로서는 알 수도 없고, 또 별로 알고 싶지도 않은 일이었어요. 우리 엄마는 엄마의 삼촌이랑 이모가 키웠대요. 정말 이상했던 건, 아빠가 자살하기 전에는 동생이 엄마의 삼촌, 그러니까 치코 삼촌이랑 몹시 닮았었는데, 아빠가 자살한 후로는 엄마의 이모, 그러니까 솔레닷 이모랑 데칼코마니가 되어버린 거예요. 솔레닷이라니, 정말 딱 맞는 이름을 붙여줬더라고요.[*] 솔레닷 이모는 내가 세상에서 본 가장 외로운 사람이거든요.

---

[*] 솔레닷은 'Soledad' 스페인어로 '고독'이라는 뜻

에바는 언제나 모방을 통해 움직였어요. 가장 안전해 보이는 행동을 따라 하는 거죠. 그 애에게 인격이 부족한 것인지 그건 잘 모르겠어요. 내 동생이지만 제대로 아는 게 없거든요. 그때도 지금도 그 애의 인생에는 크게 관심이 없으니까요. 그 애랑은 거의 오가지 않는다고 이미 당신에게 말하지 않았던가요. 에바 행동이 변한 건 확실히 아빠 일의 결과인 거 같아요. 하지만 난 아니에요. 난 원래부터 이랬어요.

≫ 그런데 꿈 말이에요, 당신에게 꿈 이야기를 하고 있었잖아요. 처음엔 정말 영화에서처럼 그렇게 깨어났어요. 목덜미에 땀이 흥건하고 내가 소리를 질렀다는 게 느껴졌죠. 항상 똑같아요. 자동차가 나무에 부딪히고 아빠가 비틀거리며 걸어 나오죠. 그리고는 안전띠로 고리를 만든 다음 나무에 목을 매는 거예요. 이상하게 들리겠지만 난 그 상황을 조절하는 법을 배웠어요. 꿈 그 자체가 아니라 내가 서 있는 장소, 또 그 안에서 내가 하는 역할을 말하는 거예요. 꿈은 우리가 통제할 수 없는 잠재의식에서 일어나는 거라는데 이상하죠. 꿈에서 난 매일 밤 다른 장소에 있어요. 때로는 도로 건너편에서 자살하는 걸 지켜보기도 하고, 또 때로는 자동차 조수석에 앉아있기도 해요. 간혹 아빠가 매달아 놓은 끈에 머리를 넣을 수 있도록, 그래서 좀 더 빨리 죽을 수 있도록 몸을 들어 올려주기까지 하죠. 하지만 대부분 난 아빠가 나의 존재를 알아차리지 못할 정도의 적당한 거리, 내가 무슨 조처를 할 수 없는 그런 적당한 거리를 유지하죠. 메타포 알아요? 그래요. 메타포 같은 거예요. 일종의 수수께끼 같은 거요. 어떤 것에 관해 이야기할 때 절대 그 이름은 말하지 않고 설명하는 거, 그런 거예요. 문학에는 관심이 없지만, 나는 내가 아무것도 하지 않는 거, 열

세 살부터 지금까지 밤마다 그런 일이 일어나도 그 속에서 아무런 조치도 취하지 않는 걸 이렇게 해석해요. 내가 어떻게 하더라도 아빠의 결정을 바꿀 수 없으리라고 생각하는 거죠. 그냥 나무 뒤에 숨는 거, 그게 메타포예요.

≫ 지난 몇 주간은 이상한 일이 있었어요. 아빠가 내게 절대 얼굴을 정면으로 보여주지 않는 거예요. 매일 밤 그러는 건 아니고 가끔 요. 사실 꿈의 도식 자체가 요 몇 년 매일 꾸는 그대로이고 낮 동안 무슨 특별한 일이 있었던 것도 아니거든요. 사실 난 하루하루가 똑같아요. 그런데 보지 않고도 그냥 아빠라는 걸 알아요. 큰 덩치랑 넓은 등을 보고 알아보는 거죠. 그리고 나무에 줄을 걸기를 기다려요. 하지만 절대 얼굴을 보여주지 않아요. 그리고는 내가 잠에서 깨기 직전에 얼굴을 보여주죠. 말라붙은 피에 두 눈을 감은 얼굴이요. 그런데 그게 바로 내 얼굴인 거예요. 그런 일은 거의 십 년 만에 일어난 거예요. 한 번, 딱 한 번, 내가 고등학교 첫 학기를 시작하던 바로 그날 밤 딱 한 번 그런 일이 있었어요. 충격을 받고 숨을 헐떡이며 깨어났죠. 그 꿈 때문에 힘들어하던 열세 살 그때랑 똑같은 느낌으로요. 그때는 그냥 내 머릿속 문제라고 생각했어요. 가끔 꿈속에 새로운 요소를 도입하는 거 있잖아요. 지루하지 않도록, 아니면 너무 긴장을 풀지 않도록 말이에요. 그래서 별로 중요하게 생각하지 않았어요. 그런데 요즘 들어 몇 차례나 그런 꿈을 꾸는 거예요. 그때처럼 예외적으로 딱 한 번 그러는 게 아니고요. 근데 그게 꽤 재미있어요. 난 한 번도 내 안에서 아빠의 모습을 본 적이 없거든요. 난 엄마 쪽을 닮았어요. 엄마를 닮았다는 게 아니고요. 엄마에게서는 생쥐 눈만 닮았죠. 그래요, 신체

적인 걸 말하는 거예요. 난 엄마의 이모랑 삼촌을 닮았어요, 아니, 외할머니를 닮았다고들 하더라고요. 하지만 외할머니는 한 번도 본 적 없어요. 엄마를 낳고 몇 번인가 들여다보고는 품, 사라져버렸대요. 아마 마드리드에 살고 있다는 거 같아요.

◆

아빠 몸이 흔들거리며 나뭇가지에 묶인 줄에 매달려있다. 아빠의 시체는 알지 못하는 사람들이 앞으로 몇십 년 동안 떠들어댈 수 있는 이야깃거리를 얻어가도록 기다리고 있다. 어느 여름날 수영장 가장자리에 앉아서, 내가 이야기 안 해줬지? 저 언덕 위 바비큐 레스토랑에서 부모님이랑 저녁을 먹고 돌아오는 중이었는데 말이야, 아니면 아주 오랜 세월이 흐른 뒤, 양로원 거실에서 TV를 보다가, 그래서 우리 남편이 되는대로 차를 주차하고 그게 정말 시체인지 아니면 누가 장난을 친 건지 확인하러 갔다오. 엄마는 에바가 장례식에 오기에는 너무 어리다고 생각해서 솔레닷 이모와 집에 있도록 했다. 하지만 알리시아는 교회 맨 앞줄에서 알지도 못하는 사람들의 탄식을 듣고 서 있어야만 했다. 미사가 끝나자마자 알리시아의 인생에서 사라져버린 사람들의 탄식. 그해 여름, 가족이 살던 아파트는 생각했던 것보다 빨리 팔렸다. 알리시아는 별로 힘들어하지도 않고 그동안 수집했던 피규어들을 쓰레기봉투에 쓸어 넣어버렸다. 엄마는 다른 집으로 옮겨갈 때까지 상자에 담아두라고 했지만 그 장난감들은 이미 다른 삶에 속하는 것들이었으므로 간직하는 건 의미가 없었다.

알리시아는 그해 여름을 치코 삼촌 집에서 보냈다. 가끔 솔레닷 이모와 에바와 함께 체육센터 수영장에도 갔다. 그렇게 몇 주가 지나면서 더 편안해졌다. 귀찮게 하는 사람 없이 이 영화 저 영화 보며 시간을 보냈다. 삼촌 영화에는 언제나 긴 금발에 예쁜 여자들이 나왔다. 그리고 담배를 자주 피우는 남자들이 여자들을 구출했다. 또 성깔 있는 여자들도 나왔는데, 그런 여자의 인생은 그다지 순탄치 않았다. 알리시아는 삼촌이 레스토랑에서 돌아오면 다음 날 볼 영화를 골라달라고 했다. 삼촌은 열성적으로 영화를 권해주다가 결국은 함께 그 영화를 보게 되는 일이 비일비재했다. 영화가 끝나고 〈The End〉라는 엔딩 크레딧이 올라갈 때면 삼촌은 느낌이 어땠냐, 등장인물 중 누가 제일 마음에 들었느냐, 결말이 그럴 듯했냐 묻곤 했다. 그해 여름 치코 삼촌은 점점 얼굴이 여위어 갔다. 몸은 갑자기 이전의 절반이 되어버렸다.

알리시아는 그 이후 몇 년간 일어난 일은 잊으려고 애썼다. 그 기간은 이전의 삶에서 현재의 삶으로 넘어오는 기나긴 전환기라고 해석했다. 천당과 지옥 사이의 연옥 정도? 물론 어느 쪽이 지옥이고 어느 쪽이 천국인지는 알 수 없다. 첫 학기에 그런 일이 있고 나서 엄마는 새로운 동네, 그러니까 어려서 살던 그 동네 고등학교로 전학을 요청했다. 새로 간 학교 복도에서 알리시아는 초등학교 때 친구들과 마주쳤지만 모르는 척했다. 가족에 대한 언급은 될 수 있으면 피했다. 이미 모두 알리시아가 누구인지 알고 있었지만 말이다. 공부에 집중한 결과 일학년을 다시 다니면서 전 과목 만점을 받아 진로상담 선생님의 축하를 받았다. 공부를 즐기지는 않았지만, 기분전환은 되었다. 영화랑 똑같았다. 치코 삼촌은 알리시아에게 비디오클럽 회원증을 빌려주었고 나중에는 알리시아가 영화를 내려받는 법을 배웠다. 즐기지는 않았다, 한 번도 그렇다고 말한 적은 없다. 하지만 기분전환은 되었다. 글을 읽는 데는 노력이 뒤따라야 하지만 영화는 아무것도 요구하지 않고 눈앞에서 스토리가 전개되었다. 매 학기 문제 없이 진급했다. 과학 과목을 좋아하지 않는 대신 인문학 쪽을 선호했고, 영상 커뮤니케이션 전공을 선택했다. 치코 삼촌이 자부심을 느낄 만했다. 열렬히 영화를 봐왔으니 엄마에게 이유를 설명할 필요도 없었다. 게다가 그런 전공이라면 틀림없이 이 도시를 벗어날 수 있을 것 같았다. 세비야나 말라가는 너무 가까워 분명 주말마다 집에 오라고 할 것 같았다. 그래서 마드리드를 선택했다. 엄마는 눈물을 흘렸다. 엄마다운 일이었다. 엄마는 지난 몇 년간 항상 그렇게 행동했다. 엄마가 딸에게 할 거라고 다들 기대하는 딱 그런 방식으로 행동했다. 알리시아는 매 학기 높은 성적으로 칭찬을 받았지만 에바는 말도 하지 않고, 학기마다 낙제를 거듭했다. 수업에 빠지기 일쑤였고 고등학교에 가서 인생을 낭비하고 싶은 생각은 절대 없다고 미리 공언했다. 엄마는 알리시아에게 어떻게 하면 남자에게서 존중받을 수 있는지, 어떻게 하면 때가 되기 전에 임신부터 하는 걸 막을 수 있는지 가르치려고 했다. 사실 그건 정말 웃긴 일이 아닐 수 없었다. 그러면서도 토요일에 집에 박혀있다거나 학년 말 여행에 참석하지 않는 것에 대해서는 걱정을 늘어놓았다. 알리시아는 엄마가 아마도 잠들기 전에 다음 날 해야 할 일의 목록을 적어놓고 한 단계씩 실행하는 건 아닌가 상상하곤 했다. ≪오늘은 이해심 많은 모습 보여주기≫, ≪내일은 아이의 미래 계획에 관해 관심 보이기≫ 이런 식으로.

이런 점에서 알리시아는 엄마를 닮았다. 치코 삼촌은 웃으며 말하곤 했다. 어려서부터 카르멘은 별로 재밌는 아이는 아니었어. 그렇지만 아주 영리했지. 그러면서 삼촌은 엄마의 요람이 있는 방에서 솔레닷 이모랑 함께 지내던 시절, 그리고 삼촌이 남자가 되어가면서 계집아이도 함께 자라갈 때의 그 이상한 기분을 회상하곤 했다. 알리시아는 절대 재미있는 아이는 아니었지만 언제나 영리했다. 무엇을 공부한다고 해야 엄마를 설득해서 그 도시를 빠져나갈 수 있을지 잘 계산했고, 또 엄마에게 손을 벌리지 않고 생계를 유지할 수 있으리라는 계산도 섰다. 장학금이랑, 한 부모 가정 지원금을 합하면 셰어하우스에 방 하나를 얻고 식비와 등록금은 그럭저럭 될 것 같았다. 그 모든 일을 겪은 후 알리시아는 다시 질서를 회복했다. 어긋난 인생을 다시 돌이킬 수 있게 되었다. 본래 자기 것이었던 것을 되찾는 일이 아주 힘들지만은 않을 것 같았다. 몇 년 후 학위를 따고 좋은 직장을 얻으면 혼자만의 집을 얻어 살면서 좋은 곳으로 휴가도 떠나고 심지어는 집에 돈을 좀 보낼 수도 있을 거라고 생각했다.

하지만 그런 일은 일어나지 않았다. 대학에 들어가면서 알리시아는 고등학교를 함께 다닌 여자아이들 둘과 같은 아파트로 이사했다. 별로 그러고 싶지는 않았지만, 여자아이들의 엄마들이 또 한 명의 아이를 찾고 있었고 카르멘과 이야기를 끝내버렸기 때문이었다. 달리 선택권이 없었다. 게다가 계산했던 것 보다 두 배 이상의 돈이 필요했다. 얼마 가지 않아 매주 엄마에게 전화를 거는 것도 부족해 치코 삼촌에게 전화를 걸어 있지도 않은 실습 재료를 들먹이며 돈을 달라고 하게 되었다. 수업은 지루했고 동료들과는 잘 맞지 않았다. 아이들의 열정이 알리시아를 대화에서 밀어냈다. 진짜 영화학교를 다닐 학비도 없는 남자애들, 여자애들이 입학시험을 통과할 재능도 없으면서 영화에 대해 그런 식으로 이야기하는 것이 알리시아에게는 우습게만 보였다. 알리시아는 자기에게 〈냉소적이다〉는 평이 따라붙었다는 걸 알고 있었다. 알리시아도 인정했다. 자기는 단지 돈을 벌고 싶을 뿐이며 예술 따위는 별반 중요하지 않다고 말하곤 했기 때문이었다. 그러다가 한 번씩 수업에 빠지기 시작했다. 어느 날 갑자기 그런 건 아니었다. 한 과목 수업에 한 번 빠졌다가, 또 한 번 빠지고, 그러다가 시험에도 빠지게 되고 이런 일이 반복되면서 수업에 얼굴을 들이밀기가 어려워졌다. 자격시험 같은 걸 볼 수 있는 법학이나, 사범대나 뭐 그런 다른 전공으로 옮겨볼까도 생각했다. 언어와 문학은 어떨까 생각해보았다. 문장 분석은 잘했다. 언어와 관련한 건 전부 다 잘했다. 말이 다른 사람에게 미치는 영향은 또 얼마나 신기한가! 읽는 것도 어려워하지 않았다. 하지만 그러는 사이에도 생계는 유지해야 했고 그렇게 첫 번째 일을 찾았다. 아르구에예스 거리의 카페에서 몇 시간 테이블을 치우는 일로 시작해 술집 스탠드 뒤에서 온종일 일하면서 반년이 흘러갔다. 이런 자신의 우왕좌왕하는 생활이 엄마가 사는 집에서 몇 미터 떨어진 곳에 있는 동료들의 집까지 전화로 모두 보고되지 않도록 다른 셰어하우스를 얻었다. 일을 즐기지는 않았다. 온종일 서서 커피 한 잔, 또 한 잔 테이블로 나르면서 혹여라도 돈을 내지 않고 나가는 테이블이 있을까, 거스름돈은 제대로 주었을까 신경을 곤두서야 하는 일을 즐길 사람이 어디 있겠는가. 하지만 도움이 되었다. 급료를 받았고, 아무 생각할 필요가 없었다. 더는 치코 삼촌에게 돈 달라는 말을 하지 않아도 되었다. 치코 삼촌에게는 그래도 2~3주에 한 번씩 전화를 걸었다. 엄마와의 통화는 에바에게 메일을 보내는 것으로 대체했다. 둘이 함께 읽으면 되니까. 그에 대해 누구도 불평하지 않았다.

  요 몇 년 이리저리 카페, 옷가게, 푸에르타 데 톨레도, 피라미데스, 또 다른 카페, 빙고 가게, 마르케스 데 바디요, 몇 달 동안 실업 상태였다가 알루체, 청소회사, 우르헬, 슈퍼마켓, 에우헤니아 데 몬티호* 로 일자리를 옮겨 다니면서 알리시아는 줄곧 지하철 초록색 노선을 따라 강을 뒤로하고 남쪽으로 내려갔다. 유니폼이 잘 어울렸고 직장 동료에게 빌린 작은 아파트에서 처음 혼자 살게 되었다. 동료의 어머니는 설거지하다가 주방에서 돌아가셨다. 바로 그다음 주 알리시아는 그 어머니가 쓰던 옷장에 자기 옷을 정리했고, 어쩌면 그 어머니가 가슴을 움켜쥐며 쓰러졌을지도 모르는 곳에서 몇 걸음 떨어진 테이블에서 아침을 먹었다. 동네는 나빠 보이지 않았다. 만일을 대비해 할 수 있는 한 저축도 한다. 유통기한이 임박해 세일 딱지가 붙은 것을 유심히 살펴 얼른 샀다. 수돗물을 잘 이용했다. 밥을 전자레인지에 데울 때는 수돗물을 반 컵 정도 함께 넣어서 수분이 너무 날아가지 않도록 했고, 스파게티가 너무 싸구려 같아 보이지 않도록 삶기 전에 30분 물에 담가뒀다. 인생을 즐기지는 않았지만 그런대로 분주하게 살았다.

---

* 푸에르타 데 톨레도, 피라미데스, 마르케스 데 바디요, 알루체, 우르헬, 에우헤니아 데 몬티호는 모두 마드리드 지하철 역명이다.

≫ 우리 아빠 일이요? 처음엔 우리에게 교통사고라고 그랬어요. 나중에, 아주 한참은 아니고, 동네에서 그 이야기들을 한다는 걸 알았죠. 그러니까 우리 삼촌인지 엄마인지 기억은 안 나지만 그 소문을 이용했던 거예요. 아빠가 언덕 위에 있는 바비큐 식당 하나를 인수하려고 보러 갔다가 내려오면서 커브 길에서 길을 벗어나서 충돌 사고가 있었다는 거죠. 아빠는 레스토랑 여러 개를 가지고 있었어요. 아빠는 처음에는 치코 삼촌이랑 웨이터로 일하기 시작했대요. 치코 삼촌은 우리 삼촌이 아니라 엄마의 삼촌이에요. 그리고 내게는 삼촌이라기보다는 뭐랄까, 엄마와 아빠를 뒤섞은 그런 이상한 존재? 엄마가 아직 십 대일 때 삼촌이 일하는 곳에 가끔 들렸대요. 시내에서 집에 돌아올 때 만나서 함께 온 거죠. 아빠는 엄마보다 나이가 좀 많은데, 아주 많이는 아니고 다섯, 여섯 살 정도? 엄마가 금세 임신을 해버린 거죠. 그것도 외할머니가 엄마를 임신했을 때보다 더 어린 나이에 말이에요. 그래서 어른들이 급하게 결혼을 시킨 거예요. 내가 태어나고 치코 삼촌 집에 살림을 차렸대요. 삼촌은 동네에 작은 아파트를 하나 가지고 있었는데, 아, 지금도 거기 살아요, 영화를 보는 방을 하나 마련해뒀나 봐요. 삼촌이 영화를 정말 좋아하거든요. 엄마의 할머니 할아버지는 당신들 딸에게 일어난 일이 손녀에게도 똑같이 일어났다는 걸 참을 수 없었던 나머지 이 일에 전혀 관여하지 않으셨고, 또 다른 할머니 할아버지, 그러니까 우리 아빠 쪽 조부모님 집에는 이미 고모가 남편과 아이들과 함께 들어와 살고 있어서 공간이 없었대요. 그

래서 우리 부모님이 살 집을 얻을 수 있게 될 때까지 저축을 좀 할 수 있도록 치코 삼촌이 자기 침실을 우리 부모님에게 내주고 삼촌은 영화 보는 방으로 옮긴 거죠, 나중에 그 방에 있던 간이침대에서 나도 정말 많이 잤어요. 내가 삼촌 이야기를 많이 하는 건 정말로 내게 중요한 사람이었기 때문이에요. 동생 이름은 삼촌이 지었다고 하더라고요. 내 이름은 알리시아, 내 이름은 아빠가 정했대요.

≫ 아빠는 가장의 임무를 진지하게 받아들인 사람이라서 돈을 좀 더 벌 수 있는 레스토랑에 웨이터로 들어갔고 그래서 난 아빠 얼굴 보기가 힘들어졌죠. 아빠가 집에 돌아올 즈음이면 난 이미 한참 전에 잠들어있었거든요. 사실 아빠는 잘 기억나지 않아요. 이 이야기도 사실 치코 삼촌이 했던 말로 구멍을 메꾼 거예요. 삼촌이 엄마랑 하는 이야기나 솔레닷 이모랑 했던 이야기를 바탕으로 말이죠. 엄마가 하는 말은, 우리 엄마가 하는 말은 사실보다는 거짓말이 더 많은 것 같아요. 우리 엄마는 진짜 똑똑해요. 예쁜 건 잘 모르겠어요. 젊어서는 예뻤을 것 같기는 한데, 지금은 글쎄 벌써 서로 얼굴 안 본 지 한참 되었으니까요. 이제 이 이야기를 해볼까요. 엄마와 아빠는 먼저 동네에 아파트를 샀고 얼마 후 아빠가 처음 식당을 열었죠. 그리고 치코 삼촌을 불러 함께 일했어요. 식당이 잘돼서 에바가 태어났을 때는 이미 좀 더 나은 곳에, 시내 근처에 새로 아파트를 사놓은 상태였죠. 십 년 만에 아빠는 레스토랑을 네 개나 열었어요. 전부 다 우리 동네 근처에요. 카르멘네 집 1, 2, 3, 4 이렇게요. 그런데 정작 카르멘, 그러니까 우리 엄마는 거기에 발들여놓는 걸 싫어했지만요. 아빠가 자살했을 때는 이제 막 다섯 번째 레스토랑을 열었던 참이었어요. 시내에요.

그리고 새로운 동네에 수영장이 딸린 다른 아파트를 하나 더 사두고 있었죠. 그다음 해 우리가 옮겨갈 새로운 학교 가까이로요. 아주 잘 나갔다고 할 수 있겠죠. 치코 삼촌이 걸음마를 배울 때는 동네에 아직 전기도 들어오지 않았다고 해요. 그 동네는 우리 부모님 동네이기도 했는데 아빠가 태어났을 때는 하수도도 없었다는군요. 그런 곳 출신이었는데 그곳을 벗어나서 땅을 사고 더 좋은 동네에 더 넓은 아파트를 샀죠. 자신들은 공부를 계속하지 못했지만 우리는 사립학교에서 우리 수준의 아이들과 책상을 맞대고 공부하게 하려고 그랬구요. 엄마는 집 옆에 있는 슈퍼에서 이웃들과 마주치는 걸 좋아하지 않았기 때문에 엘코르테잉글레스 백화점에서 장을 보고 차로 실어날랐어요. 옷도 그렇고 가전제품도, 그리고는 신용카드로 지불한거죠. 에바는 무슨 일이 일어난 건지 아무것도 몰랐어요. 쉬는 시간에 댄스 동아리나 하면서 행복하게 지냈으니까요. 그러니까 어떤 면에서 엄마의 그런 냉소적인 면을 닮은 건 나예요. 부끄러움은 모르고 자존심은 강하고. 학교에서는 주변 아이들보다 내가 우월하다는 의식이 강했어요. 마지막 학기는 재수강을 했는데, 그 애들, 흉측한 싸구려 옷차림에 체육 수업이 있는 날에도 매일 똑같은 옷을 입고 오는, 청바지 무릎이 튀어나온 그런 애들보다 더 나은 삶을 살기 위해 매 학기 진급을 할 필요는 없다고 생각했거든요. 그럼 난 뭐가 되고 싶었던 걸까요? 지금 생각해도 확실치 않아요. 그런 일이 일어나지 않았다면 경영학 같은 걸 공부했을 테고 아빠가 자기 사무실에 책상을 하나 놔주었겠죠. 몇 년 후 대학 동기와 결혼하고 일을 그만두거나 아니면 일주일에 한두 번 사무실에 얼굴을 내밀었을지도 모르죠. 그런데 현실은 아빠가 자살했다는 거예요. 평생 매일 밤 그 꿈을 꾸죠. 마치 내가 그 삶을 잃어버렸다는 걸 받아들이라고, 현재 사는 이 삶을 받아들이라고 끊임없이 경고를 보내기 위해 날 흔들어대는 것만 같아요.

◆

직장동료 하나가 알리시아에게 그를 소개했을 때 그의 입에서 나오는 첫소리를 구별할 수가 없었다. 간신히 단어의 마지막 소리만 강조되어 들릴 뿐이었다. 그의 외모는 마음에 들지 않았다. 키는 너무 크고 매부리코에 눈은 툭 튀어나왔다. 대화도 별 흥미를 느낄 수 없었다. 주말이면 사이클을 탄다는 이야기. 고등학교를 마치자마자 사이클 동호회에 가입했다는 것, 토요일, 일요일이면 새벽 일찍 일어나 자전거로 도는 루트에 대해 장황하게 늘어놓았다. 비탈길, 자전거 프레임, 도대체 얼마 동안 이런 얘기를 계속한 거지? 십오 분? 한 시간? 알리시아는 귀를 기울이지 않고도 아주 잘 듣는 척한다. 관심 있는 척하면서 오전 근무를 피할 수 있어 운이 좋았다는 생각을 한다. 알리시아가 제대로 잘 알아들은 거라면 그는 카니예하스에 산다. 아, 그래, 아파트가 있다는 거지. 그리고 알리시아에게 어디 사느냐고 묻는다. 알리시아는 언제나 거짓말을 했었다. 이름과 직업, 사는 동네도 대충 둘러대곤 했었다. 하지만 그는 직장동료와 아는 사이다. 지금 생일파티를 열고 있는 로시오다. 그러니 금방 들통이 날 것이다. 알리시아가 에우헤니오 데 몬티호에, 그러니까 같은 지하철 노선에 있는 구역에 산다는 사실이 그에게는 운명처럼 느껴지는 듯했다. 하지만 알리시아에게는 하나도 재미없는 짓궂은 장난이라고 느껴졌다.

그는 몇 년 전, 당시의 애인과 결혼을 하려고 아파트를 샀는데 애인이 자기를 버리고 떠나버리는 바람에 혼자 살고 있다고 했다. 그리고는 애인 얘기로 빠져들어 알리시아를 불편하게 만들었다. 애인에 대한 찬사를 늘어놓으면서 자기가 그 여자를 얼마나 사랑했는지, 헤어졌을 때 거의 정신이 나갔다는 얘기며, 헤어지자고 말한 그 여자에게 얼마나 분노를 느꼈는지 끝도 없이 이야기를 늘어놓았다. 알리시아는 그가 〈애인〉이라는 말과 〈전 애인〉이라는 말을 섞어 쓰고 있다는 걸 깨달았다. 마치 그 여자가 몇 년 전이 아니라 몇 주 전 떠나가 버린 것처럼 말이다. 그에게서 벗어나려고 주변을 둘러보며 다른 직장동료들을 찾아봤지만, 누구와도 눈을 마주칠 수 없었다.

그래서 알리시아는 그의 벗은 몸을 상상해보려고 했다. 맥주 때문에 불룩 나온 배, 햇볕에 그을린 종아리를 상상하니 너무 불쾌했다. 구역질이라도 날 듯 등줄기에 소름이 돋았다. 그런데 그가 그걸 알아차렸다. 알리시아가 눈을 감으며 어깨를 움찔하는 모습을 본 것이다. 그러더니 춥냐고, 필요하면 자기 재킷을 주마고 말한다. 그런데 그 순간, 싸구려 친절을 보인 그 순간이 아니라 그의 벗은 몸을 상상했던 그 순간 모든 게 변했음을 인정하지 않을 수 없다. 목소리는 더 다정하게 들렸고 가느다란 윗입술과 도톰한 아랫입술에 눈이 갔다. 그리고는 그가 키스하려고 든다면 뒤로 물러서지 않을 거라고 짐작한다. 그렇게 다시 대화로 돌아왔다. 그는 슈퍼마켓이 어떤지 물었고 알리시아는 교대근무도 괜찮은 편이고 동료들 분위기도 좋다고 대답한다. 그는 더 말하지 않는다. 알리시아가 다른 말을 덧붙이기를 기다리는 것일 수도 있다. 아니면 자기가 그렇게 사이클에 대한 열정이니, 애인과 헤어진 삼십 대 중반 독신남의 열정적인 삶이니 하면서 장광설을 늘어놓았으니 이제는 알리시아에 대한 정보를 좀 얻으려는 것일 수도 있다. 알리시아는 속으로 중얼거린다. 알리시아, 원하는 게 있으면 주는 것도 있어야 해. 자, 시작해봐.

 -영화 좋아해요?

 -뭐, 그다지. 난 별로 지적인 사람은 아닙니다.

 -지적인 사람만 영화를 좋아하는 건 아닌데…

 -그쪽도 뭐 별로 지적인 사람으로 보이지는 않는데요?

 -왜요? 내가 슈퍼마켓에서 일해서요?

그가 알리시아 쪽으로 살짝 다가왔다. 아주 살짝, 서로의 상체와 상체 사이가 아주 약간 좁혀질 정도. 갑자기 후회가 밀려오려고 했다. 하지만 그 이후에 일어날 일을 생각하는 게 재미있었다. 자전거에 올라탄 그 우스꽝스러운 몸을 생각하니 웃음이 나왔다. 분명 사이클 동호회 사람들과 함께 찍은 사진을 집에 걸어두었으리라. 뭘 내어주면 그 사진을 알리시아에게 보여주게 될까? 어쩌면 그의 집에 들어가 그가 음료수 한 잔을 권할 때 이렇게 물어볼 수도 있을 것이다. 대회에서 우승한 적도 있나요? 트로피나 메달 같은 거 있어요? 단체 사진 같은 건요? 아는 사람 중에 사이클 동호회인 사람은 없거든요. 그는 자기 동료들에 대해, 그리고 그들의 어이없는 별명들에 대해 한참을 떠벌렸고 알리시아는 계속 꼭 맞는 자전거용 반바지 빕숏에 몸을 우겨넣고 간신히 지퍼를 채운 그 몸을 생각하고 있었다. 장비는 비용이 얼마나 들까? 마지막으로 함께 보낸 생일날 전 애인이 새로운 장비를 선물해줬을까? 알리시아는 질문이 무엇이었는지도 모른 채 네, 라고 대답했고 그러자 그의 몸이 더 가까이 다가왔다. 그제야 알리시아는 아니라고, 사람들이 다 보는 앞에서는 창피하다고 말했다. 택시비를 내주겠다는 제안에 둘은 함께 술집을 나왔다. 모퉁이를 돌아서는데 그가 키스했다.

 알리시아는 고향 집을 떠나고 나서야 섹스에 대해 알게 되었다. 고등학교에 다니는 동안에는 키스도 한 번 하지 않았다. 여자들은 혐오했고 알고 있는 남자들은 마음에 들지 않았다. 어쩌면 잠시 같은 반 남자아이에게 최소한의 욕망을 느꼈는지도 모르겠다. 그럴 만한 친구도 없었지만 친구에게라도 절대 털어놓을 수 없는 그런 아이들이었다. 말을 더듬던 미겔린, 농구를 하던 후안 안토니오 페레스가 아니라 버짐 핀 걸 숨길 줄 모르던 후안 안토니오 로페스. 미겔린은 수년에 걸쳐 언어치료사의 도움으로 교정을 했고, 로페스는 벌겋게 버짐이 핀 자국을 부끄러워하기 시작했다. 그래서 그 아이들에 대한 관심이 사그라들었다. 알리시아는 자기가 신체적 문제가 있는 아이들에게 끌린다는 사실을 알게 되었다. 하지만 실제로는 어찌 할 바를 몰랐다. 일요일마다 부모·형제와 레스토랑에 와서 점심을 먹는, 무릎 아래 다리를 절단한 그 휠체어 청년, 또 교실 옆자리에 앉은 왼손 손가락 합지증을 앓는 남자아이, 이런 애들에게 관심이 갔지만 그 애들의 벗은 몸을 상상하거나, 그 애들과 한 방에 있는 모습, 다리에 발이 달린 게 아니라 뭉툭하게 잘린 모습, 가슴을 얼싸안으려는 목발 같은 건 상상해보지 않았다. 영화에서 섹스장면이 나와도 일정한 객관적 거리를 두었고 자위를 해본 적도 없었다. 적어도 몸이 주는 쾌락에는 관심이 없었다.

디에고와는 대학에서 몇 과목 수업을 같이 들어 면식이 있는 정도였다. 나이도 몰랐고 몇 년간 직장에 다니다가 대학에 등록했다는 것, 지금도 일과 병행하느라 수업을 많이 듣지 못한다는 정도만 알았다. 수업에서 불쑥 자기 의견을 말할 때면 빈약한 어휘력에 엉성한 논리 전개 때문에 오히려 눈길을 끌 정도였다. 자기 의견을 내세우거나 지적 성숙을 보여주기보다는 자신이 그 자리에 있는 이유를 정당화하고 싶어 한다는 느낌, 스스로 침입자처럼 느끼지 않으려고, 다른 애들과 동등해지려고 애쓴다는 느낌이었다. 디에고는 곧 두세 명에게 맥주를 사주며 친구를 만들었다. 쉬는 시간이면 그 애들이랑 이름도 모른 채 성으로만 부르는 영화감독들 이야기를 무슨 비밀이나 되는 듯 낮은 목소리로 떠들어댔다. 그런 디에고가 알리시아는 안타깝기도 하고 우습기도 했다.

그런데 디에고가 앞에서 두 번째 줄에 앉아 노트를 펼쳐놓은 채 손을 들 때면 알리시아는 심장이 세게 뛰는 걸 느꼈다. 디에고 때문에 말이 끊긴 영화사(映畫史) 교수의 짜증스러운 목소리를 은근히 즐겼다. 알리시아는 디에고가 매번 자기 의견을 말하면서 망신을 당하는 그 금요일 오후를 기다렸다. 교수가 1점, 2점 디에고의 점수를 깎아가는 동안 알리시아는 정수리가 훤히 들여다보이는 머리와 너무 오래 입어서 나달나달해진 체크 셔츠를 유심히 관찰했다. 어느 날 학교 가는 지하철 안에서 어떻게 하면 그 애에게 다가갈 수 있을까 생각하는 자기 자신을 발견하고 깜짝 놀랐다. 금요일 수업 후에 모이는 그 동아리에 들어가 볼까? 그건 너무 지루하고 사람도 많고 은밀함이 없을 것 같았다. 칭찬을 해 줘볼까? 그건 효과가 있을 것이다. 알리시아는 지난 몇 주 동안 디에고가 하는 말을 적어두고 있었다. 성만 알고 이름은 모르는 그 영화감독들의 정보를 찾아보다가 디에고가 말하는 것처럼 그렇게 숨겨진 천재들은 아니라는 것도 알아냈다. 이미 삼촌을 통해 알고 있는 영화가 대부분이었다. 디에고는 카버를 읽고 스프링스틴을 듣는다. 그래서 알리시아도 도서관에서 카버의 책을 빌려 읽고 스프링스틴을 들었다.

   대화를 몇 마디 나누는 데는 시간이 좀 걸렸다. 저기 말이야, 그 지난번에 말했던 브루클린 출신에 작가 겸 감독, 그 사람 이름이 뭐라고 그랬지? 이게 첫 주에 한 말이었고, 네가 추천했던 영화 봤는데 정말 감동했어, 그다음 주, 눈이 휘둥그레지면서 디에고는 영화 동아리 아이들을 모두 물리치고 알리시아와 뭐라도 한 잔 마시고 싶어 했다. 맥주를 앞에 둔 디에고의 행동 하나하나를 알리시아는 잘 적어두었다. 다음번 만날 때 써먹으려는 거였다. 영화 이외에 다른 취미, 뉴욕에 살면서 영화를 만들고 싶다는 그의 꿈, 아는 걸 말하는데 자신감이 없다는 점, 알리시아가 이미 다 알고 있는 필모그래피까지 모두 기억해 두었다. 디에고는 무슨 일을 하는지는 절대 말하지 않았지만 몇 년 전 고향으로 내려간 어머니가 소유하던 아파트에 살고 있다고 했다. 그다음 디에고의 행동은 예상을 벗어나지 않았다. 세 번째 맥주에서 알리시아에게 키스한 것이다. 알리시아는 그의 혀가 입으로 들어오면서 토르티야 조각들, 초리소와 젖은 빵이 함께 들어오는 것을 느꼈다. 하지만 거부감은 없었다. 오히려 그가 새 모이를 주는 것처럼 자기를 먹인다는 느낌이었다. 디에고는 알리시아를 오토바이에 태워 자기 집으로 데려갔다. 헬멧은 알리시아에게 양보했다. 둘은 뜨개질로 짠 러그 옆 고동색 인조가죽 소파 위에서 섹스를 나누었다. 알리시아는 피를 흘리지는 않았다. 디에고는 채 오 분도 걸리지 않아 일을 끝냈다. 알리시아는 DVD 플레이어의 시계를 보며 시간을 쟀다. 새벽에 잠에서 깼을 때 디에고는 집에 데려다주겠다고 했다. 당연한 수순이었다. 그는 헤어지면서 목에 키스했다. 알리시아는 그 후로 다시는 영화사 수업에도 커뮤니케이션 이론 수업에도 나가지 않았다. 하지만 그 대신 어디에서 쾌락을 얻을 수 있는지 알게 되었다.

요 몇 년 알리시아가 디에고 같은 남자랑 몇 번이나 잤을까? 하룻밤, 그다음 날 밤, 직장동료의 친구들, 그리고 직장동료들과도 역시 잤다. 아파트 아래층 술집에서, 아니면 지하철에서 만난 모르는 남자들. 고독을 견디기에는 아직 너무 젊고, 모르는 여자 앞에서 옷을 벗을 때면 부끄러워 죽는 사십 대 이혼남들이 제일 좋았다. 그런 남자들과 관계를 맺는 방식은 언제나 똑같다. 내성적인 척 그들에게 통제권을 넘겨주고 남자들이 파워를 느끼게 해준다. 그러면서 남자가 발기되지 않거나 시작도 하기 전에 싸버리면 자기 앞에서 어떤 모습을 보일까 상상하곤 했다. 피할 수만 있다면 자고 오지는 않았다. 집으로 돌아와 샤워하고 가벼운 걸 조금 먹은 다음 잠시 텔레비전을 보다가 침대에 누웠다. 눈을 감으면 또다시 아빠의 절룩거리는 모습이 어렴풋이 보이는 밤이 시작되었다.

✦

-처음엔 교통사고였다고 그랬어요, 우리에게는. 하지만 두 주 정도 지난 다음 엄마와 삼촌이 하는 이야기를 들었죠. 처음 며칠 동안 걸

려오던 조문 전화가 곧 빚쟁이들 전화로 바뀌었고요. 은행지점장 하나는 새 아파트 대금을 어떻게 갚을 거냐고 물어왔고 또 다른 지점장은 시내에 있던 레스토랑 리모델링을 하느라 받은 대출을 어떻게 갚을 건지 물어왔죠. 고기를 공급하던 업자는 아빠의 레스토랑 어디에서도 이 사실을 알려주지 않았다고 불평을 해댔고 고리대금업자들까지 들고일어났어요. 아빠 사업은 빚 위에 빚을 쌓아가면서 커진 거였어요. 은행 돈과 청탁을 통해서요. 우리 생활도 역시 그랬고요. 넓은 아파트, 여행, 큰 텔레비전 이런 건 〈오늘의 메뉴〉를 팔아서, 아니면 레스토랑의 가족적인 분위기 덕분에 가지게 된 것들이 아니라 이전 사업이 파산하면 새로운 사업으로 덮으면 된다는 아빠의 이상한 금융 논리에서 나온 거였어요. 더는 돈을 빌려주는 은행이 없고 고리대금업자들이 돈을 갚으라고 아우성을 치니까 아빠는 자동차가 도로를 벗어나 사고로 죽은 척해야겠다는 기발한 아이디어를 생각해낸 거죠. 생명보험으로 다 해결될 줄 안 거예요. 그런데 커브 길을 벗어나 나무를 들이받았는데도 자살하는 데 실패하자 목을 매달기로 한 거죠.

≫ 엄마와 삼촌의 대화에서는 늘 엄마가 말하고 치코 삼촌은 듣기만 했죠. 엄마가 다 설명했어요. 엉망진창인 회계장부, 처음엔 전화로, 나중엔 집에까지 닥쳐온 협박, 솔레닷 이모가 나랑 에바를 데리고 수영장에 다니며 노는 동안 아빠는 그런 멍청한 짓을 했다는 거죠. 정말 이상했던 건 엄마가 아빠 이야기를 할 때 쓰던 말이었어요. 땅에 묻은 지 보름도 안 되는 사람에게 그렇게 심한 욕설을 퍼붓다니요. 엄마에게 아빠는 쓸데없는 병신, 우리를 내팽개친 악마, 자기 문

제도 해결 못 한 멍청이라는 거예요. 난 엄마가 그 상황에서, 그 문제에서 그렇게 빨리 빠져나오는 걸 보고 놀랐어요. 아빠 문제도 그렇고요. 아빠는 나무에 목을 매단 타인일 뿐이었죠. 삼촌은 가끔 엄마 말에 끼어들어서는 그렇게 심한 말 하지 말라고, 그 사람을 이해하려고 해보라고 말하곤 했어요. 그러면 엄만 목소리를 높였죠. 엄마의 말 한마디 한마디가 내 가슴을 아프게 했어요. 그래서 알게 됐어요. 그리고 마드리드로 오기 전, 대학 입학시험에 붙고 나서 에바에게도 이야기해줬어요. 난 조금씩 내 짐을 꾸려서 남은 여름은 치코 삼촌 집에서 보냈어요. 재밌다고 생각했죠. 그 도시에서의 마지막 며칠을 내가 태어나서 처음 며칠을 보낸 바로 그 집에서 보낸 거, 정말 멋진 메타포 아닌가요.

≫ 엄마가 그 모든 문제를 재빠르고 깔끔하게 정리했다는 건 인정해요. 패배를 인정하고 처음 시작했던 그 작은 집으로 돌아갔죠. 내가 엄마에 대해 감탄하는 건 딱 그 부분뿐이에요. 당당하게 벼락부자의 가면을 벗은 거죠. 새 아파트를 팔고 우리가 살고 있던 아파트도 팔았어요. 그리고 남은 제일 작은 아파트 세입자가 집을 비워줄 때까지 그나마 연락을 하고 지내던 삼촌과 이모 집으로 우리를 나눠 보냈죠. 그 위 삼촌들하고는 연락을 안 하고 살았으니까요. 우린 다시 그 동네로 돌아왔어요. 원래 그 가난하던 동네요. 레스토랑도 팔고 가지고 있던 아파트들과 땅도 팔고 그렇게 빚을 거의 다 청산하고 그래도 남은 빚은 천천히 갚아갔어요. 내가 집을 떠날 때 즈음에도 약간 남아 있긴 했죠. 동네에 있던 레스토랑은 삼촌이 인수했어요. 그렇게 엄마와 에바 그리고 나는 벗어나려고 했던 그 삶으로 다시 돌아가게

되었답니다, 동화 끝~

≫ 이런 얘기를 하는 건 동정심을 불러일으키려는 것도 아니고, 부잣집 딸이 어느 날 아침 일어나보니 가난뱅이가 되어버렸다, 뭐 이런 식으로 나 자신을 로맨틱하게 꾸미려고 하는 것도 아니에요. 난 감성적인 것에는 별 관심 없어요. 아빠가 보고 싶긴 해요 하지만 내가 그리워하는 건 결코 살아보지 못한 그 무언가, 내 것이 될 수도 있었던 어떤 삶이죠. 일할 필요도 없고, 냉장고는 가득 차 있고, 거리에서 마주치는 사람들은 감당하지 못할 그런 곳에서 휴가를 보내는 것. 아마도 내가 그리워하는 건 아빠도 아니고, 아빠와 함께하던 삶도 아니고, 아빠에 대해 내가 가지고 있던 그 이미지, 그리고 아빠의 죽음으로 인해 내가 가질 수 없었던 그 모든 것이 아닐까 생각해요. 내가 그리워하는 건 신문에 얼굴이 나오고, 시간 외 수당을 넉넉히 지급하는 까닭에 직원들의 존경을 한 몸에 받던, 우리 준비물을 사주러 문방구에 가서도 팁을 놓고 나오던 성공한 사업가예요. 난 잘나가는 사람들에겐 질투심이 나요. 그런 사람들이 힘들어지면 마음이 편안하고요. 나만 이런 게 아니라는 생각이 드니까요. 나를 안쓰러워하는 건 싫어요. 난 그럴만한 가치가 없어요. 난 당신의 동정 따윈 필요 없어요. 당신에 대해 아는 게 없잖아요. 당신 이야기를 모르니까요. 원한다면 이야기해보세요, 듣도록 할게요. 솔직히는 지금 당장 당신 집을 나가고 싶어요. 하지만 집에 돌아가려면 야간 노선을 너무 여러 차례 갈아타야 하고, 지하철이 다니려면 아직 멀었고요. 택시 탈 돈은 없어요. 그러니까 난 지금 여기 당신한테 붙들려있는 거예요. 또 다른 메타포네요. 치코 삼촌 레스토랑요? 지금도 장사해요, 그럼요. 엄마가 주방

에서 일하고 동생도 얼마 전부터 도와주러 나가는 것 같아요. 삼촌은 퇴직하려면 십오 년인가 이십 년쯤 남았는데 아마 그때가 되면 엄마나 동생 중 하나가 레스토랑을 맡게 되겠죠. 삼촌은 선생님이 되고 싶어 했어요. 대학에 가고, 학위를 받고…. 하지만 가족이라는 짐을 떠맡기로 했죠. 누구도 그러라고 한 사람은 없었어요. 그렇지만 난 삼촌이 퇴직하고 나면 자기만의 시간을 갖게 되길 바라요. 다들 삼촌을 좀 쉬게 해줬으면 좋겠어요. 아니, 이름은 바꾸지 않았어요. 레스토랑 이름은 여전히 카르멘네 집이에요. 뭘 기대했는데요? 커다란 스크린에 행복한 결말? 사는 건 그런 게 아니잖아요.

풍요
1984년 마드리드

화요일부터 토요일까지는 새벽 다섯 시 반에 알람이 울린다. 월요일 아침엔 이 전쟁이 삼사십 분 늦춰진다. 주말에 이미 테레사와 꼼꼼하게 휴지통도 비우고 사무실 환기도 시켜두기 때문이다. 가끔 날씨만 허락한다면, 비가 오지 않거나 아직 추위가 참을만하면, 차표를 하나 더 사더라도 조금 일찍 집을 나서서 버스를 탄다. 아토차에서 버스를 갈아타고 같은 도시 안에 여러 다른 도시들을 바라보는 걸 좋아하기 때문이다. 동네를 벗어나면 러시아 인형처럼 도시 안에 또 다른 도시들, 그 안에 또 다른 도시들이 나타난다. 거대한 고래 뱃속에 집과 거리가 들어있는 것만 같다. 마리아는 자기가 사는 동네를 생각한다. 낡은 건물들, 그리고 이어지는 삼사 층짜리 새로 지은 건물들. 모두 똑같이 붉은 벽돌에 프린트 원단 차양을 내린 건물들은 버스가 강을 뒤로하고 아토차역으로 가까이 갈수록 점점 하늘을 향해 치솟는다. 페드로가 처음 데리고 갔던 조합 모임에서 동네가 〈품위 있어 보이도록〉 청결하게 유지해야 한다고 주장하던 페드로의 친구들과 조합원들을 떠올린다. 교도소에 판자촌에 공터에… 우리 동네 이미지가 어떨 것 같아? 라고 묻던 사람들. 그때 처음 마리아는 사람들이 자기가 사는 동네를 어떻게 생각할까 궁금해졌다. 만사나레스 강을 건너 시내로 향해 갈수록 건물은 더 세련되어진다. 과거가 미래로 바뀌는 것 같다. 마드리드에 처음 왔을 때 그 몇 주간을 떠올린다. 오포르토에서 지하철을 내려 삼촌 아파트까지 걸어갔었다. 지하철 노선을 헷갈렸던 일, 그래서 알폰소 13세 역까지 갔던 일, 집으로 돌아오는 노선을 찾느라 한참을 고생했던 일이 생각난다. 누에보스 미니스테리오스에서 일하는 지금은 날씨가 받쳐주지 않으면 곧장 지하철을 탄다. 지하철에서는 다른 승객의 얼굴 말고는 달리 볼 풍경이 없으니 그 시간을 이용해 책을 읽는다. 콘치타의 딸 라우라는 마리아에게 늘 책을 빌려다 준다. 그러면서 마리아에게 다른 여성 소모임에 나오라고 권한다. 마리아와 롤리, 콘치타가 관심을 가질만한 중요한 문제들에 관해 이야기를 나누는 모임이라고 했다. 엄마한테도 이야기해봤는데요. 라우라가 하는 말이다. 절대 싫다네요. 마리아도 마찬가지다. 거기 여자들이 자기를 신기하게 쳐다보면서 무식하다고 조롱할 것만 같아 무섭다. 처음 간 날 누군가가 마리아가 누구이며, 어디 출신이고, 월급은 얼마나 받는지 다 밝혀낼 것만 같다. 다른 여자들 앞에 내놓는 자기 의견이 별 대단한 게 아니었다는 사실을 스스로 깨닫게 될 것만 같다. 라우라가 빌려주는 책 대부분은 신문 기사나 라디오에서 들어본 것들이었다. 라우라가 전화를 걸어와 다음날 오후에 들리겠다고 할 때마다 마리아는 뭐라 말할 수 없는 모순된 감정을 느낀다. 라우라가 그렇게 애써 주는 것, 도서관에서 공부하거나 친구들과 뭐라도 한잔하는 대신 자기 집에 와주는 게 고맙기는 하다. 하지만 자기를 실험실 생쥐처럼 이용하고 있다는 느낌이 드는 것도 사실이다. 건설노동자 도밍고와 가정주부 콘치타 사이에서 태어난 라우라. 가족 중 처음 대학물을 먹은 아이 라우라에게서 훈련을 받은, 자기 딸과 함께 살지 않는 미혼모이자 의식화된 청소부 마리아. 어쩌면 라우라는 마리아에게 동정심을 느꼈는지도 몰랐다. 아니, 오히려 라우라가 마리아와 더불어 양심의 껄끄러움을 씻어냈는지도 모른다. 매번 장학금을 받을 때마다, 매 과목을 통과할 때마다 그만큼씩 이 동네와 멀어지는 거니까. 어쩌면 라우라는 마리아를 찾아오면서 마리아가 자기를 그 주변에, 자기가 속한 곳에 묶어둬 주기를 바라는 것일 수도 있다. 멀어질수록 양심의 가책을 느끼는 그곳으로부터 날아가 버리지 못하도록 마리아가 자기 발목을 꽉 붙잡아주기를 바라는 것일 수도 있다. 참 동화 같은 이야기다.

동료 테레사와는 사무실을 나눠서 청소한다. 마리아는 상사들이 출근 도장을 찍기 전에 상사들의 방을 다시 한번 점검한다. 직원들이 출근해 컴퓨터를 켜고, 회의하고, 배경음처럼 뉴스를 틀어두는 시간이 되면 공용공간 청소를 시작한다. 마리아는 테레사와 함께 일하는 것이 좋다. 이야기를 나눌 때도 남의 사생활에 끼어드는 법이 없기 때문이다. 마리아도 간혹 페드로 이야기나 동생 치코와 나눈 이야기를 한다. 그리고 가능한 카르멘에 대해서는 언급하지 않으려고 한다. 테레사에 대해 마리아가 알고 있는 것은 그라나다의 촌마을에서 태어났고 지금은 콜메나르에 살고 있으며, 별로 좋은 계절은 아니지만 어쨌거나 오는 2월에 두 번째 결혼한다는 것 정도이다. 마리아는 일 자체도 좋아한다. 지하철이 사인스 데 바란다 역과 콘데 데 카살 역을 지날 무렵이면 바닥 세척제 냄새를 풍기며 부르튼 손등에 대해 투덜거리는 여자들 목소리가 들려온다. 마리아도 손등이 아프다. 하지만 청소일에 어떤 자부심을 느낀다고 할까. 시간이 지나면서 다른 사람이 더럽힌 것을 정리하는 일이 자신의 천직임을 인정하게 되었다. 바닥 얼룩을 지우고 유리창을 닦아 더 많은 빛이 들어오도록 하는 일이 좋았다. 자신이 유용한 사람이라는 느낌, 일을 잘 해낸다는 느낌 때문이다. 자기의 두 손이 그걸 가능하게 한다는 점도 좋고, 또 이 방에서 저 방으로 다니며 머리를 텅 비운 채 아무 생각 없이 기계적인 일을 반복하는 것 역시 좋았다. 때로는 물에서 거품이 솟아나는 모양이나 표백제가 녹으며 생겨나는 가느다란 선을 멍하니 지켜보는 것도 좋았다. 누군가 감사를 표하면 고마운 마음이 든다. 물론 대부분 사람에게 투명인간 같은 존재라는 걸 안다. 사실 누가 매년 조금씩 몸이 불어나는 이 여자, 팔 두 개, 다리 두 개, 얼굴 하나, 유니폼과 하나가 된 듯한 그 몸에 주의를 기울이겠는가? 하지만 자기만 좋으면 되는 일 아닌가. 가끔 쉬는 날 오후, 회사로부터 누군가를 대신해 한 교대 더 일해달라고 부탁을 받거나 새로운 고객 앞에서 시범을 보여달라는 요청이 들어오면 언제나 받아들인다. 집세며 식비, 각종 세금을 혼자 부담하는 것이 버거울 뿐만 아니라 얼마간 저금도 해야 한다. 매번 카르멘에게 보내는 금액이 적어지고 있다. 마리아의 엄마는 성화를 부린다. 미망인 연금으로는 부족한 것이다. 이제는 머리카락 색도 짙어지고 마리아보다 머리 두 개는 더 큰 치코가 자기가 쓰고 남는 돈을 대부분 엄마에게 주는 눈치다. 마리아는 회사에서 불러내는 일만 없으면, 그래서 가르시아 노블레하스에 있는 사무실들 쪽으로 갈 일이 생기지 않으면 평소의 일상대로 움직인다. 롤리와 콘치타를 만나거나, 페드로와 함께 조합 모임에 가거나, 내키는 날이면 뒤풀이 맥주 한잔하는 곳에도 합류한다. 페드로의 친구들은 이제 마리아의 존재에 익숙하다. 알폰소는 간혹 자기 부인에게도 합류하라고 강요한다. 또 한 여자가 나타나면 그때까지 입을 다물고 있던 마리아는 남자들이 마리아에게서 기대하는 바대로 행동한다. 아이 낳고 키우는 이야기, 요리비법이나 미용 얘기들을 나누는 것이다. 토요일 오후는 혼자만을 위해 비워두고 시내를 산책하거나 집에서 책을 읽으며 보낸다. 일요일에는 오후에 페드로와 점심을 먹는다. 단둘이 마리아의 집에서 먹거나 아니면 마리아의 사촌 여동생 부부와 함께 먹을 때도 있다. 간혹 페드로의 집에서 페드로의 엄마와 남동생과 함께할 때도 있는데 분위기가 너무나 침울해지는 까닭에 피하는 편이다. 점심을 먹고 나서는 섹스를 한다. 그리고는 함께 텔레비전을 보거나 잠시 이야기를 나눈다. 이때 페드로는 종종 모임에서 나눈 이야기를 다시 꺼낸다. 마리아의 관점을 공유하려는 것이다. 그리고는 저녁 식사를 준비하러 자기 집으로 돌아간다. 한 번도 그 일과를 바꿔보려고 한 적은 없다. 처음엔 페드로가 아버지를 돌봐야 할 의무가 있었고, 그 아버지가 돌아가신 지금은 아직 살아계신 어머니를 돌봐야 한다는 것, 그리고 마지막으로는 그보다 어린 동생 역시 돌봐야 한다는 걸 마리아는 잘 알고 있다. 그리고 자신이 그들 중 누구도 돌볼 수 없다는 사실도 잘 안다. 그래서 둘은 각자의 아파트에서 살면서 일주일에 적어도 두 번은 얼굴을 보려고 애쓴다. 친구들은 이 둘에게 〈모던 커플〉이라는 별명을 붙여주었다. 마리아는 일요일을 제외하고는 매일 새벽에 일어난다. 청소회사에 들어온 이래로, 그리고 페드로를 알게 된 이래로 벌써 몇 년 동안 죽 그렇게 살았다. 그리고 지금 거실과 침실 하나 그리고 막다른 골목에서 막다른 골목으로, 또 거기서 또 다른 막다른 골목으로 이어지는 거리 쪽으로 발코니가 나 있는 이 집에서 행복하다.

전화벨이 처음 울린 거라면 받지 말라고 했을 것이다. 그대로 움직이지 말고 벗은 채로 엎드려 있으라고. 그렇게 누워있는 다른 남자의 몸은 알지 못한다. 오로지 페드로와 카르멘의 아빠가 전부였다. 페드로의 몸에는 이제 익숙하다. 혹시라도 그가 광장에서 오토바이에 부딪혔을 때, 혹시라도 애인의 시체를 확인하게 될 때를 대비해 몸 어디에 사마귀가 있는지, 날 때부터 있었던 반점들은 어디에 있는지 다 외워두었다. 오른쪽 허벅지 가운데 짙은 갈색 둥근 점, 왼쪽 무릎 뒤에 사마귀 세 개. 그런 것들을 유심히 살펴보면서 *우리 집으로 걸려온 전화야. 나도 귀찮아서 안 받는데 당신이 받을 필요 없어.* 마리아가 페드로에게 말한다. 치코는 페드로의 존재를 알고 페드로는 카르멘과 치코, 솔레닷, 엄마, 그리고 다른 오빠들의 존재에 관해 알고 있다. 하지만 굳이 서로 대면하거나 목소리를 들어야 할 필요는 없다고 생각한다. 그래서 전화벨이 울리고 페드로가 자신을 바라보았을 때 마리아는 당황스러웠다. 알 수는 없지만 치코일 거라는 예감이 들었다. 일요일 밤이면 딸과 통화를 한다. 어떨 때는 동생이 직장에서 돌아와 전화할 때도 있다. 그럴 때면 간혹 전화를 받지 않았다가 나중에 다시 전화를 거는 적도 있다. 치코는 절대 성가시게 생각하지 않는다. 언제나 성의껏 전화를 받는다. 하지만 첫 번째 전화벨이 끊기고 딱 전화를 끊었다가 다시 다이얼을 돌릴 만큼의 시간이 흐른 다음 두 번째 전화벨이 울렸다. 페드로가 침대에서 벌떡 일어나 성큼성큼 걸어가 거실의 전화를 받았을 때 마리아는 왠지 불안한 마음이 앞섰다.

벨 소리가 멈추고 전화를 받은 페드로가 아직 아무 말도 하지 않던 그 순간, 그 짧은 순간 동안 침대에서 마리아는 이번 주말 행복했다고 생각했다. 어쩌면 오늘은 다른 일요일들과 다를 바 없었을 수도 있다. 하지만 어제, 토요일엔 정말 그랬다. 토요일에는 평소대로 같은 시간에 집으로 돌아와 평온하게 점심을 준비하고 생선 철판구이, 샐러드, 과일을 조금 먹은 다음 아주 잠깐 이십 분에서 삼십 분 소파에 누워 낮잠을 잤다. 그리고는 치장하는 데 시간을 들였다. 목욕을 하고 예쁜 원피스를 입은 다음 -그 원피스는 오늘을 위해 남겨두었으면 좋았을 뻔 했다고 생각했다. 페드로는 분명 옷감의 색깔과 촉감을 칭찬했을 것이다- 몇 년째 하던 대로 눈썹은 진하게, 그리고 입술은 붉게 화장을 했다. 지하철을 타고 카야오까지 가서 그란비아의 영화관을 여기저기 돌아다녔지만 보고 싶은 영화를 찾지 못했다. 플라사 데 에스파냐를 뒤로하고 로살레스까지 걸었다. 그 감독의 영화는 이미 봤지만 조합 모임에서였는지 치코의 집에 갔을 때였는지 잘 모르겠다. 누구에게도 오늘의 외출을 알리지 않았다. 별 관심도 없을 테지만 무엇보다도 혼자 간다는 걸 알리고 싶지 않았다. 걱정을 끼치기도 싫고 동정을 불러일으키기도 싫었으니까. 누가 물어보면 거짓말을 했다. 영화에 흥미가 있는 건 아니었다. 다른 사람들이 지어낸 이야기를 마주하고 있으면 금세 이어붙인 자국이 눈에 들어온다. 개연성 없는 행동, 현실에서 절대 일어날 법하지 않은 방향으로 줄거리가 흘러가는 걸 발견하곤 하기 때문이다.

　-당신 동생 호세 마리아 전화야.

　치코구나. 마리아는 삼백 킬로미터 떨어져 있는 동생이 자기가 벗고 있다는 걸 알아채기라도 할 듯 서둘러 몸을 가릴 가운이나 옷을 찾으며 되뇌었다. 남동생은 3월 19일에 태어났다. 제일 큰 오빠 이름도

소유에 관한 아주 짧은 관심

호세였지만 치코가 태어난 날의 성인이 호세라서 그런 이름을 붙이기로 했다. 그리고 대모인 마리아의 이름도 같이 붙였다.

 -치코, 어제 영화관에 갔었어. 〈화니와 알렉산더〉라는 영화를 봤는데 괜찮았어. 한사람한테 그런 일이 전부 일어난다는 게 정말 믿기지 않더라. 소설에서 읽는 것처럼 모든 불행이 주인공에게만 쏟아져서 그 주인공을 좋아하지 않을 수 없게 만드는 거야. 실제 사는 건 그렇지 않은데 말이야. 난 사람이 태어나서 죽을 때까지 겪는 불행이 딱 일정량 정해져 있다고 생각하거든. 그게 공평하잖아. 무슨 나쁜 일이 생기면 그다음에는 좋은 일이 생기고, 그렇게 보상을 받는 거지. 지하철을 타고 돌아오는데 내 생각을 하게 되더라고. 카르멘 일을 다 겪었지만 그래도 지금은 편안하고 만족해. 그런 게 당연한 거 아니겠니? 그리고 지금 너랑 얘기하면서 생각난 건데 그 사람들은 특별히 비극이 필요한 사람들 아닐까? 안 그러면 이야기할 게 없는 거잖아.

 -누구랑 같이 갔어? 페드로랑 갔어?

 -아니, 페드로는 안 왔어. 라우라라고, 친구 딸이랑. 그 대학 다닌다는 아이.

 -다른 건 다 어때, 누나?

 -좋아, 맨날 그렇지 뭐. 다른 때랑 똑같았어. 일하고, 가끔 외출하고. 오늘은 다른 일요일이랑 똑같이 페드로가 집에 왔고, 밤에 엄마한테 전화해서 카르멘이랑 통화하려고 그랬지. 치코, 너는? 너는 어땠어?

 -나도 잘 있어. 이번 주는 좀 달랐어. 누나, 내 얘기 좀 들어봐. 여기

누가 누나에게 할 말이 있다는데 바꿔줄게. 우리는 나중에 얘기하자.

◆

딸의 사진은 모두 서랍 속에 보관하고 있지만 요 몇 달은 해변으로 놀러 가 치코가 찍은 딸의 최근 사진을 자주 꺼내 보는 습관이 생겼다. 큰오빠네 조카 중 하나가 자기 차로 해변에 놀러 가자고 했단다. 카르멘이랑 치코랑 엄마는 새벽같이 일어났고 푸엔히롤라에 있는 노점에서 해변용 장의자 두 개를 빌린 다음 온종일 넷이서 번갈아 앉으며 하루를 보냈다. 치코가 선심을 써 바닷가에 테이블 하나를 예약해서 카르멘이 준비한 샌드위치는 잘 보관해둔 다음 생선튀김과 수저로 떠먹는 토마토 피카디요, 올리브유에 적신 빵으로 점심을 먹었다. 엄마는 바닷물에 발을 담갔고 치코는 카르멘에게 수영을 가르쳤다. 아니 적어도 위험하지 않은 선에서 해안으로부터 조금 멀어지게 하려고 애썼다. 저녁 여섯 시, 돌아오는 길에 어두워지는 게 싫어 일찍 돌아왔다. 솔레닷은 따라가지 않은 걸 후회했고 이후 며칠 동안 자신을 책망했다.

  마리아는 그로부터 몇 주가 지났을 때 휴가를 받아 집에 다녀왔다. 그때 치코가 이야기를 들려주면서 사진들을 보여주었다. 짚으로 만든 파라솔 아래 펑퍼짐한 꽃무늬 원피스를 입은 엄마. 부러진 앞니를 개의치 않고 할머니를 얼싸안거나 정어리를 먹고 나서 손가락을 빨며 환하게 웃는 조카. 카르멘이 찍은 엉터리 치코 사진. 동생은 이미 서른이 다되었고 불룩 나온 배를 감추려고 앞가슴에 팔짱을 끼고 있다. 딸아이가 찍은 사진에는 치코의 무릎 아래가 동강 잘려 나왔다.

소유에 관한 아주 짧은 관심

마리아에게 치코는 정말 미스터리이다. 틈만 나면 영화관에 가더니, 일 년여 전부터는 사진에 빠져있다. 엄마는 귀공자 취미를 가졌다고 야단인데 그 말도 일리가 있는 것이 영화관 입장권이나 사진 현상하는데 상당한 돈을 쓰기 때문이다. 하지만 시간이 지나면서 마리아는 그의 행복을 존중해주는 법을 배웠다. 여전히 이해할 수는 없지만.

그날 사진에는 유난히 카르멘이 많이 나왔다. 사촌과 바닷가에 있는 카르멘, 장의자 그늘에서 수건을 말리는 카르멘, 왼팔을 흔들며 사납게 이를 드러내는 모습이 사진 좀 그만 찍으라고 하는 듯 뭔가에 대해 불평하는 카르멘. 그 사진과 이어진 다른 사진들. 모래밭에 무릎을 꿇고 할머니와 이야기를 나누는 사진에서-마리아는 치코가 이렇게 몰래 찍은 사진들이 더 마음에 든다-카르멘은 이미 성숙한 여인의 모습이다. 그 몸짓, 누군가 자신을 지켜보는 데 화를 내는 그 모습은 딸아이가 사춘기를 거치지 않은 채 어린 시절을 벗어났다는 느낌이 들게 한다. 다시 돌아가 앞의 사진을 보다가 최근 사진에서 카르멘의 얼굴에 감정이 사라진 것 같다고 생각한다. 엉덩이는 더 커졌고 가슴은 동그래졌다. 그 눈빛, 절대 반짝이는 법이 없는, 순진해 보인 적은 더더구나 없는 그 눈빛에 이제 씁쓸한 고뇌가 묻어난다.

벌써 몇 년 전 어느 날 밤 어느 술집에서 알지 못하는 한 여자가 딸아이에 관해 물었던 적이 있다. 마리아는 너무 어린 나이에 아이를 낳았다는 사실을 숨기려고 카르멘의 나이에 대해 거짓말을 했었다. 제 아버지의 작고 검은 눈을 가진 딸아이 모습을 설명하고 싶지도 않았다. 무엇보다도 딸아이 얼굴이 어떻게 생겼는지, 머리카락을 묶는 걸 좋아하는지 풀어두는 걸 더 좋아하는지 아무것도 몰랐다. 그날 이후로 마리아는 간혹 서류나 추억거리들을 보관해둔 거실 장 서랍 속에서 사진들을 꺼내 보곤 한다. 치코가 보내준 마지막 사진 중 하나, 바닷가, 날이 저물 무렵의 그 사진에서 카르멘은 더는 카르멘으로 보이지 않는다. 마리아가 알고 있는 그 카르멘의 모습이 아니다. 머지않아 둥지를 날아가 버릴 한 여인의 모습이다. 그 사진에서 바다에 완전히 몸을 담갔던 카르멘은 머리칼이 여전히 젖은 채, 되는대로 대충 한 갈래로 둥글려 머리 고무줄에 묶어 두고 있다. 햇볕에 그을린 자국을 남기지 않으려고 비키니 끈을 어깨 아래로 내려두고, 정면을 보고는 있지만 카메라에 시선을 주지 않은 채 누군가의 이야기를 듣는 모습이다. 연속촬영을 한 그 앞 두 장의 사진으로 추측해보건대 치코 뒤에 서 있는 사촌과 이야기를 나누고 있었던 듯하다. 가늘게 뜬 두 눈은 제 아버지의 눈이다. 마리아는 어디서 마주치건 간에, 원치 않는다고 해도 그 눈은 금방 알아볼 수 있다고 생각한다. 굵은 눈썹과 새하얀 피부, 인화지 질이 나빠 사진에서는 잘 드러나지 않지만 카르멘 팔뚝에 새파랗게 비치던 핏줄을 기억한다. 눈썹 바로 아래서 시작된 코의 콧등은 가늘지만 콧방울은 널찍해서 이상한 깔때기 모양이다. 입술은 두툼하다. 귀는 머리에 찰싹 달라붙었고 머리칼은 밝은 밤색에 몹시 가늘어서 긴 머리를 빗겨줄 때마다 조심스러웠던 기억이 있다. 얼굴은 네모에 이마는 넓고 윤곽이 뚜렷하다. 키는 백육십몇. 뚱뚱하지도 마르지도 않았고 가슴은 지난 일 년간 많이 커졌다. 마리아는 큰 소리로 이런 말을 이삼일에 한 번씩 되뇐다. 잊어버리지 않으려는 것이다. 카르멘의 마음속에 관해서는 아는 게 적다. 일요일 밤 겨우 오 분 정도 통화하는 게 전부니까. 마리아가 고향 집

소유에 관한 아주 짧은 관심

을 찾아가 뭔가 함께 할 계획을 만들어놓으면 카르멘은 머리가 아프다든지, 그냥 집에 있고 싶다든지 하는 핑계를 대며 그 계획을 무산시켜버리기 일쑤다. 치코는 카르멘이 유머 감각이 없는 게 아쉽다고 말하곤 한다. 하지만 그 대신 또래보다 어른스럽다고 한다. 그해 여름 카르멘은 학교를 그만두었다. 공부에 관심이 없다고 했다. 그리고 9월부터 시내 백화점에서 일하기로 되어있었다. 요즘은 직장에서 돌아오는 길에 치코가 일하는 레스토랑에 들려서 물도 한 잔 마시고 함께 집으로 돌아온다고 했다. 그런 다음 치코는 자기 아파트로 돌아가거나 아니면 카르멘도 치코의 아파트로 가서 자는 날이 있었다. 마리아는 카르멘이 월급을 따로 모아두었으면 했다. 언제라도 다시 공부하고 싶어지거나, 자기 가게를 차려 누구의 명령도 받지 않고 일하고 싶어질지도 모르니까.

✦

오늘은 월요일이다. 지난밤은 잠들기 어려웠다. 아니 아예 눈을 감기가 힘들었다. 페드로는 자기 엄마가 전화로 하는 말은 믿을 수가 없다면서 잠시 집으로 돌아갔다가 저녁 식사 후에 다시 마리아의 집으로 왔다. 마리아와 함께 있어 주려는 것이었다. 페드로는 자정이 지난 시간까지 마리아와 함께 있으면서 잠을 참았다. 하지만 마리아의 집에서 밤을 보내지는 않았다. 한 번도 그런 적은 없다. 마리아는 아침에 남자 옆에서 눈을 떠본 기억이 없다. 지난밤 페드로는 아무 말 없이 마리아와 함께 있었다. 처음에는 소파에서 마리아의 손을 잡고 있다가, 나중에는 침대에 누워서 어떻게든 마리아가 쉬도록 하려고 했다. 울음 전에 딸꾹질이 먼저 나왔다. 이레네가 죽었을 때도 울지 않았던 마리아가, 아버지가 죽은 날에도 울지 않았던 마리아가 흐느낌을 멈추지 않았다. 새벽녘 자명종이 울리기 몇 분 전 페드로의 전화가 걸려왔다. 난 한잠도 못 잤어. 마리아가 말했다. 나도 못 잤어. 페드로도 말했다. 마리아, 지금은 좀 어때? 별로야, 하지만 다 지나갈 테지. 다 지나가잖아. 곧 출근해야 해. 나도 그래. 집에 돌아오자마자 전화할게. 난 여기 있을 거니까 당신은 올 필요 없어. 오늘 콘치타 딸이랑 만나서 커피 한잔하고 책도 돌려주기로 했어. 무슨 일이 있었는지 모르는 사람을 만나는 게 더 나을 거 같아. 안녕, 그래 안녕. 시월의 햇살이 아직은 따사롭기도 하고, 서둘러 출근 준비를 마치기도 했지만 너무 이른 시간인 까닭에 신호등 빨간불 앞에서 한가로이 기다렸다. 바뀌는 데 오래 걸리는 역 앞 신호등 앞에서까지 여유를 부릴 수 있었다. 월요일부터 토요일까지 똑같은 유니폼, 파란 바지에 폭넓은 하얀 셔츠, 온종일 서서 버티기 위한 운동화 차림이었다. 그 모든 일이 벌어졌음에도 불구하고 오늘은 머리를 텅 비우고 일상이 요구하는 그 무엇, 집중할 필요가 없는 그 무엇에 시간을 보낼 필요가 있다. 지하철을 탄다. 하지만 아무것도 읽을 수가 없다. 마리아처럼 새벽에 일어나는 이들의 대화를 듣는다. 주말을 보낸 이야기들, 일요일의 가족 식사, 학교에서 문제를 일으키는 자식들 이야기. 마리아는 임산부에게 자리를 양보하고 열차 반대편 끝으로 가 자리를 잡는다. 직장동료들, 이웃들, 반복되는 아침 시간, 연이어 만나며 알게 된 사람들이 똑같은 대화를 반복한다. 마리아는 이 생생한 풍경이 신기하기만 하다. 버스 타는 길을 선택했더라면 이와는 아주 다른 풍경을

소유에 관한 아주 짧은 관심

만났을 것이다. 실용성만 생각한 건물들이 차츰 아름다운 빌딩과 유적으로 바뀌어 가고 거대한 마천루가 모습을 드러내면서 왕복의 시간 여행을 하는 느낌이랄까. 열차 안에는 마리아에게도 익숙한 얼굴들이 있다. 마리아의 집에서 몇 집 건너 사는 여자는 가끔 정육점에서 마주치기도 한다. 또 조합 초기 시절 알았던 남자와 너무나 닮은 남자도 있다. 어쩌면 바로 그 사람일 수도 있고, 아니면 형제일지도 모른다. 정말 너무 똑같이 생겼는데 마리아를 알아보지 못한다. 아니 어쩌면 모르는 척하는 걸 수도 있다. 마리아는 침묵하고 싶어 하는 타인의 희망을 존중하는 법을 배웠다. 어쩌면 저 남자가 그런 경우일 수도 있다. 물론 그건 전적으로 그의 문제이기는 하지만.

사무실에는 테레사보다 먼저 도착했다. 지하철역을 나서면서 십오 분이나 이십 분 먼저 도착하리라 예상은 했지만 건물 입구 시계를 보고 좀 더 일찍 도착했다는 걸 알아차렸다. 먼저 일을 시작하기로 했다. 맡은 구역을 끝내면 테레사의 일도 미리 해두리라. 먼지떨이로 파일함 위에 지난 이틀간 쌓인 먼지를 털어낸다. 테이블 위의 동그란 커피잔 자국도 힘주어 닦는다. 주변 책상들에 눈길이 간다. 어떤 책상 위에는 가족사진 액자가 놓여있다. 대부분 비슷하다. 빌딩 안에 있는 회사 중에는 전동타자기를 쓰는 곳이 있다. 이런 기계를 닦을 때는 망가뜨리지 않으려고 조심스럽게 먼지를 털어낸다. 타자기, 종이, 볼펜, 파일들, 재떨이. 창문을 몇 개 연다. 차가운 바람이 고맙다. 바닥세척제의 레몬 향을 들이마신다. 그렇게 지난 토요일 다 마치지 못한 일을 끝낸다. 자기 구역 일을 마치고 그래도 아직 테레사가 오지 않았을 때 마리아는 청소 도구 수레를 밀고 창고 속으로 들어와 문을 잠그고 혼자 운다. 자주 우는 편은 아니다. 사실 거의 울지 않는다. 카르멘을 부모님께 두고 혼자 마드리드로 오던 날도 울지 않았다. 직장에서 해고당했을 때도 울지 않았다. 어젯밤 페드로 앞에서 조금 운 것에 대해서는 곧 후회했다. 약한 모습을 보였으니까. 하지만 페드로가 자기 집으로 돌아간 이후 울음보가 터졌다. 이렇게 울다 보면 지치게 되겠지. 그러면 조금이라도 잘 수 있겠다고 생각했지만 그렇게 되지는 않았다.

테레사가 왔을 때는 마음이 많이 가라앉아있었다. 하지만 새빨개진 두 눈과 수면 부족으로 인한 다크서클은 화장으로도 가릴 수가 없었다. 테레사는 괜찮냐고, 무슨 문제가 있느냐고 묻는다. 마리아는 청소하는 테레사를 따라 사무실에서 저 사무실로 옮겨 다닌다. 이윽고 직원들이 모두 출근했다. 이제는 업무를 방해하지 않도록 공용공간을 청소해야 할 때다. 테레사는 노래를 흥얼거린다. 둘 사이에 무거운 침묵이 흐르는 걸 막으려는 것이다. 어떻게든 마리아를 즐겁게 하려고 두서없이 이때 저 때의 일화를 늘어놓는다. 몇 주 전 시내를 산책하다가 환풍구 사이로 바람이 불어온 탓에 치마가 뒤집혔고 속옷이 다 드러났다는 이야기. 그래서 하는 수 없이 카페에 들어가 차를 마시며 한동안 마음을 진정해야 했다는 이야기 등등. 마리아는 테레사의 호의에 감사하며 테레사가 안심하게 하려고 억지로라도 웃음을 지으려고 한다. 라디오를 배경음처럼 틀어놓고 복도와 현관을 청소하는 동안 둘은 아무 말이 없다. 가끔 한쪽이 노래 제목을 말하면 상대편이 고개를 끄덕이는 정도이다. 일과가 끝나고 둘은 각기 헤어진다. 창고에 수레를 집어넣는데 등 위에 테레사의 손길이 느껴진다.

소유에 관한 아주 짧은 관심

-무슨 일이 있었는지 말해달라고는 하지 않을게. 말하지 마. 하지만 네가 필요할 때 내가 여기 있다는 거 알아줘.

마리아는 지금 듣고 있는 말이 진심에서 우러나온 것이라기보다는 일상적인 위로라고 받아들인다. 테레사에 대해서는 아는 게 별로 없다. 테레사는 마리아에 대해 아무것도 모른다. 어제 걸려온 전화에 대해, 그 전화를 받고 마리아가 느낀 것에 대해 테레사와 이야기를 나누는 것이 무슨 의미가 있을까? 이야기의 다른 인물들에 대해 전혀 모르는데 어떻게 테레사가 공감할 수 있을까? 마리아가 기억하는 한 테레사에게 카르멘 이야기를 한 적은 없었다. 이야기하려면 맨 처음, 마리아가 막 열여섯이 되었을 때 솔레닷과 옷 수선집을 위해 바느질을 하던 이야기부터 시작해야 할 것이다. 아침부터 밤까지 실과 바늘만 가지고 기계의 도움 없이 정확하게 손으로만 하는 일. 어느 날 아침 일어났을 때 치코가 열이 펄펄 끓었다. 완성한 바느질감을 건네주고 새로운 일을 받아오는 일을 맡았던 치코가 그대로 그 일을 했다가는 상태가 더 나빠질 것을 걱정한 어머니의 바람대로 마리아가 큰길까지 걸어 나가 버스를 타고 시내에 나가게 되었다. 약속을 지키기 위해, 그리고 그날 받을 돈을 날리지 않으려고 한 일이었다. 그때까지 마리아의 세계는 집 앞 거리 하나였다. 집에서 한두 블록만 떨어져도 보이지 않는 경계선이 있는 것 같았다. 그 선은 학교 갈 때나 간신히 넘을 수 있었다. 그런데 그 학교는 벌써 몇 년 전에 그만두었다. 이제 그 선을 넘는 건 엄마의 팔에 매달렸을 때나 가능한 일이었다. 하지만 마리아는 버스에 몸을 실었고 그 버스에서 한 남자가 옆자리에 앉았다. 새카맣고 작은 눈을 가진 그 남자는 마리아의 호기심을 불러일으켰다. 마리아는 남자의 질문에 대답했다. 내 이름은 마리아예요, 열여섯 살이에요, 네, 그 거리에 살아요, 십오 번지요, 부모님이랑 동생 둘, 오빠들은 결혼해서 따로 살아요. 그다음 며칠간 치코가 회복되는 동안 마리아가 대신 시내를 오갔고 그러는 사이 남자는 일상적으로 마리아 옆에 앉아 계속 이러저러한 것들을 물었다. 바느질이 싫지는 않아요. 재미있어요, 하지만 이렇게 일생을 보내고 싶지는 않아요, 어쩌면 얼마 안 가서 다른 일을 시작해 볼지도 몰라요, 공부를 더 한다는 생각은 안 해봤어요, 그럴 수 있으리라고는 생각해보지 않았거든요, 집에서는 늘 돈이 필요하죠, 내 남동생은, 네, 그 애는 아주 똑똑해요. 치코가 회복하고 얼마 뒤 어느 날 아침, 햇살을 쏘이려고 동생들과 광장에 나갔던 아침, 그 버스 속 남자를 만났다. 남자는 마리아를 자기 집으로 여러 번 초대했고 마리아는 거절하지 않았다. 남자를 마지막으로 본 날은 몹시 추웠다. 막달이 되었을 때 치코는 마리아의 배에 머리를 갖다 대고 아기의 움직임을 느끼는 걸 좋아했다. 카르멘이 태어났을 때 마리아의 아버지는 마드리드에 있는 아버지 동생이 마리아의 일자리를 구했다고 말했다. 마리아도 싫다고 하지 않았다. 처음 몇 번 집에 왔을 때 마리아는 돈을 조금 더 벌면 혼자 살면서 카르멘을 데려가고 싶다고 말했다. 처음엔 치코가 부모님에게 그런 이야기는 하지 말라고 말렸다. 몇 년이 지나고 카르멘이 용감하게 그 이야기를 꺼냈지만 그때는 엄마가 허락하지 않았다. 카르멘에게 마리아가 무슨 의미가 있었을까? 일 년에 두세 번 나타나는 사람. 아플 때, 기쁠 때, 어른이 돼가며 쌓은 추억 어디에도 없는 사람. 그리고 마리아에게 카르멘은 또 어떤 의미인가? 카르멘을 종일 돌보는 사람은 마리아의 엄마이다. 마드리드에서 마리아가 일하는 동안 누가 카르멘을 돌볼 것인가? 처음엔 아기가, 나중엔 여자아이가, 그리고 결국엔 사춘기 소녀가 될 카르멘이 어떻게 마리아의 일상에 맞출 수 있겠는가? 마리아는 여러 번, 크리스마스나 여름에 집에 갔을 때 카르멘을 마드리드로 데려가겠다고 고집을 부렸었다. 딸과 같이 살려면 돈이 얼마나 필요할까, 얼마나 더 필요할까 묻곤 했다. 계산하고 저축을 했다. 이제 둘이 새로 시작하기에 충분히 돈을 모았다고 생각해서 마지막으로 그 말을 꺼냈을 때 엄마는 카르멘이 그곳에 남고 싶어 한다고 대답했다. 이런 이야기를 모두 테레사에게 털어놓으면 뭣 때문에 자신이 그렇게 울었는지 이해해줄까? 그 전화 통화를 이야기하려는 것이 아니다. 카르멘이 했던 이야기는 이미 알고 있었다. 카르멘보다 두서너 살 더 나이가 많았을 때 마리아도 겪었던 일이다. 그런 건 걱정하지도 않는다. 마리아 자신이 그랬던 것처럼 카르멘도 자기 행동의 결과를 있는 그대로 받아들이고 책임을 지게 될 거라는 걸 알기 때문이다. 결혼식에는 빌린 웨딩드레스를 입을 테고, 배가 불룩 나온 결혼식 사진을 남에게 보여주지 않으려고 서랍 속에 보관해둘 테지. 마리아를 슬프게 한 것은 카르멘의 말투, 그리고 마지막에 카르멘이 한 말이었다. 작별인사를 하며 카르멘이 한 말. 그러니까 이렇게 테레사에게 털어놓아야 할 것이다.

-날 〈마리아〉라고 불렀어, 테레사. 〈어머니〉도 아니고, 〈엄마〉도 아니고, 날 그냥 이름으로 불렀어. 그리고는 결혼식에 나타날 생각도 하지 말라는 거야. 자기한테 너무 중요한 날이라고, 자기한테 한 번도 관심이 없었으면서 인제 와서 관심 있는 척하는 거 의미 없다고.

하지만 전에 한 번도 테레사와 피상적인 것 이상의 이야기를 나눠 본 적이 없는 상태에서 서로 속을 터놓은 적도 없는데 갑자기 이런 모든 이야기를 한다는 게 너무나 복잡하게 느껴진다. 그건 테레사에게 어떤 관계를 강요하는 일이 될 것이다. 카르멘과의 사이가 어땠었는지 모두 털어놓고, 그 애의 결혼, 출산 이야기까지 모두 알려줘야 한다. 그런데 마리아가 그런 일에 대해 알게 되기나 할까? 카르멘이 전화해서 이야기해줄까? 아니면 치코가? 마리아는 진심으로 카르멘의 아기가 아들이기를 바란다.

◆

마리아는 테레사에게 미소를 지어 보이고 가만히 얼싸안는다. 그리고 고맙다고, 몹시 고맙다고 말한다. 청소 도구 수레를 창고에 넣고 테레사보다 조금 먼저 나가려고 서두른다. 혼자 나가려는 것이다. 집으로 돌아가는 길에는 아무 생각하지 않으려고 애쓸 것이다. 하지만 결국은 내내 생각하게 될 것이다. 카르멘과 나눈 대화, 그럴 줄 몰랐다며 사과하던 치코, 서툴게 마리아를 위로하던 페드로의 말들. 지하철에서 한 여자가 다른 여자에게 자기 딸이 임신했다고, 이제 다섯 달만 있으면 자기가 할머니가 된다고 이야기한다. 그런데 저는 그럴 수가 없네요. 마리아는 그렇게 말하고 싶은 충동을 느낀다. 하지만 미친 여자라고 할까 봐 감히 말하지 못한다. 오늘 오후에 지하철 타고 가는데 무슨 일이 있었는지 알아? 입을 다물고 모든 게 정상인 척하는 게 제일 잊기 쉬운 방법이다. 집에서 점심을 먹으면서 라우라가 오기를 기다린다. 함께 이런저런 주제에 관해 이야기를 나눈다. 그

소유에 관한 아주 짧은 관심

중간에 마리아가 이렇게 부탁한다.

  -소설책 하나 추천해줄 수 있어? 단편이라도. 우리가 늘 읽는 그런 주제에 관한 거로.

  나보다 더 비참한 사람 이야기로 위로받고 싶어.

◆

결국은 돈 때문이다. 돈이 없어서이다. 마리아를 여기 이 자리, 거실 하나, 침실 하나 딸린 카라반첼의 아파트, 그리고 누에보스 미니스테리오스까지 가는 지하철 열차 안에 오게 한 상황 하나하나가 돈만 있었더라면 다른 방식으로 전개될 수도 있었다. 마리아와 솔레닷과 치코는 중간에 학교를 그만두었다. 가족이 돈이 필요했기 때문이다. 동생이 아팠던 날 아침, 돈 때문에 동생을 대신해 시내로 갔다. 그날 치 노동의 대가인 돈을 잃지 않으려고 그랬다. 부모가 돈이 있었다면, 돈을 벌 수 있는 건강, 혹은 건강을 지킬 수 있는 돈이 있었더라면 마리아가 그 버스에서 그 남자를 만났을까? 같은 거리를 산책했었을 수는 있다. 하지만 기껏해야 어느 일요일 슈퍼마켓이나 아니면 오빠의 술집에서 우연히 마주쳤을 것이다. 돈이 있었더라면 그 시간에 마리아는 자기 혼자만의 방이 있는 커다란 집에서 학교로 향하는 길을 걷고 있었을 것이다. 돈 때문에 일찍 집을 떠나야 했고, 다른 여자의 아이에게서 자기 딸의 냄새를 찾아야 했다. 지금 사는 집은 월세를 감당할 수 있는 집이지 살고 싶었던 집은 아니고, 지금 하는 일은 지금 상태에서 할 수 있는 일, 지금 가진 돈으로 할 수밖에 없는 일일 뿐이다. 해보지 못한 것들은 모두 돈 때문에 하지 못했다. 돈이 없어서 하지 못했다. 가보지 못한 여행, 사지 않는 게 좋겠다고 생각했던 옷들, 조금이라도 아껴보려고 집에서 페드로와 자신을 위해 준비한 점심. 엄마에게 보냈던 돈은 카르멘을 만족시키기에 충분하지 않았다. 너무 적어 보였겠지. 고작 그 돈 때문에 엄마가 자기랑 함께 있지 못한다는 걸 납득할 수 없었겠지. 하지만 그것 때문이다. 그리고 또 하나, 여자이기 때문이다. 버스에서 그 남자가 물었을 때 마리아가 대답하기로 한 것은 입을 다물고 아무 말도 하지 않는 것이 예절에 어긋난다고 생각했기 때문이었다. 임신한 동안에는 집에 숨어서 앞마당에 앉아 바느질하면서 하늘만 바라봤다. 그동안 그 남자는 뭘 하고 있었을까? 그는 자기 삶을 옮겨버렸다. 자기 가족, 직장, 전부를 통째로 옮겼다. 다른 곳에서 바닥부터 다시 시작했다. 어두운 밤이면 그리 늦은 시간이 아닌데도 무서움에 떨며 아파트 현관문까지 달려가야만 했고, 모임에서는 몇 년간이나 입을 열면 안 되었고, 자기 논리와 아이디어를 페드로의 목소리를 통해 다시 들어야 했다.

  마리아는 살 수 있는 것들을 생각한다. 여자가 돈을 낼 수만 있으면 누구도 문제를 제기하지 않고 살 수 있는 것들. 집에서 직장으로, 또 직장에서 다시 집으로 돌아갈 수 있는 버스표, 편안한 소파, 세탁기, 냉장고 그리고 음식, 마리아가 사는 음식과 값이 비싸 사지 않았던 음식, 페드로나 다른 친구들이 돈을 내지 않을 때 마리아가 돈을 내고 마시는 뒤풀이 맥주 한잔. 누군가 이번에는 자기가 쏜다고 하면 불편하다. 그건 결국 언젠가 마리아가 전부 다 내야 할 차례가 온다는 의미이니까. 며칠 전 자신을 위해 산 꽃 한 다발과 화초들. 물과 햇빛만으로 자라는 화초들. 그런데 화초들은 씨앗과 작은 화분으로 샀다.

언젠가 화분에 색칠도 하리라, 돈과 시간이 있다면 말이다. 돈이 있으면 이 모든 걸 살 수 있다. 돈이 있으면 이 모든 걸 가질 수 있다. 돈이 있으니 혼자 살면서 가끔 페드로가 찾아오는 이 아파트 월세를 낸다. 돈이 없다면 페드로와 함께 페드로 부모님 집에서 그의 어머니와 동생을 돌보며 살아야 하리라. 쥐꼬리만 한 월급에 매여서, 강요된 애정에 매여서 살아야 할 것이다. 돈을 벌기 시작하면서부터 마리아는 항상 그 돈을 다른 사람과 나누었다. 바느질해서 번 돈은 전부 엄마에게 주었었다. 처음 일한 집에서 받은 급료도 역시 그랬다. 사촌의 방에서 기거했으니 얼마 정도는 삼촌에게 주고 나머지는 다시 엄마를 위해, 버스에서 만난 그 남자와 똑같은 눈매를 가진 카르멘을 위해 보냈다. 아주 조금만 마리아 자신을 위해 남겨두었다. 일터를 오가고, 언젠가 뭔가 사는데 필요한 돈만 남겼다. 뭐라도 좋았다. 다시 소유 형용사를 되살릴 수 있는 것들. 내 치마, 내 귀걸이. 조금 더 벌게 되자 혼자 살 수 있는 작은 아파트를 구했다. 지금 사는 이 거리에 방 하나짜리 작은 아파트였다. 거기 살던 엑스트레마두라 사람들과 안달루시아 사람들이 고향으로 돌아가는 바람에 기회가 생겼다. 직장 상사가 집주인에게 마리아가 믿을 만하고 예절 바른 사람이라고 말해준 게 도움이 되었다. 그러나 어쨌거나 그 집을 빌릴 수 있게 해준 건 돈이었다. 마리아는 계속 집에 돈을 보냈다. 더 좋은 직업을 구하지는 못했지만 돈을 아주 조금 더 주는 직장을 얻었고 조금 더 큰 아파트를 구했다. 거실과 침실, 주방과 욕실이 있는 아파트다. 이제 죽을 때까지 살 수 있는 거처를 하나 마련해야 한다. 하지만 그러려면 먼저 계약금을 저축해야 하고, 잔금을 모두 치르기까지는 시간이 두 배 더 걸릴 것이다. 마리아 혼자 벌어 모아야 하니까. 마리아는 그것도 돈 문제라고 생각한다. 돈으로 살 수 없는 게 있나? 어쩌면 카르멘을 위해 더 많은 돈을 모아두어야 했는지도 모른다. 휘황찬란한 선물을 보내야 했었는지도 모른다. 형편에 맞는 인형이 아니라 같은 반 다른 애들이 모두 가지고 노는 인형을 선물했어야 했는지도 모른다. 카르멘이 공부를 그만뒀다고 했을 때 다른 무언가를 제안했어야 했는지도 모른다. 대학에 가라든지, 둘이 함께 살자든지. 분명 콘치타의 딸이 도와주었을 것이다. 카르멘은 무엇이 되고 싶었을까? 뭘 잘했을까? 마리아는 알지 못한다. 딸아이는 돈에 대해서 어떻게 생각할까?

소유에 관한 아주 짧은 관심

생의 아름다움
2015년 마드리드

휴대전화 알람이 울리고 알리시아는 잠에서 깨어난다. 알리시아가 생의 아름다움에 일말의 관심이 있다면 알람이 울리고 잠에서 깨어나는 이 순간 위층 아파트 그리고 두 블록 떨어진 아파트에서도 역시 알람이 울리는 소리를 들었을 것이다. 쓰레기 버리러 나갈 때나 마주칠지 모르는 타인의 아파트에서도 침대 옆 탁자 위 똑같은 모델의 전화기에서 똑같은 음악이 똑같은 시간에 울리고, 그 소리에 눈을 비비며 잠을 깨는 사람이 있다는 걸 알아챘을 것이다. 그중 일 초 정도 빨리 울리기 시작하는 소리도 있다. 휴대전화 시계가 빨리 맞춰져 그렇게 일찍 울리기 시작하는 알람은 잠에서 벌떡 깨어나는 충격을 줄여주기도 한다. 하지만 알리시아는 그런 우연의 일치 같은 쓸데없는 일에 감동하고 있을 시간이 없다. 휴대전화 알람이 울리면 그냥 잠에서 깨어날 뿐이다.

 알리시아는 그날의 근무시간에 따라 난도가 출근하기를 기다리기도 하고 아니면 난도보다 먼저 집을 나서기도 한다. 아침에는 말하기를 싫어하기 때문에 난도는 무슨 일이 있더라도 알리시아를 성가시게 하지 않으려고 애쓴다. 때로 소리 내지 않으려고 발뒤꿈치를 들고 욕실로 가는 난도의 모습을 가만히 지켜볼 때도 있다. 오후 근무인 날은 오전에 집을 청소하고 장을 봐둔 다음 동네를 산책하거나 영화를 보기도 한다. 반대로 정오까지 근무하는 날은 새벽 첫 지하철을 타고 그란비아에서 파란색 라인으로 갈아탄 다음 편의점까지 달려가 여행객들에게 껌이나 캔디, 푸에르타 데 알칼라 모형 따위를 판다. 그리고는 왔던 길을 되돌아와 느긋하게 점심을 먹고 청소와 쇼핑, 산책 등등을 하면서 난도가 돌아올 때까지 시간을 보낸다. 자기 일을 즐기지는 않지만 기분 전환은 된다. 편의점에서는 다른 사람들을 지켜볼 수 있기 때문이다. 만일 알리시아가 생의 아름다움에 일말의 관심이 있다면 그런 마음을 호기심이라고 정당화하리라. 인류학자를 하나 집어삼킨 것 같은 호기심 말이다. 인간 종족의 그 신비로운 다양성. 모두가 다른 얼굴, 다른 행동, 남자들, 여자들, 키 작은 사람들, 키 큰 사람들, 부자들, 가난뱅이들-아니, 가난뱅이는 아니다. 가난한 사람들은 기차를 타지 않고 버스를 타고 간다-이 똑같이 바지를 내리고, 치마를 추켜올리고, 지퍼를 열고 단추를 푼다. 남자들, 여자들, 키 작은 사람들, 키 큰 사람들, 부자들, 여행경비를 쓰면서 휴일이나 주말이면 시내를 빠져나갈 만큼 버는 사람들. 그 사람들이 모두 똑같이 아토차역 화장실에서 소변을 본다. 처음에 알리시아는 기차역 화장실을 사용하는 사람들이 돈을 내는 것이 약간 미안했다. 편의점 계산대 뒤에서 화장실을 드나드는 사람을 모두 살펴보고 있었기 때문이다. 저 사람들 중 누가 집에서는 자기 진짜 욕망을 숨기고 있을까, 누가 잠깐의 짧은 섹스를 찾고 있을까, 돈을 내는 축일까 받는 축일까. 이런 걸 상상하며 즐기고 있었기 때문이다. 교대 근무할 사람이 출근했을 때는 화장실 이용료만 없다면 귀가를 미루고 남자 화장실에 숨어들어 칸막이 안에서 애걸하는 소리, 신음소리, 몸과 몸이 부딪치는 소리를 듣고 싶었다. 그리고는 늦어진 시간을 보상하려고 개표구 회전문까지 서둘러 뛰어간 다음 파란색 라인을 타고 그란비아에

소유에 관한 아주 짧은 관심

서 다시 초록색 라인으로 갈아탔을 것이다. 문 앞에서 핸드백을 뒤져 열쇠를 찾고 그 핸드백을 현관문 옆에 던져둔 다음 이튿날 아침까지 그대로 두었을 것이다.

  하지만 그러지 않는다. 어쩌면 그때는 알리시아가 생의 아름다움에 일말의 관심이라도 있었는지도 모른다. 하지만 요즘 기차역 화장실을 이용하는 사람들은 다 별 볼 일 없어 보인다. 손님을 응대하지 않을 때 알리시아는 남자 화장실을 드나드는 사람들을 무심히 바라본다. 관광객들 사이에서 누가 화장실 사용료 육십 센트를 낼 사람인지 금방 구별할 수 있다. 오 분마다 소변기에 묻은 오줌 방울을 닦고 거품 비누 디스펜서를 채우고 간신히 육십 센트를 모은 거지가 들어와 화장실의 미니멀리즘 인테리어를 망치지 않도록 감시하는 대가로 육십 센트를 지불하는 사람들은 확실히 다르다. 이런 사람들은 확고한 걸음걸이로 빠르게 걷는다. 딱 이틀 치 갈아입을 옷이 들어갈 만한 단단하고 작은 캐리어에 한 손을 얹어두고 다른 한 손으로는 휴대전화를 들고 있다. 쉴 새 없이 자판을 두드리고, 두드리고 또 두드린다. 저 휴대전화도 알리시아의 아파트에서와 같은 시간에, 또 윗집이나 두 블록 떨어진 그 아파트에서와 같은 시간에 알람이 울릴까? 저런 사람들 집은 벽 두께가 얼마나 될까? 또 다른 부류는 머뭇머뭇 가게 안을 들여다보면서 부근에 무료 화장실이 있는지 묻는다. 딱 그렇게 묻는다, 무료 화장실이라고. 돈을 내고 싶지 않거나 낼 수 없는 것이다. 트렁크 천은 낡아 헤졌고 외투와 스웨터도 몇 벌 보관할 수 있는 어마어마하게 큰 트렁크들을 질질 끌고 온다. 때로는 시장에서 산, 역시 커다란 비닐백을 들고 올 때도 있다. 그리고 묻는다. 무료 화장실이 있느냐고. 알리시아는 그런 건 없다고 대답한다. 그리고 화장실을 손으로 가리키며 여기는 육십 센트를 받기는 하지만 항상 깨끗하다고 덧붙인다. 알리시아가 생의 아름다움에 일말의 관심이라도 있다면, 자신이 중요하게 생각하는 아름다움은 그 정반대의 것, 더럽고 부서진 것의 아름다움이라는 생각이 들 것이다. 하지만 알리시아는 항상 깨끗하다, 까지 말한 다음 혹시 기차 안에서 먹을 초콜릿이라도 하나 살까 해서 그들을 조용히 바라본다.

◆

휴대전화 알람이 울린다. 알리시아는 잠에서 깨어난다. 조금 전, 평생 밤마다 그랬듯이 나무에 매달려있는 아빠 꿈을 꾸었다.

◆

알리시아가 급한 척하면서 지하철 개표구 회전문까지 발걸음을 옮겨 파란색 라인을 타고 다시 그란비아에서 초록색 라인으로 갈아탄 다음 열쇠, 동전 지갑, 혹시 생리가 빨리 시작될지도 몰라서 가지고 다니는 커다란 생리대, 휴대전화 충전기, 휴대용 화장지, 썩어가는 사과 하나가 들어있는 핸드백을 뒤져 집 열쇠를 찾은 후 그 핸드백을 현관문 옆에 던져두고 이튿날 아침까지 그대로 두는 때가 있다. 오전 근무를 했으면 정오에 집에 돌아온다. 밤에 돌아올 때는 오후 근무를 했을 때이다. 알리시아는 오후 근무를 더 좋아한다. 새벽에 일찍 일어나지 않아도 되고 아는 사람과 마주칠 일도 없다. 난도와도 밤에 잠깐만 함께 시간을 보내면 된다. 그것도 아주 잠깐. 집에 돌아가면

낮시간 축구 재방송이 끝나있다. 하지만 때로는 양보를 해야 한다. 여자 동료가-언제나 여자 동료다. 이건 틀림없다-부탁을 해오는 경우, 아이를 유치원이나, 초등학교나, 중고등학교나, 대학교에 데려다줘야 한다든지, 엉덩이를 닦아주고 아침 식사로 먹은 과자 가루를 털어줘야 한다든지 해서 부탁을 해오는 경우다. 오후에는 내가 일하는 동안 애 아빠나 할머니나 할아버지나 이모가 픽업할 수 있거든. 알리시아는 자기가 좋아하는 근무시간을 양보하고 나면 마치 영웅이라도 된 것 같은 기분이다. 육십 센트짜리 화장실에서 소변이 소변기 밖으로 튀지 않도록 애써 조준을 맞추는 사람처럼 말이다. 노동자 계급 사이의 약간의 연대감이라고나 할까. 개인의 일에서 정치는 시작된다.

알리시아가 오전 근무일 때는 오후에 난도를 만나는 걸 피할 길이 없다. 어디서 볼까. 난도가 와썹으로 묻는다. 두 번째 같이 자고 겨우 3주 지났을 때부터 같이 살았는데도 마치 따로 사는 사람들처럼 묻는다. 난도는 '같이 잔다'는 동사를 쓴다. 그 말이 더 알리시아를 배려하는 말이라고 생각하기 때문이다. 난도의 이런 완곡어법이 어이없을 때가 많지만 그로서는 최대한 알리시아를 존중하려는 것임을 안다. 무식함을 숨기려는 난도의 서툰 시도가 재밌게 느껴질 때도 있다. 곧 둘이 만난 지 칠 년이 된다. 오후에 시간이 날 때면 알리시아는 저녁 여덟 시 로터리 옆에 서는 버스를 기다렸다가 난도와 함께 걸어서 집으로 돌아온다. 난도는 가끔 샤워도 하지 않고 옷만 갈아입는다. 특히 겨울에는 그것도 귀찮다고 한다. 둘이 곧장 바로 향해서 맥주 한 잔, 혹은 두 잔에 마른 과일 안주를 곁들여 먹다 보면 하비토와 이사벨이 스탠드에 자리를 잡고 주문을 한다. 그리고 잠시 후 살바와 나탈리아가 온다. 맨 마지막으로 나타나는 에두와 로시오는 마드리드 반대편에 직장이 있지만 이 동네를 떠나고 싶어 하지 않는다. 알리시아는 한 커플이 서로 분리될 수 없는 하나의 요소로 변해가는 것이 너무나 신기하다. 각자의 이름이 갖는 가치는 사라지고 상대방의 이름과 함께 불릴 때에만 의미가 있다. 수학적 원리가 일상에 더해진 것만 같다. 하비토와 이사벨, 살바와 나탈리아, 에두와 로시오, 난도와 알리시아. 보통 남자 이름으로 시작되는데 반드시 애칭을 사용해* 고향 동네의 친숙한 분위기를 풍겨야 한다. 동네 불알친구들로 똘똘 뭉쳐 살아왔다는 표시이다. 그다음 연결접속사가 오고 와이프의 이름을 붙인다. 이때 여자 이름은 반드시 풀네임이다. 이-사-벨, 나-탈-리-아, 로-시-오, 알-리-시-아. 절대로 이사, 나티, 로시, 알리라고 줄여 부르지 않는다. 여자는 존중받아야 하기 때문이란다. 커플은 하나의 컨셉이 될 뿐만 아니라 물리적으로도 점점 똑같아진다. 에두와 로시오가 만나기 전에도 그랬는지 아니면 서로에게 오염됐는지는 모르겠지만 둘이 똑같이 말을 하다가 뭔가 강조하려고 하면 정말 미친 듯이 두 손을 흔들어대는 통에 정신이 사납다. 또 하비토의 부분 염색한 머리는 이사벨의 금발 머리칼과 묘하게 닮은 구석이 있다. 살바와 나탈리아는 동시에 살이 찌고 있다. 알리시아는 가끔 자기도 난도처럼 매부리코가 되어가는 걸까, 난도랑 비슷하게 조산아처럼 배가 불룩 튀어나오게 되는 걸까 궁금하다.

무리는 별로 남의 주의를 끌지는 않는다. 이 친구들과 똑같이 오

---

* 하비토는 하비에르, 살바는 살바도르, 에두는 에두아르도, 난도는 페르난도의 약칭이다.

후마다 그 바에 모이는 무리가 여럿이다. 보통 서너 커플이 한 그룹인데 이 그룹 멤버이면서 또 저 그룹의 멤버가 되는 적도 많았다. 다른 그룹 누군가와 초등학교 친구여서, 때로는 일 때문에, 아니면 연애를 하면서 다른 그룹에도 속하다 보니 서로 얽히고설키게 된 것이다. 난도와 알리시아는 술집 뒤편에 걸어서 오 분 거리에 산다. 주중에는 바에 손님이 삼십 명대 후반에서 사십 명대 초반 정도 된다. 더 젊은 아이들은 광장이나 당구장에서 만나고 더 나이 많은 축은 주로 편안한 의자에 종이 테이블보를 깐 주점에서 모인다. 이 친구들이 그리로 가게 될 날도 머지않았다. 이런 일상의 균형은 삼 년 전 나탈리아가 마르티나를 임신하고, 또 얼마 안 가서 하비토와 이사벨 사이에 하비에린이 태어나면서 깨지게 되었다. 집에서 아무도 듣지 않을 때면 난도는 하비에린을 빅보이라고 부르면서 그 튼실한 허벅지와 팔이 아기 끈에 다 들어간다는 사실이 믿기지 않는다고 말하곤 했다. 어느 날 밤 평소보다 맥주를 많이 마신 난도가 알리시아에게 이사벨은 결혼식 올리는 날 빅보이를 거대한 아기 끈에 매달고 신부 입장을 할 생각인 거냐고 물었다. 처음엔 너무 놀라 입을 다물지 못했지만 곧 웃음보가 터진 알리시아는 몇 분이나 웃음을 멈추지 못했다. 그리고는 난도가 그런 말을 한 곳이 바가 아니라 둘만 있는 자기들 집이었다는 사실에 가슴을 쓸어내렸다. 하비토와 이사벨이 그 이야기를 들었다면 불쾌해했을 것이고, 그런 상황을 잘 참지 못하는 난도가 내내 알리시아에게 칭얼대며 힘들게 굴었을 것이기 때문이다. 하지만 알리시아는 난도에게 그런 약간의 재치가 있다는 사실, 또 그렇게 약간 사악한 면이 있다는 사실이 놀라웠다. 어쩌면 그 때문에 그날이 화요일이었음에도 둘은 잠들기 전 섹스를 했다.
 알리시아는 나탈리아가 아이를 더 갖고 싶어 하지 않는다는 걸 알고 있었다. 마르티나 기저귀를 갈며 알리시아에게 그렇게 말했었다. 마르티나는 유모차에서도 잘 자고, 잘 울지도 않고 무심한 표정으로 어른들을 바라보곤 했다. 이 아이는 이렇게 별문제가 없는데 또 아이를 하나 더 낳아서 인생을 복잡하게 하고 싶지 않다는 거였다. 반대로 이사벨은 아이를 하나 더 갖고 싶어 하지만 하비토가 반대하는 처지였다. 몇 달 전 직장동료 여럿이 해고되었고 올해 말까지 하비토도 해고되지 말란 법이 없다는 것이었다. 죽치는 동안 -친구들끼리는 모임을 이렇게 정의한다- 스스럼없이 직장동료들 흉을 보거나, 프로축구 라 리가 얘기는 하지만 출산에 대해서는 아무도 말을 꺼내지 않는다. 에두와 로시오는 벌써 몇 년째 애를 쓰고 있는데도 잘되지 않았다. 그런데도 에두는 검사를 거부한다. 이건 모두 에두가 난도에게 한 이야기를 난도가 다시 알리시아에게 해줘서 알게 된 것들이다. 그런데 로시오는 혼자 몰래 검사를 받았고 치료를 통해 배란을 유발해야 한다는 결과가 나왔다. 이건 로시오가 알리시아에게 말했고 알리시아가 다시 난도에게 말해주었다. 알리시아는 에두에게 문제가 있는 게 아니라 에두 자체가 문제라고 말했다. 하지만 난도는 남의 일에 끼어들고 싶지 않다고 했다. 걔들은 아직 시간이 있잖아. 에두는 그럴지 몰라도 로시오는 아니야. 알리시아의 대답을 들은 난도는 화장실에 간다고 소파에서 일어나더니 거실로 돌아오지 않고 곧장 침실로 들어가 버렸다. 난도와 알리시아에게는 아무도 묻지 않는다. 아니, 알리시아에게는 아무도 묻지 않는다. 알리시아에 대해 알아야 할 것은 모두 다 알고 있다. 알리시아, 서른 살, 아버지가 자살했고 엄마나 여동생과는 말을 하지 않으며 가끔 삼촌이 죽지 않았나 확인 전화를 하는 정도라는 것까지 전부 알고 있다. 그리고 난도에게 물어본다면 난도는 알리시아가 여러 번 반복해 들려준 논리를 그대로 써먹을 게 분명했다. 웃기는 일이야, 라고 알리시아는 생각한다. 사실 그 논리는 자기가 만든 것도 아니다. 지하철에서, 아니면 프리마크* 계산대에서 줄 서있는 동안 주위들은 것을 자기 상황에 맞게 각색한 것뿐이다. 어쨌거나 우리가 매일 하는 일이 그런 것 아닌가? 다른 사람의 행동을 따라 하고, 다른 이들의 몸짓을 반복하고 또 살아남기 위해 받아들이는 것 말이다.

  난도는 걱정하고 있다. 난도는 이제 곧 사십이 된다 -그때는거창한 파티를 열고 싶단다. 거창한 파티라니…. 난도는 고집을 부리지만 알리시아는 기겁할 지경이다-. 그리고 예순 살에 아들을 대학에 보내고 싶지는 않다고 말한다. 알리시아로서는 아이를 낳고 기를 생각을 하는 것만도 어이없는데 아이가 -자기들 아이가!-대학에 갈 거라고 생각하다니 어처구니가 없다. 페르난도 주니어, 난도와 알리시아의 아이, 마르티나에게서 물려받은 유모차에서 잠든 채로 카니예하스의 술집에서 자란 아이가 대통령, 노벨 수학상 수상자, 항암백신 발견자가 된다고! 같이 산 지 이삼 년쯤 되었을 때 난도는 바비큐 레스토랑에 저녁 식사를 예약하고 알리시아에게 청혼했다. 알리시아는 저녁을 너무 많이 먹어 고기가 얹힌 것 같다며 벌떡 일어나 화장실로 갔

---

* 중저가 패션 잡화 쇼핑몰

다. 둘은 후식도 먹지 않고 집으로 돌아왔다. 다음날 알리시아는 난도에게 이대로 좋지 않냐고 물었다. 복잡한 서류절차 없이도 둘이 사랑과 신뢰로 일상을 함께해오지 않았냐고도 했다. 전부 다 미용실에서 읽은 인터뷰 기사 내용이었다. 알리시아는 난도의 전 애인을 생각했다. 처음 만난 날 밤, 두 번째 밤, 그리고 관계가 시작되고 육 개월이 지난 뒤 알리시아가 자기를 버리고 달아나버리지 않을 거라는 확신이 들 때까지 난도는 주야장천 전 애인 이야기를 했었다. 난도는 결혼을 원하는 이유가 혹시라도 무슨 일이 생기면 알리시아가 아파트를 상속받을 수 있도록 하고 싶기 때문이라고 설명했다. 알리시아는 며칠 밤 그것에 대해 생각했다. 그러는 동안 악몽은 점점 더 거칠어졌다. 한번은 아빠가 팔다리가 모두 잘린 채 차에서 걸어 나왔는데 잘린 팔에서 피가 철철 쏟아져 나왔다. 결국 그러마 하고 대답했다. 하지만 시청에서 간단하게, 시어머니 친구나 고향마을 사촌들까지 부르는 잔치는 사절이라는 것을 분명히 해두었다. 둘은 법원에서 서명했고 난도의 어머니는 대략 삼십 명 넘는 사람을 동네 식당으로 초대해 점심을 대접했다. 치코 삼촌에게 이미 난도에 관해 이야기했었지만 그래도 결혼은 알리지 않았다.

 알리시아의 논리는 이렇다. *가족은 혈연으로 생겨나는 것이 아니라 삶 그 자체로 만들어지는 거야. 이 험한 세상에 무고한 아이를 하나 더 내보내고 싶지는 않아. 내가 아이를 키울 정도가 되는지도 확신이 없고. 당신 일자리는 그럭저럭 안정적이지만 난 같은 직장에서 오래 견디지 못했었잖아. 우리가 버는 거로는 식구가 하나 더 늘면 유지가 어려울 수도 있어. 앞으로 이십 년 아니면 삼십 년 동안 내내*

말썽만 일으킬 애를 하나 얻기 위해서 우리가 지금까지 누려온 안정을 깨트리기에는 지금까지 너무 잘 지내왔잖아, 안 그래? 당신이 기저귀라도 갈아줄 거야? 젖병이라도 물려줄래? 밤에 일어나 빽빽거리기라도 하면 일어나서 달래줄 거야? 나중에 크면 숙제도 봐주고 시험공부도 도와주고 그럴 수 있어? 당신 아이가 포악하거나 위선자거나 거짓말쟁이면? 다른 사람을 고문하는 걸 좋아하는 아이면? 학교에 총 들고 나타나서 농구선수들이랑 치어리더들이랑 헌신적인 선생님에게 갈겨대는 사이코패스들, 그런 애들도 다 엄마, 아빠 있는 애들이야. 텔레비전에 나오는 이야기지만 실제 일어나는 일이라니까. 학교 복도에서 당신 동생을 따라다니면서 고추를 잘라서 엉덩이에 처넣던지 입에 쑤셔 넣겠다고 협박했다는 그 자식, 걔도 엄마, 아빠가 있어. 이 세상에 알베르트 아인슈타인이나 프리다 칼로-방금 역사 채널 다큐멘터리에 나온 이름이다. 아주 포괄적으로 다뤘지만-가 태어나는 걸 우리가 막는 걸 수도 있어. 하지만 어쩌면 히틀러나 폴포트가 태어나지 못하게 하는 걸 수도 있어. 충분히 이해하지 못한 내용을 시험에서 그냥 외워 써야 할 때 한 단어라도 잊어버리면 그 뒤로는 방향을 완전히 잃게 되기 때문에 가능한 한 빨리 모든 정보를 한 번에 다 쏟아내야 했던 때처럼 단숨에 그 모든 변명을 늘어놓으면서 알리시아는 문장과 문장 사이에서 웃음을 터뜨리지 않으려고 입술을 깨물었다. 하지만 난도에게는 그걸로 충분했다. 그 후 몇 달 동안 다시는 고집을 부리지 않았다. 난도는 알리시아의 머리를 쓰다듬으며 속삭이곤 했다. 이리 가까이 와, 스탈린 어머니.

처음 함께 보낸 밤은 나쁘지 않았다. 딱 적당하게 활기 있고, 다른 남자들과 크게 다르지 않았다. 누군가에게 죽은 아빠 꿈을 매일 밤 꾼다는 이야기를 한 것은 처음이었다. 난도는 알리시아가 혼잣말하는 동안 끼어들지 않고 참아주었고 택시 탈 돈이 없으니 그곳에서 밤을 보내겠다는 말을 할 때까지 끝까지 이야기를 들어주었다. 말을 마치고 알리시아는 자기가 너무 나갔다고 생각했다. 남자는 같이 자고 나서 돈을 주는 건 기분 나쁠지 모르겠지만 택시비 이십 유로를 주겠다고 말했다. 빙고! 그의 메일 패스워드가 〈같이 잔다〉일까? 하지만 알리시아는 거절했다. 그리고는 돌아누워 잠들어버렸다. 남자가 블라인드를 내리는 걸 깜박한 탓에 몇 시간 후 떠오르는 햇살에 잠이 깬 알리시아는 조심스럽게 침대에서 나와 남자가 알아차리지 못하도록 조용히 옷을 입고 등 뒤로 문을 닫았다. 집에 들어서자마자 난도가 자랑스럽게 꺼내 보여준 사이클 동호회 사람들 사진은 지하철역까지 걸어가는 사이 다 잊어버렸다. 앞에는 자전거를 줄지어 세워두었고 키에 따라 두 줄로 모여선 회원들은 검은 바탕에 초록색 줄이 들어간 자전거 복장에 헬멧과 장갑을 낀 모습들이었다. 그리고 하나로 치켜 묶은 금발 염색 머리에 작은 금귀걸이를 한 가냘픈 여자 사진이 나무 액자에 들어있었다. 목 언저리 옷깃으로 보아 하늘색 트레이닝복을 입은 여자는 높은 산을 배경으로 전망대에서 포즈를 취하고 있었다. 지하철역으로 가는 길, 거리에는 청소부들이 지난밤 바닥에 떨어져 깨진 맥주병 유리 조각들을 쓸어내고 있었다. 알리시아는 난도의

소유에 관한 아주 짧은 관심

집 문 앞에서 자기 집까지 걸린 시간을 계산해보았다. 한 시간 십사 분이었다. 집에 돌아와서는 샤워를 하고 우유 한 잔을 데운 다음 침대 속으로 들어갔다. 그 이상 깊이 생각하지 않았다. 두 주 후에는 또 다른 사람을 만났고 다음 달에도 역시 마찬가지였다.

그로부터 정확히 일 년 후 지난번 바로 그 직장동료가 생일파티에 알리시아를 초대했다. 한잔하며 웃고 떠드는 게 나쁘지 않겠다고 생각했다. 앞으로 열흘 후면 근로계약이 끝나는데 회사로부터 계약을 갱신하지 않겠다는 통보를 이미 받은 상태였다. 상사가 그 이야기를 하려고 자기 사무실로 불러 구구절절 설명하는 사이 알리시아는 수입 없이 얼마나 버틸 수 있을까 계산했다. 지금은 최악의 경제위기 상황이고 저축은 하나도 하지 못했는데 위에서 자르겠다고 하니 어쩌겠어. 실업수당은 벌써 많이 받아서 얼마 남지도 않았는데 하필 딱 이 순간에 내 계약이 만료되어서 잘리게 되다니. 그래도 이 나이에 치코 삼촌에게 손을 벌리지는 않을 테야. 더는 집세를 감당할 수 없을 테니 지금 사는 아파트에서 나와야겠다고 생각했다. 다시 셰어하우스로 들어가야 한다. 알지도 못하는 여자의 수저를 사용하고 또 그 여자의 소파 반대편 끝에 앉는 대가로 그 여자의 비난을 참아야 한다. 다른 사람이 더럽힌 것을 청소해야겠지. 알루체의 아파트에 산처럼 쌓여있던 더러운 접시들과 진흙벽 사이로 피어오르던 작은 식물이 생각났다. 또 아주 약간의 사생활을 위해서는 침실에 콕 틀어박혀야 할 것이다. 빙고 클럽의 웨이트리스가 새로운 아파트에서 이사 박스 두 개를 아직 다 열지도 않았는데 이틀째 밤에 강간을 당할 뻔한 이야기를 한 적이 있었다. 또 다른 직장의 리셉셔니스트는 셰어하우스 동거인 중 하나가 돈이든 영화 DVD든 이미 뜯은 보습크림이든 뭐든 훔쳐 가고 심지어 어린 시절 사진 앨범까지 훔쳐 갔다는 얘기도 했었다.

알리시아는 작년 생일파티에서 본 얼굴들을 다시 보게 될 거라는 생각을 미처 하지 못했다. 술집 문을 열고 들어가 그와 마주치고 나서야 비로소 그 사실을 깨달았다. 바의 조명이 맥주병에 부딪혀 반짝하는 순간에서야 지하철역 입구에 깨진 맥주병 조각들을 떠올렸을 뿐 그동안은 그를 완전히 잊고 살았다. 하지만 바로 거기 긴 다리에 눈이 튀어나온 그가 스탠드에서 맥줏값을 내고 있었다. 알리시아는 동료들을 찾았다. 파올라는 알리시아에게 너무 늦게 왔다고 타박을 했다. 알리시아가 한 시간 십 분 거리에 산다고 계산을 했다면서 함께 마련한 선물은 이미 로시오에게 전달했다고 했다. 그가 자기를 보기 전에 얼른 그 자리를 빠져나갈 변명거리를 생각했다. 생리가 시작돼서 지금 상태가 엉망진창이야, 직장 일 때문에 기분이 너무 좋지 않아. 그때 목덜미에 누군가의 손길이 느껴졌다. 그는 인사말을 건네는 대신 그날 작별인사도 없이 가버린 것을 비난했다. 알리시아는 그날 밤 너무 좋은 인상을 받았기 때문에 그걸 망치고 싶지 않았다고 대답했다. 그리고는 이름이 뭐냐고, 잊어버려서 그런다고 했다. 난도, 내 이름은 난도야. 그가 말했다. 알리시아는 그가 양손에 맥주병을 들고 있는 것을 발견했다. 그는 아직 차가운 병 하나를 알리시아에게 건넸다. 알리시아가 감사 인사를 하자마자 그는 알리시아가 파올라와 이야기하도록 내버려 둔 채 돌아서 가버렸다. 로시오의 지인인 술집 주인은 블라인드를 내리고 음악 볼륨을 높인 다음 원하는 사람은 담배를 피워도 좋다고 했다. 음식과 함께 하트모양의 케이크가 나왔다. 몇몇 여자들은 춤을 췄고 알리시아는 다시 그의 목소리를 들을 수 없었다. 파올라는 알리시아에게 보고 싶을 거라고 말했다. 순간 계약 갱신을 거절당한 사람이 자기가 아니라 파올라라면 어땠을까 상상하다가 이런 쓰레기 같으니, 파올라는 볼리비아에 엄마와 아이들이 있다는데 생각이 미쳤다. 다시 블라인드를 올렸을 때 알리시아는 거기서부터 집으로 돌아가야 한다는 사실을 깨달았다. 어떡할까 생각하려고 먼저 화장실에 갔다. 시벨레스까지 야간 버스를 탄 다음 거기서 다시 버스를 갈아타는 방법이 있다. 술집을 나왔을 때 차에 기대서서 신경질적으로 후드티 끈을 만지작거리고 있는 그를 다시 만났다. 난도는 휴대전화를 들여다보는 척하고 있었지만 로시오에게 버스정류장을 묻는 알리시아의 목소리를 듣자마자 고개를 들어 알리시아를 찾았다.

 -야간 버스를 타면 집에 가는데 시간이 엄청 걸릴 거야. 괜찮으면 나랑 있다가 잠이 깨면 가도록 해. 나는 소파에서 잘 테니까 다른 걱정은 하지 말고.

 그의 안쓰러운 말투, 단둘이 있는 상황을 만들려고 전략적으로 무리에서 떨어져나온 그의 행동이 좀 귀찮게 느껴졌지만 알리시아는 버스에 버스를 갈아타면서 가야 할 시간과 끈덕지게 말을 붙여올 취객들, 그런 자들을 이 밤에 혼자 맞서야 하는 두려움, 아파트까지 걸어가야 할 어둡고 으슥한 길을 생각하고는 그의 제안을 받아들였다. 그는 친구들에게 작별인사도 하지 않고, 세 걸음 정도 옮기더니 여기, 라고 손으로 가리켰다. 알리시아는 일 년 전 그 현관문을 기억할 수 있었다. 계단을 올라가면서 한 번도 같은 남자와 두 번째 밤을 보내본 적이 없다는 생각을 했다. 남자와 연결고리가 있는 경우, 셰어하우스에 같이 사는 친구의 지인이라든지, 아니면 직장동료 아는 사람이면 절대 자기 전화번호를 알려주지 말라고 당부했다. 그리고 언제나 남자가 잠든 사이 몰래 빠져나왔다. 그런데 갑자기 하고 싶어졌다. 장딴지 위에 햇볕에 그을린 자국, 엄마가 오기를 기다리며 산더미처럼 쌓여있던 빈 반찬통들 때문인 것 같았다.

어떻게 해야 하지? 남자가 거절하면? 알리시아가 그렇게 도망치고 난 후 난도는 절대 어떻게 해볼 마음이 없는 거라면? 진짜 순수한 마음으로 지하철이 운행하는 시간까지 머물 곳을 제공하기 위한 것이라면? 지금껏 알리시아를 거절하는 남자는 없었다. 미리 술집에서 키스를 나누거나 옷 속으로 손이 들어오지도 않았는데 남자를 따라 낯선 아파트 계단을 오른 적도 없었다. 난도는 뭐 마시고 싶지 않냐며 물 한잔? 맥주? 하고 물었다. 있는 건 그게 전부라고 했다. 가구 장식은 변한 게 없었다. 다만 금발 머리 여자의 사진은 아마도 엄마일 것 같은 나이든 여자와 그가 함께 찍은 사진으로 바뀌었다. 똑같은 사진틀을 재사용한 것이었다. 사진 속 나이든 여자는 해변을 배경으로 난도와 똑같이 생긴 코에 짧은 머리를 타오르는 듯한 붉은색으로 염색했다. 난도는 맥주캔 두 개를 가져왔다. 알리시아는 자기 몫의 맥주캔을 따서 한 모금 마셨다. 그에게 무슨 일을 하느냐고 묻자 근처 상업지구에 있는 백화점에서 일한다고 대답했다. 버스로 오가는 거리라는 것 말고 더 자세한 이야기는 하지 않았다. 단지 삼촌이 주문 물품의 입고와 출고를 맡고 있고 삼촌이 퇴직하면 자기가 그 자리를 이

어받을 거라고 했다. 알리시아는 자신에 대해 더 설명하지 않았다. 지난번의 이야기로 충분했다. 알리시아는 몸을 돌려 그의 정면에 자리를 잡았다. 난도는 꺼져있는 텔레비전 화면에 시선을 고정시킨 채 알리시아의 질문에 대답했다. 대답을 잘 들으려고 그에게로 몸을 기울였을 때 그의 몸이 얼마나 긴장했는지 알 수 있었다. 그건 욕망 때문이 아니었다. 알리시아가 그에게서 느낀 건 두려움이었다. 난도는 이해하지 못하고 있었다. 좋은 시간을 함께 보냈다고 믿었고, 서로에게 중요하다고 생각되는 그런 이야기들을 나눴는데 어째서 알리시아가 그런 식으로 작별인사도 없이 가버렸는지 도저히 알 수가 없었다. 그 후로 몇 주 동안이나 자기가 상처를 준 것은 아닐까, 뭔가 자리에 맞지 않는 말을 한 건 아닐까 생각하고 또 생각했다. 포장 테이프들 사이에서 비탄에 잠겨 있는 난도, 사이클 동호회에서 의기소침해져 있다가 다시 기운을 내려고 애쓰려는 난도의 모습을 상상하니 알리시아는 웃음이 나오려고 했다. 너무 말을 많이 하는 그를 자신이 성가서한다는 것도 깨달았다. 머릿속에는 그의 웅얼거리는 목소리, 처음, 전 애인, 아니, 절대, 바로 그래서 이런 말들이 따로따로 흩어져 들려왔다. 그리고 〈바로 그래서〉라는 말을 들었을 때 뭔가가 알리시아를 뒤흔들었다. 〈바로 그래서〉 당신이랑 자고 싶어요. 알리시아가 그에게 말했다. 오늘 당신이랑 자고 싶어요. 난도는 몸을 일으켜 알리시아의 손을 잡고 방으로 데리고 들어갔다. 미국 영화 속 스윗한 왕자님처럼. 그다음은 평소와 같았다. 누군가가 누군가의 옷을 벗기고, 누군가가 목이나 어깨를 살며시 깨물고, 누군가는 신음을 내뱉고, 누군가가 천정의 석고 무늬를 바라보고, 누군가는 너무 좋았어,

라는 말로 마무리한다. 그래, 나도 좋았어. 알리시아는 잠을 청하려고 눈을 감았다. 난도가 등 아래로 팔을 밀어 넣으며 또 다른 팔을 가슴 위에 올리는 것을 느꼈다. 몸을 옆으로 바싹 붙이며 입을 귓가에 대고 말했다.

-알리시아, 당신에게 바라는 건 오로지 내게 따뜻하게 대해달라는 것뿐이야.

그 말이 너무 터무니없게 들려서 알리시아는 날이 밝을 때까지 그 집에 머물기로 했다. 아니 다음날 온종일 그 집에서 보내기로 했다. 난도는 먼저 사이클 동호회 사람들에게 전화를 걸어 자기를 기다리지 말라고 알렸다. 지난밤 생일파티 때문에 나가기 어려울 것 같다고 둘러댔다. 그리고 자기 엄마에게도 다음 날 찾아가겠노라고, 파티에 다녀온 뒤 몸이 좋지 않다고 메시지를 보냈다. 이후로 여러 번 더 했다. 무엇보다도 이야기를 많이 나누었다. 사이클링, 백화점, 학교 친구들, 아버지의 병환과 죽음, 아파트 담보 대출이 나온다는 얘기를 들었을 때 들떴던 마음, 피레네산맥으로 갔었던 아름다운 여행과 전 애인이 자기와 헤어지기로 결심했을 때 방향을 잃고 당황한 일. 알리시아는 그 말이 재미있다고 생각했다. 고통도 분노도 아니고 '방향을 잃었다'라는 말. 그에게는 사랑이 지도와도 같은 걸까. 그는 지하철역까지 바래다주었고 헤어질 때 알리시아는 그에게 전화번호를 주었다. 진짜 번호였다. 벤타스를 지날 때쯤 난도는 벌써 보고 싶다는 메시지를 보냈고 화요일에는 전화를 걸어왔다. 토요일에는 라 라티나에서 만나 함께 택시를 타고 알리시아의 집으로 왔다. 알리시아가 다른 남자의 침대가 아닌 자기 침대에서 남자와 잔 것은 처음이었다. 알리시아도 잘 이해할 수가 없었다. 그와 섹스를 할 때면 얼굴을 보지 않으려고 눈을 감았다. 그의 이야기를 들을 때 첫 반응은 비웃음이었다. 그런데 왜 주중에는 그가 무엇을 하고 있을까 궁금해하고 메시지가 오면 즉각 답을 하게 되는 걸까. 그에 대해서 느끼는 경멸은 사악하고도 달콤한, 애정에 가까운 것이었다. 그다음 주말 그의 집에서 알리시아는 자신의 고용계약이 종료되었고 다른 일자리도 찾지 못했으며 지금 사는 아파트를 비워줘야 하니 혹시 룸메이트를 찾는 사람이 있으면 알려달라고 했다. 절대 그럴 수는 없어. 난도는 알리시아가 일자리를 찾을 때까지, 그래서 혼자 힘으로 월세를 감당할 수 있을 때까지 자기와 함께 지내도 좋다고 말했다. 약간의 옷과 살림살이를 그의 집으로 옮긴 그날부터 알리시아는 버스정류장으로 그를 마중 나가서 알칼라 거리를 나란히 걸어 집으로 돌아왔다. 난도 삼촌 친구의 소개를 받아 일자리를 다시 구하는 데는 거의 일 년이 걸렸다. 그 무렵에는 난도가 이미 알리시아를 너무나 사랑하고 있었다. 알리시아로서도 부동산 앱에서 새로 지역을 고르고 최저 면적과 가격을 추려내는 데 지쳐있었다. 정확히 기억할 수는 없지만 그로부터 일 년인가 일 년 반 후 난도가 청혼을 해왔다. 알리시아는 거절했다. 하지만 곧 뭔가를 얻기 위해서는 베푸는 게 있어야 한다는 사실을 인정했고 예스라고 대답했다.

✦

알리시아가 깨달았을 무렵에는 이미 자기 엄마 같은 여자가 되어있었다. 특히 엄마의 금팔찌들. 엄마 얼굴은 점차 기억에서 희미해져 갔지만 팔목에 쩔렁거리는 소리는 갈수록 요란하게 들려왔다. 카르멘은 어떻게 지내고 있을까? 월요일부터 금요일까지 시금치를 곁들인 콩 요리를 하고 일요일에는 석쇠 구이를 준비하는 그 삶에 익숙해졌을까? 간혹 뭔가 후회하기는 할까?

◆

결혼생활도 알리시아를 누그러뜨리지는 못했다. 처음엔 난도도 엄마와 여동생과의 사이에 무슨 일이 있었는지 알고 싶어 했다. 알리시아는 아무 일도 없었다고 대답했다. 그건 거짓말은 아니었다. 정말 아무 일도 일어나지 않았으니까. 가끔은 별로 마음에 안 들어서 그런다고도 대답했다. 그러면 그는 더 화를 냈다. 엄마랑 여동생이랑 마음에 들고 말게 어디있어. 당신이 엄마랑 여동생이랑 만나서 생맥주를 한잔하는 사이도 아니고 비밀을 털어놓는 사이도 아니고 말이야. 난도는 치코 삼촌을 마드리드로 초대하라고 부추겼다. 그를 만나보고 싶다는 것이었다. 알리시아는 두 주에 한 번씩 하던 전화를 한 달에 한 번으로, 다시 두세 달에 한 번으로 줄이는 것으로 답했다. 하지만 난도 가족과 만나는 건 알리시아로서도 어찌할 수 없었다. 난도의 동생은 자기만의 삶을 즐기고 살았다. 그러니 난도의 어머니와 해변에서 보내는 며칠은 알리시아가 참을 수밖에 없었다. 하지만 난도에게 출발구간에서는 자기 식구들끼리 지내는 게 어떻냐고 제안해보았다. 난도의 엄마가 숙소 하나를 일주일간 예약하면 난도와 엄마, 둘이 일요일에 먼저 출발하고 알리시아는 수요일이나 목요일에 출발하는 것이다. 그러면 당신이랑 어머니랑 단둘이서 지낼 수 있잖아. 알리시아는 이런 변명으로 시어머니의 기분을 거스르지 않을 수 있었다. 처음 함께 보낸 휴가에서 난도는 이런 제안을 했다. 한주는 셋이서 오로페사에서 보내고 나머지 한주는 알리시아와 난도 둘이서만 보내는 것이다. 알리시아는 협상을 했다. 어머니랑 당신이랑 둘이서 먼저 차로 출발하고 나는 주 중반쯤에 버스를 타고 출발할게. 자기 엄마랑 삼촌들이랑은 일요일에 돌아오고 자기랑 나랑 둘이서 다른 데로 가면 되잖아. 난도는 이 제안을 받아들였다.

 난도가 일요일에 출발하자 월요일은 오롯이 알리시아를 위해 남겨졌다. 휴대전화를 꺼두고 늦게 일어나 냉동 피자로 점심을 먹은 다음 낮잠을 잤다. 그리고는 샤워를 하고 이사벨이 준 꽃무늬 원피스를 차려입었다. 이사벨에게는 큰 옷이 알리시아에게는 딱 맞았다. 사오십 분가량 남쪽으로 걷다가 산블라스 지하철역이 눈에 띌 즈음에 맥주 한잔과 타파스를 먹을 술집을 찾았다. 테라스에 자리를 잡고 앉아 한 잔 또 한 잔 마시다가 어두워지자 자리를 스탠드로 옮겨 웨이터에게 눈길을 보냈다. 야외 테이블에 서빙하는 젊은 아이, 거의 십 대로 보이는 그 곱슬머리 청년에게가 아니라 더 나이 든 남자, 대략 마흔 몇 되어 보이고 구레나룻이 풍성한 데다 눈썹 숱도 많아 거의 일직선이 되어버린 남자에게 말이다. 알리시아는 그의 억양을 구분할 수가 없었다. 억지로 억양을 숨기려는 것 같았다. 복수 명사에 s를 발음하지 않는 게 부끄러운 듯, 아니 그렇게 노력해도 복수 명사에 s를 발음하지 않는 지역 출신임을 감출 수 없다는 게 부끄러운 듯 보였다. 꼭 알리시아 같았다. 제일 먼저 알리시아의 마음을 끈 건 그런 점이었다. 그리고 그다음은 물론 그와 나눈 대화였다. 그 순간 알리시아가 앉아

있는 산블라스의 술집 바로 그 작은 의자 위에서 온 세상 사람이 맥주 거품을 홀짝이며 앉았던 적이 있다는 걸 열심히 보여주려는 자세가 좋았다. 알리시아는 어떤 절차가 필요한지 잘 알고 있었다. 실전 감각은 여전했다. 그의 말을 귀 기울여 들으며 술은 그만 마시고 음식을 조금 더 먹었다-간혹 실직하고 있을 때나 월급이 너무 적을 때는 돈을 아끼느라 술집에서 이렇게 하곤 했었다-. 웨이터가 문을 닫을 무렵 그가 다들 돌아간 주방에 들어와서 함께 뭘 좀 더 먹지 않겠느냐고 물었다. 그날 밤 집으로 돌아온 알리시아가 꾼 악몽에서는 여러 번 사용한 기름 냄새가 났다. 화요일 아침 이방 저 방을 닦고 전화기를 켰더니 문자가 하나 와있었다. 난도가 월요일 밤에 보낸 것이었다. 널 좋아한다고 쓰여 있었다. 알리시아는 나도, 라고 답을 보내고 거실 창문과 커튼을 열어 약간 환기를 시켰다.

  이런 일을 반복하는 것에 익숙해졌다. 난도와 난도의 어머니가 알리시아를 혼자 내버려 두는 그 시간, 자기를 위해 남겨진 휴가, 그 괄호 속 시간을 이용했다. 몇 해 동안은 일요일부터 수요일까지 저녁마다, 또 몇 해에는 딱 한 번, 마음 내키는 대로 했다. 난도가 삼촌 댁에서 며칠 밤을 보내야 했던 때도 마찬가지였다. 난도가 연휴 때 혹은 백화점에 하루 휴가를 내고 사이클 동호회 친구들과 하이킹하러 가느라 며칠간 집을 비울 때도 이용했다. 집에 조금 늦게 돌아가도 상관없는 편의점 손님이나 지하철 열차 안에서 눈이 마주친 남자에게 서로 아는 사이가 아닌지, 어디서 마주친 적이 있지 않은지 물어보며 말을 걸었다. 난도가 집에서 알리시아를 기다리고 있을 때는 결코 일을 벌이지 않았다. 상처를 주지 않으려는 게 아니라 불편하기 때문이었다.

이제 알리시아도 서른 살이다. 아직은 모든 남자가 알리시아를 하늘에서 떨어진 행운으로 받아들이지만 그것도 얼마 남지 않았다. 지금의 위치를 지키려면 나이 제한을 올리거나 기준을 낮춰야 한다. 이미 스물다섯이 된 순간부터, 게다가 몸무게가 늘어가면서 조금씩 그런 걸 느꼈다. 남자들의 즉각적인 반응을 끌어내는 데 평소보다 시간이 더 걸리기 시작한 것이다. 그래서 맨 처음 충동을 느꼈던 상대들, 그때는 창피해서 멀리했던 그 상대들에게 눈을 돌리기로 했다. 말더듬이 미겔린이나 버짐 핀 후안 안토니오 로페스가 아니라 손가락 피부가 다 붙어버린 옆자리 남자아이, 레스토랑에서 점심을 먹던, 무릎 아래 다리가 없던 아이 말이다. 알리시아는 확실히 별 볼 일 없는 사람을 훨씬 좋아했다. 신체적 결함이 있는 사람에게 더 흥분한다는 건 너무나 분명했다. 그렇다고 스스로 뛰어난 사람이라 생각하는 건 아니었다. 이력으로 보나 뭘로 보나 그건 아니었다. 하지만 생존을 가능하게 하는 정도의 지능은 존중한다. 대학 시절 그 가엾은 아이 디에고. 항상 생선 냄새를 풍기면서도 어디서 일하는지 끝까지 숨기던 아이. 클래식 영화감독 네다섯 명의 이름을 마치 자기만 알고 있는 양, 그들의 예술적 세계의 심오한 비밀을 자기만 알고 있는 양 속삭이며 말하던 그 남자아이. 그리고 난도. 일요일 아침 한 무리의 회색빛 자전거 부대와 함께 자전거에 오르는 난도의 그 우스꽝스러운 자기만족. 그런 게 알리시아의 관심을 끈다. 자기 것이 아닌 다른 사람의 모습을 사심 없이 모방하는 사람, 과장된 겉모습까지 따라 하려고 애쓰는 사람, 그런 사람에게 끌린다. 하지만 세월이 흐르면서 그런 어리석은 남자들이 알리시아의 주름진 손, 얼굴에 생겨나는 잡티와 눈 아래 불룩한 주머니에 흥미를 잃기 시작했다. 자기들도 주름에, 잡티에, 눈 아래 불룩한 주머니도 있으면서 자기들과 똑같은 수준의 여자를 받아들일 바에는 좀 더 편안한 상대, 자기들을 있는 그대로 빈정거리지 않고 받아줄 상대를 선호한다. 시간마저도 부족한 알리시아는 그래서 확실히 보장되는 쪽에 걸어본다. 아버지뻘 되는 남자들, 자기 또래이거나 자기보다 나이가 약간 더 많다면 명백한 신체적 결함이 있는 남자들, 사춘기 시절 유심히 관찰했지만 동시에 가능성에서 제외했던 그런 남자들, 심각한 절름발이, 말하기 어려울 정도의 틱장애가 있는 남자, 그런 남자에게 접근한다. 하지만 환자는 싫다. 아직은 그렇다.

◆

간혹 지하철을 타고 갈 때 앞에 앉은 여자에게서, 혹은 편의점에서 손자에게 츄파춥스를 사주는 할머니에게서 자기나 에바, 아니면 엄마나 치코 삼촌의 모습을 찾아낸 것 같은 때가 있었다. 치코 삼촌의 성은 너무 흔해서 만일 알리시아가 엄마의 엄마를 찾으려고만 든다면 수십 명이 쏟아져 나올 것이다. 그런데 실망스러운 사람이라면? 눈동자 색깔이나 입 모양처럼 성품도 유전자를 통해 전해지는 거라면? 마드리드에서 처음 생활하기 시작했을 때는 어디선가 마주칠지도 모른다는 환상을 품은 적도 있었지만 더 중요한 걱정거리에 묻혀 곧 잊고 말았다. 뭘 위해 지금 이러는 걸까. 알리시아는 평생 이런 질문을 안고 살았다. 철학 공부를 할 걸 그랬지. 질문을 떠올리자마자 이렇게

소유에 관한 아주 짧은 관심

말하는 남자의 목소리가 들리는 것 같다. 충고인지 비난인지 구별할 수가 없다. 뭘 위해 그 계단을 따라 올라가 같이 자자고 했을까. 이게 다 끝나면 난 어디로 갈까. 내가 갈 데가 있었더라면 이건 진작에 다 끝났을 거야. 내가 갈 데가 있었더라면 이건 시작도 안 했을 거야. 평생 이런 질문을 안고 살았다. 왜 아빠는 자살한 걸까. 돈 때문에 자살한 건가? 아빠는 빚에 맞서서, 그 빚을 갚고 다시 일어날 자신이 없었나? 엄마는 상대적으로 쉽게 그 일을 해냈다. 자존심을 꿀꺽 삼켜버리고 다시 시작했다. 아빠는 엄마에게 약속했던 삶이 바닥부터 너무 허술해서 살아보기도 전에 무너졌다는 걸 인정하기가 두려웠던 걸까? 죽어서도 몸이 흔들리는 그 남자의 잘못은 몇 퍼센트인가? 엄마 잘못은 몇 퍼센트일까? 에바와 나는? 가난한 애들 앞에서 순진한 얼굴로 수많은 텔레비전이 있는 집을 자랑스레 보여주던 에바. 엄마가 무슨 말을 하고 있는지 깨달았을 때 그 아이들 눈에서 알리시아는 기쁜 기색을 발견했던가. 알리시아와 에바, 또 카르멘이 나락으로 떨어졌다는 생각을 하면서 그 아이들은 얼마나 행복하게 살고 있을까. 어린 시절 알리시아는 사람들 눈에 띄지 않고 밖을 내다보려고 거실 정중앙에 앉아있곤 했다. 주변에서 일어나는 일에 관심이 많았던 건 예고 없이 닥치는 재난을 피하고 싶었기 때문이었다. 애들 놀이나 같은 반 친구들과의 소풍, 직장에서 돌아온 어른들, 그런 데는 끼고 싶지도 않았다. 필요한 건 오로지 최소한의 공간. 열한 살, 열두 살, 열세 살짜리 여자아이의 두 발이 들어갈 만한 딱 그 정도의 공간에서 먹지도 자지도 않고 누구와 이야기도 나누지 않고, 현실 속으로 가라앉지 않고 그 현실을 직시하면서 그렇게 일생이 흘러가기를 바랬다. 하지만 그런 소망을 깨트린 건 알리시아의 엄마였다. 일하기 싫어하는 엄마의 그 부드러운 손, 본래의 자기 것보다 더 많은 걸 원하고, 자기 태생, 치코 삼촌과 솔레닷 이모와 함께 쓰던 그 방을 숨기고 싶었던 엄마의 욕망이었다. 아무것도 가진 게 없다가 어느 날 갑자기 전부는 아니라도 거의 모든 걸 손에 넣었던 엄마의 엘 코르테 잉글레스 백화점 쇼핑백, 마드리드와 바르셀로나 여행에서 사 온 화장품이었다. 그건 마치 트레킹 떠나는 날 처음 신은 구두, 눈이 멀어버릴 정도로 예쁜데 한걸음 걸을 때마다 통증을 느끼게 하는 그런 구두 같았다. 십대의 가장자리에 놓였던 거실의 바로 그 자리, 바로 거기에 머물고 싶었다. 악몽 없는 밤이 기다리던 시절, 꿈에서 키스하던 잘생긴 남자애들, 꿈에 나오는 넓은 집, 바로 그곳에 알리시아는 머물고 싶었다.

기쁨
1988년 마드리드

그는 언제나 통로 쪽 자리를 선택한다. 버스나 기차, 비행기를 타면 마리아가 창문가에 자리 잡기를 가만히 기다렸다가 털썩 그 옆자리에 앉는다. 뭐가 되었든 차량이 본인 통제하에 있지 않으면 불안해한다. 동네 안에서 몇 블록 이동할 때라도 본인이 운전하지 않을 때는 대화를 거부한다. 조금이라도 예상치 않았던 소리가 들리면 사고나 부주의에 대한 경고음으로 받아들인다. 핸들을 잡은 사람이 잠들어 코 고는 소리는 아닌지, 화물 트레일러가 끼이이익 운전석과 분리되는 소리는 아닌지 의심한다. 마리아가 날씨 얘기를 하거나 샌드위치 좀 먹을래? 우리 늦겠는 걸, 하고 말하면 그는 손가락으로 조용히 하라는 시늉을 한다. 심지어는 그의 쉿! 소리에 도리어 사고 예고음을 못들을 지경이다. 그래서 마리아는 마드리드를 벗어나 여행을 할 때면 언제나 핸드백에 읽을 책이나 퍼즐을 가져온다. 시간이 흐르면서 이런 상황에서는 입을 다물어야 한다는 걸 배웠지만 또 다른 상황에서는 목소리를 높이는 데도 익숙해졌다. 페드로의 친구들은 페드로가 마리아에게 꽉 잡혀 산다고 놀린다. 페드로가 매일 아침 커피 마시기 전에 손가락 지압 마사지라도 하지 않는다면 그 말이 우습기라도 할 것이다. 아니, 아니다. 이 지점에서는 메타포를 쓸 필요도 없다. 그냥 일어난 일을 있는 그대로 이야기하는 게 차라리 낫겠다.

오늘 오후 영화관에서 돌아올 때였다. 관객의 날 찬스를 쓰느라고 영화를 보고 종점까지 이십 분을 걸어 집으로 곧장 가는 버스를 탔다. 페드로는 차 안에서 침묵을 지킬 뿐 아니라 다른 사람들의 대화 소리도 불편해한다. 운전자가 부주의한지 신경을 쓰는 데 방해가 되기 때문이다. 신호등 노란불 앞에서 브레이크를 잡으면 주먹을 쥐고 허벅지를 때린다. 누군가 미리 하차 벨 누르는 걸 깜박해서 정류장에 급정거라도 하면 "근데, 이 사람이!"하는 소리에 마리아까지 깜짝 놀란다. 마리아로서는 페드로가 몇 정거장 전에서 내리지 않고 마리아의 집까지 같이 가서 간단히 저녁도 먹고 자고 가겠다고 하기를 바라는 마음도 있다. 마리아는 이대로 편안하다. 처음엔 페드로가 자기 가족을 돌보는 일에 마리아를 개입시키고 싶어 하지 않았기 때문에 따로 살았다. 아버지, 어머니, 동생까지 모두 환자인 상황이었으니까. 그다음엔 실제로 자신과 아무 관련 없는 누군가를 돌본다는 것이 불편하게 느껴졌다. 페드로 엄마의 기저귀를 갈아줄 때 딸아이가 태어난 처음 몇 주 동안 기저귀를 갈아주던 때가 생각날까? 페드로의 동생에게 알약을 먹이는 걸 깜박하게 된다면? 그래서 증상이 심해지면? 그러면 마리아에게 폭력을 행사할까? 페드로가 아버지에게 밥을 먹이거나, 양팔로 어머니를 들어 올리거나 동생의 주먹을 피하는 모습. 보지 않으려고 하는 것은 존재하지 않는다. 페드로는 마치 지루한 일상을 묘사하듯 자연스럽게 그런 이야기를 한다. 아침에 일어나서 여덟 시간 일하고 오믈렛으로 저녁을 먹었어. 동생이 지난 몇 주 동안 알약을 삼키지 않고 입속에 숨겼다가 내가 안 보는 사이에 뱉어버렸나 봐. 칼을 들고 나를 협박했어. 그러는 사이 엄마는 오줌을 싼 것 같다고 투덜거리고 아버지는 침을 줄줄 흘리고 있지. 처음에는 간혹 일요일에 그 집을 방문하곤 했지만 결국에는 둘이서만 만나는 게

소유에 관한 아주 짧은 관심

좋겠다고 말했다. 걸어서 몇 분 거리에 있지만 점점 멀어져 아버지, 엄마, 동생은 사진으로나 알아볼 수 있게 되었다. 그들이 실제로 존재한다는 걸 알고 있다. 하지만 페드로의 이야기 속에 나오는 그 인물들, 병든 아버지, 병든 어머니, 병든 동생이 마리아에게는 픽션 속의 인물들, 영화 속 등장인물로만 보였다.

    치코와 나누는 대화 속에서 카르멘은 살금살금 발꿈치를 들고 지나쳐간다. 어떤 구체적 형태로 모습을 드러내는 일은 없다. 페드로 역시 절대 카르멘에 대해 언급하지 않는다. 심지어 다른 사람들의 대화 속에 그 이름이 나오거나 거리에서 누군가 그 이름을 부르는 것조차 불편해한다. 카르멘의 결혼식 이후 치코는 일 년에 한두 번 카르멘이 집에 왔을 때 억지로라도 통화하게 했었다. 카르멘이 오는 시간에 맞춰 마리아가 전화를 걸도록 치코가 미리 귀띔을 해주는 식이었다. 카르멘은 여전히 그 남자와 산다는 이야기, 딸들 이름이나 임신 사실을 말하기도 했다. 남편이 성공했고 그래서 자기도 성공한 이야기, 그렇게 보통 이삼 분 정도 통화했었다. 그러면서 카르멘의 목소리는 갈수록 침울해지다가 모르는 사람처럼 되더니 어느 날부턴가 그마저도 하지 않게 되었다. 간혹 치코는 대화 중에 세세한 이야기를 끼워 넣기도 했었다. 카르멘이 일을 하지 않고 너무 남편에게만 의존해서 걱정이라는 이야기, 에바의 성격이 여러 면에서 자기를 닮았다고들 한다는 이야기, 그런데 알리시아, 그러니까 큰 애와는 좀 어려운 점이 있다고, 아니 정확히 말해 호기심이 생긴다고 말했었다. 어떤 어른으로 자랄까 하는 호기심. 조숙한 편은 아니야, 절대. 가끔은 몇 달씩 뒷걸음질 치는 것 같은 기분이 들 때가 있어. 아무것도 몰라서 주저주저하는 어린아이랑 이야기하는 기분. 그런데 그게 앞으로 치고 나갈 추진력을 얻으려고 그러는 거라는 느낌 말이야. 왜냐면 그 다음에는 곧바로 나랑 똑같은 수준에서 말을 하거든. 이제 겨우 열세 살인데 서른이나 마흔 이상 먹은 것처럼 생각하고 행동해. 그러다가 다시 제 또래 애들 수준의 단어를 일부러 골라 쓰는 거야. 적당히 주의를 끌려는 거지. 걘 외로워도 상관없는 것 같아. 다가오는 사람은 밀어내버려. 자기 동생은 경멸하고. 왜 그렇게 행동을 하는지 이해할 수가 없어. 제 아빠는 돈 벌려고 온종일 일하고, 원하는 건 뭐든 다 가지고 있는데 말이야. 그래서 도대체 저런 행동이 어디서 나오는 건지, 도대체 그 끝이 어딜지 궁금해.

─우리가 만난 지 얼마나 됐지, 마리아?

마리아는 이상한 기분이 들었지만, 곧 페드로가 뭔가 원하는 게 있다는 걸 알아챈다. 그 질문의 답은 페드로가 더 잘 알고 있다. 페드로는 매년 기념일을 챙기고, 절대 생일을 잊는 법이 없다. 어떤 해변으로 언제 여행을 다녀왔는지 날짜를 줄줄 읊는다. 이십몇 년쯤, 페드로가 차에 타서 말을 한다는 것에 놀라며 마리아가 혼잣말처럼 대답한다.

─오래됐어, 그렇지?

─이십사 년.

페드로가 침묵하는 사이 마리아는 상상한다. 그가 묻고 마리아가 계산하는 사이, 그가 대답을 강요하느라 그의 입에서 나온 소음, 또 마리아의 입에서 나온 소음으로 운전기사의 집중이 흐트러지고 페드로가 믿었던 미신이 현실이 된다. 누군가 도로 양쪽을 확인하지 않고 길을 건넌다. 어두운 밤. 운전기사는 그 사람을 보지 못한다. 그 사람의 몸이 버스 앞 유리창에 세차게 부딪힌다. 검은 피가 하수구로 흘러내린다. 어쩌면 누군가 집에 돌아가느라, 아니면 집에서 도망치느라 너무 급히 길을 건넌다. 가로등이 없는 구간이다. 뒤늦게 행인을 알아본 운전기사가 급브레이크를 밟는다. 무엇이라도 꽉 붙잡을 힘이 없던 여자, 버스 안에 있던 한 여자가 버스 바닥에 세차게 부딪힌다. 붉은 피가 통로를 물들인다. 페드로의 침묵은 언제나 이런 의미이다. *이봐, 당신 차례야, 무슨 말이라도 해봐.* 그 침묵의 시간을 마리아는 상상으로 채운다. 페드로는 집에서 여러 번 연습했던 연설을 다시 시작한다.

-우리 벌써 오래됐지. 우리가 사춘기 애들도 아니고, 마리아. 이런 상황은 아무런 의미가 없어.

가로등 불빛이 지나가는 자동차들 차체에 반사되고 때로 그 번쩍이는 섬광이 쓰레기통을, 개를 산책시키는 누군가를 비춘다. 밖은 어둠. 그 이상은 없다. 하지만 마리아는 창밖을 내다보는 데 집중한다. 뭔가를 찾고 있지만 그게 무엇인지 알지 못한다. 페드로를 피하려는 것이다. 그리고 페드로가 말하려는 것도 피하고 싶다. 이미 지난 며칠 동안 페드로는 그 이야기를 슬쩍슬쩍 흘려왔다. 일요일에 바에서 점심을 먹으면서, 둘이 함께 주방에서 식사를 준비하고 싶다는 이야기, 그리고 목요일인가 금요일에 빅토르와 그의 부인은 함께 집으로 돌아가는데 페드로와 마리아는 각자의 집으로 돌아갔을 때 또 한 번. 정확히 일 년 전, 그러니까 지난 초여름 페드로의 엄마가 세상을 떠났다. 아버지는 그보다 훨씬 전에 이미 돌아가셨다. 그런데 이번에는 동생이 1월 초 그 많은 약을 이기지 못하고 죽음을 맞이했다. 동생이 죽은 뒤 마리아는 페드로에게 당분간 집에 돌아가지 말라고 했다. 페드로는 트렁크 하나에 팬티와 양말, 셔츠, 갈아입을 바지를 잔뜩 담아 마리아의 집으로 왔다. 그렇게 페드로는 마리아의 집에 자리를 잡았었다. 매일 함께 잠들고 함께 깨어나는 이상한 기분. 얼마 지나지 않아 마리아는 잠들기 전에 대화를 피하기 시작했고 일부러 더 일찍 일어났다. 페드로는 무슨 뜻인지 알아듣고 세탁할 옷을 비닐봉지에 담아 자기 집으로 돌아갔다. 주말에 몇 번인가 함께 살자고 조르면서 이렇게 묻기도 했다. 이제 내가 짐에서 벗어났는데 왜 우리 둘이 함께 살지 않는 거지?

◆

마리아의 생일케이크에는 〈생일 축하해요, 엄마!〉라고 씌어있었다. 걸쭉한 머랭 위 초콜릿 글씨는 케이크를 자를 때 이미 겉이 바싹 말라 있었다. 오래전부터 들어보지 못한 말이라 그런지 그 말이 이상하게 들렸다. 다른 여자라면 그런 상황에서 상처를 받았겠지만 마리아의 이야기를 아는 사람은 아무도 없으니 나쁜 의도라기보다 실수로 받아들였다. 조합의 어린 여자아이들은 자기들을 성심껏 돌보는 마리아를 엄마라고 부르곤 했다. 마리아는 일요일에 끓인 국이 남으면 냉동시키곤 했다. 조합에는 요리할 시간도 없는 아이들이 많았다. 엘비라가 일자리를 잃어 아파트를 나와야 했을 때는 자기 집에서 재웠다. 하지만 사실 마리아는 그 생활이 잘 적응되지 않았다. 그래서 아무리 곤경에 처한 아이라도 소파에서 재워주지는 말아야겠다고 결

소유에 관한 아주 짧은 관심

심했다. 그 지점에 이르러서는 연대의식이 바닥나고 만 것이다. 그런데도 모임이 끝날 무렵 누군가 다가와 친구나 혹은 자기 자신의 문제에 관해 이야기하면 한 번도 거절하지 않는다.

그 모든 세월을 겪고 난 지금, 마리아는 제자리를 찾았다고 느낀다. 페드로와도 동등한 위치다. 그토록 원했지만 그와 함께 나란히 있는 건 아니다. 서로 다른, 그렇지만 비슷한 공간에 있다. 차츰 용기를 내면서 모임에서 손들고 말도 하고 뒤풀이 맥주 한잔할 때 여자들과 구석에 몰려 앉는 것도 피할 수 있었다. 시청에 새로운 공원 건설을 요청할 때, 이웃 공동체 자금을 어디에 쓸지 결정할 때 마리아도 의견을 내고 싶었다. 페드로를 포함한 모두가 마리아를 이상하게 쳐다봤다. 저 여잔 어디서 튀어나온 거지? 하는 얼굴들이었다. 나는 너희 동료야, 마리아는 그렇게 말하고 싶었다. *나도 너희 남자들처럼 똑같이 생각하고, 너희들처럼 말하고 싶고, 너희들 말에 고개를 끄덕이는 것 이상으로 뭔가에 도움이 되는 사람이라고.* 아니, 그건 사실과 다르다. 마리아도 알고 있다. 마리아가 그들보다 더 깊이 생각한다. 더 많이 읽고, 읽은 것에 관해 더 많이 사색한다. 더 잘 말하고, 더 많은 곳에 도움이 된다. 페드로는 신경 쓰이지 않는다고 했다. 전혀 신경 쓰이지 않는다고 맹세했다. 하지만 마리아가 자기 친구들 앞에서 페드로의 말에 이의를 제기하고 전에는 페드로가 자기 입으로 말하던 것을 이제 마리아가 마리아의 입으로 직접 말하게 되자 조금씩 불편해했다. 어느 일요일 침대에서, 그는 가슴까지 담요를 끌어 올려 몸을 덮고 있고 마리아는 담요 위에 벌거벗은 채 그런 이야기를 나눈 적이 있다. 페드로는 〈내 친구들〉이라고 힘주어 말했다. 자기들과 마리아 사이에 엄연히 차이가 있다는 것을 알아달라는 것이었다. 마리아는 되물었다. 조합 모임에서 여자들은 어디 있었지? 대부분 그저 어울리러 바에 왔었어. 다른 여자들은 얼굴도 비추지 않았고. 하지만 나는 그 여자들과 달라, 페드로. 알았어, 마리아, 당신이 그렇게 말하면 그런 거겠지. 그는 눈을 감더니 낮잠을 자는 척하면서 대화를 끝내버렸다.

처음 라우라와 마리아가 여자들을 조직할 때 매일 오후 서너 시간 조합의 장소를 사용할 수 있도록 허락을 받아내고 여자들이 충분히 모이자 조직에 시동을 걸게 되면서 마리아는 일상을 새로 조정하는 데 애를 먹었다. 먼저 회사가 요구하는 시간외근무를 거절했다. 물론 나중에는 다른 여자들이 교대근무에 합류하면서 간혹 시간외근무를 할 수 있게 되기는 했지만 당시에는 한 달 생활비 예산을 완전히 다시 짜야 했다. 앉지도 못하고 선 채로 대충 점심을 때우고 서둘러 조합으로 달려가 라우라와 교대했다. 요즘 마리아는 너무 일찍 일어난다. 눈을 뜨고 기지개를 켠 다음 욕실까지 몸을 질질 끌고 가는 게 점점 힘이 든다. 집에서 대학 건물까지 가는 길은 멀다. 많은 지하철역을 지나야 하고 열차는 낡아 천천히 움직이는 데다가 끊임없이 고장 나는 탓에 매번 차량 교체를 기다려야 한다. 인력 하청 회사는 몇 달 전 마리아를 컴퓨터공학부로 배치했다. 사무실 청소에서 강의실 청소로 바뀐 것이다. 사실 지금이 더 재미있다. 학생들이 바닥에 버린 휴지며 담배꽁초도 주워야 하지만 보고 듣는 풍경에 새로움이 있다. 물론 완전히 즐겁기만 한 것은 아니다. 하지만 생각보다 훨씬 덜 힘들다. 마리아는 학생들 얼굴은 보지 않는다. 그 나이대에는 여자아이들이나 남자아이들이 모두 똑같아 보인다. 하지만 대화에는 귀를 기울인다. 뉴스에 대한 코멘트, 열정적으로 나누는 영화 이야기. 그 영화의 대부분은 마리아도 본 것이다. 애들은 상상도 못 할 것이다. 그런 모든 게 재미있다. 적어도 지금은 그렇다.

마리아는 얼마 전 마흔여덟이 되었다. 마흔여덟, 삶보다 죽음이 더 가까운 나이. 라우라에게 그렇게 말했더니 어울리지 않는 슬픈 목소리로 웃는다. 마리아의 생일케이크에 <생일 축하해요, 엄마!>라고 쓰인 것을 보고 라우라는 인상을 찌푸리며 자기가 아니라 다른 아이들이 한 거라고 말하려는 듯 눈으로 마리아를 찾았다. 라우라는 오후에 일하고 오전에는 조합 여자들의 법적 문제를 해결하는 일을 한다. 이혼하고 싶어도 돈이 없는 여자를 상담해주고, 몇 년째 일하면서도 사회보험에 가입하지 못한 젊은 여자아이의 주거 문제를 도와준다. 대학을 졸업하면서 동네를 떠났지만 사오 년 전 경제위기 때 엄마 집으로 돌아왔다. 자기 이야기를 하거나 조합에서 다루는 다른 사건 이야기를 할 때면 언제나 똑같은 말을 반복한다. 돈 문제예요, 언제나 돈 때문이에요. 우리가 돈이 있다면, 남아돌지는 않더라도 돈이 있다면 인생이 훨씬 간단할 거예요. 더 행복할까? 가끔 마리아가 묻는다. 가게에 들어가 네가 원하는 걸 살 수 있으면, 계산해보지 않고 고심하지도 않고 네가 사기로 한 걸 살 수 있다면, 그러면 더 행복할까? 마리아, 라우라가 웃으며 말한다. 그 정도 행복이면 충분한 거 아닌가요?

◆

페드로에게 아니라고, 지금은 그런 말을 할 때가 아니라고, 더구나 버스 안에서는 더더욱 아니라고 어떻게 설명할까? 그럼 언제? 라고 그는 대답할 것이다. 그의 말은 거의 위협조로 들린다. 오늘 밤 내 아파트로 와. 마리아는 '내'라는 소유 형용사를 강조한다. 내가 번 돈으로 내가 집세를 내는 집, 그 소유 형용사는 이런 의미이다, 그때 얘기해. 페드로, 난 지금 이 구석에 갇혀있는 것 같애. 페드로가 언성을 높이거나 상처 주는 말을 해도 여기서는 버스를 내릴 수 없다. 이런 동네에서는 내리지 못 한다. 가로등은 깜박거리고, 다음 블록도 마찬가지다. 한 번도 불이 환하게 켜있는 적이 없다. 대문들이 촘촘하게 붙어있는 좁은 길. 마리아는 위험을 무릅쓰고 싶지 않다. 이 거리에 관해서는 소문이 무성하다. 조합의 어떤 여자는 친구 딸아이가 어느 대문으로 강제로 끌려 들어간 얘기를 했었다. 20번지쯤에서 칼을 든 남자가 하이힐 소리를 듣고 불쑥 튀어나왔다는 얘기도 있다. 페드로, 당신은 내가 이렇게 늦은 시간에 여기서 혼자 내리지 못할 거라는 거 알잖아. 그래서 지금 이 이야기를 꺼낸 거야, 마리아, 그렇게 얘기할 것이다. 여기서는 당신이 도망칠 수 없으니까, 내가 할 말을 들을 수밖에 없으니까.

　언제 무슨 말을 할지 페드로는 전부 다 계산해두었다. 단어들, 숫자들, 자기 의견을 정당화할 일화들까지. 마리아, 내가 결혼하자고 하는 거 아니잖아. 그랬다면 웃기겠지. 우리가 처음 만났을 때라면 그런 꿈을 꿀 수도 있었을 거야. 우리가 아무리 모던커플이라고 자부했어도 그건 모두가 바라는 거니까, 안 그래? 하지만 그땐 나도 내 사정이 있었고 당신도 당신 사정이 있었어. 어쩌면 그래서 우리가 만나고 또 서로 어울렸는지도 모르지. 이제는 나이도 있는데 우리 나이에 웨

소유에 관한 아주 짧은 관심

딩드레스에 피로연을 하겠어? 친구 녀석들이 날 위해 총각파티라도 열어주겠어? 결혼하면 세금은 확실히 덜 낸다고 하더군. 하지만 난 좀 실용적이 되자는 것뿐이야. 이십사 년이나 만났는데, 우리가 오늘 밤 같이 잘지 어떨지 모른다는 게 너무 우습지 않아? 이렇게 오래 만나고도 내가 당신 집에서 주말을 보내려면 트렁크를 꾸려야 해? 좋아, 결혼식은 하지 말자, 그건 좋아. 그런데 당신 옷장에 내 바지가 걸려 있는 게 뭐가 나빠? 당신 집에는 내 칫솔 하나도, 마리아, 칫솔 하나도 없어. 내가 점퍼 주머니에 넣어가거나, 집에 돌아올 때까지 참거나 아니면 당신 것을 쓰거나 해야 해.

페드로의 일장 연설에서 마리아는 디테일에 주목한다. 마리아의 옷장 속 그의 바지, 그의 이를 닦는 마리아의 칫솔. 그를 무엇으로 규정할 수 있을까, 애인? 짝? 동료? 〈애인〉은 너무 어린아이 같다. 처음 만났을 때부터 그건 아니었다. 〈짝〉은 좀 더 가까운 사이, 그는 강요하지만 마리아는 내켜하지 않는 동거의 기분이 난다. 마리아는 〈동료〉라는 말을 쓴다. 그렇게 말할 때면 누군가는 이렇게 대꾸한다. 무슨 동료? 직장동료? 학교 동료? 그리고는 웃음을 터뜨린다. 인생 동료, 이념의 동료, 라고 마리아는 말한다. 마리아는 언제나 가능하면 감정적인 면은 배제하려고 한다. 하얀 웨딩드레스라니, 카르멘처럼 빌려 입는다 해도 주름진 얼굴, 백발의 마리아에게 웨딩드레스라니. 밝은 오렌지나 벽돌색 같은 상상도 못 할 색으로 머리를 염색한다 해도 마찬가지다. 그 나이에 레이스 달린 옷을 입고 겉껍질이 바싹 마른 새하얀 머랭 케이크 꼴이 되어야 하다니. 친구들의 총각파티는 어느 술집에서 뭘 어떻게 할 것인가. 잠시라도 페드로의 거친 손이 젊은 여자아이의 보드라운 피부를 훑을까. 여기까지 생각했을 때 마리아는 화가 나기 보다는 오히려 힘이 북돋는 것을 느낀다.

페드로는 계속 고집을 부린다. 마리아, 돈 문제도 생각해봐. 그래, 돈 문제도 중요하다. 중요한 일이다. 오늘따라 시내에서 돌아오는 길이 버스를 타고 강 이편에서 저편으로 다시 저편에서 이편으로 건너오는 것만큼 길다. 마리아는 간판이나 쇼윈도를 내다보면서 페드로의 아파트까지, 그리고 자기 아파트까지 시간이 앞으로 얼마나 더 걸릴지 가늠한다. 페드로의 이야기인즉슨 같이 살면 마리아가 집세를 아낄 것이고, 월급을 허투루 쓰지 않게 될 거란다. 자기 아파트가 낡은 것도 알고 시체가 너무 많이 나온 집이라는 것도 안다. 큰 방에서 둘, 아버지와 어머니 둘 다 주무시다 돌아가셨고, 동생은 텔레비전 앞 소파에서 죽었다. 페드로가 일에서 돌아왔을 때 동생의 몸은 아직 따뜻했고 채널 3 프로그램에서는 관객의 박수 소리가 요란했다. 하지만 아파트는 리모델링을 하면 된다. 그리고 그사이 페드로는 마리아의 집에 가 있으면 된다. 그게 페드로 생각이다. 페드로는 마리아를 잘 안다. 함께 사는 것만이 돈을 절약하는 유일한 방법이라는 걸 설득시킬 수 있다면 마리아가 자신의 제안을 받아들일 것을 알고 있다. 마리아, 당신 손을 좀 봐, 페드로는 이런 말을 하고 싶은 것이다. 당신 손등 피부 갈라진 걸 좀 봐, 내가 본 당신 손은 늘 그랬어. 게다가 세월이 가면서 이 집 식구들, 또 다른 집, 이 회사 직원들 또 저 학교 젊은 애들 똥물에 손을 담갔지. 마리아, 당신 등을 좀 만져봐, 페드로는 이렇게 말하고 싶은 것이다. 대걸레 짜느라고, 빠지지 않는 바닥 얼룩 비벼대느라 쪼그리고 앉아서 굽은 등을 좀 만져봐. 지금까지는 참

소유에 관한 아주 짧은 관심

을 수 있었지만 앞으로는 점점 더 통증이 심해질 것이다. 회사에서는 오래된 사람들을 해고하고 있다. 페루 여자들이 돈은 덜 받으면서 더 긴 시간 일하기 때문이다. 해고보상금을 주더라도 그 이후의 월급 차액에서 충분히 메꿀 수 있는 것이다. 당신이 병가를 내면 당신보다 더 싸게 받는 청소부가 당신 자리를 차지하지 않는다는 보장 있어? 당신보다 더 돈이 필요한 사람은 언제나 있다고.

그래, 페드로, 당신 아파트, 아니 당신 부모 아파트를 고친다고 쳐. 욕조를 샤워부스로 바꾸고, 가스레인지도 뜯어내고, 그리고 같이 산다고 쳐. 그러면 어떻게 되는데? 내 자리는 어디지? 집 전체가 당신 거야, 마리아, 침실, 작은 방, 주방, 전부. 아니, 난 우리 사이에서 내 위치를 말하는 거야. 내가 어디를 가고, 누구랑 나가는지, 왜 어떤 날은 집에 늦게 들어오는지 당신한테 설명해야 하겠지? 콘치타랑 라우라랑 저녁을 먹고 수다를 떨다가 너무 늦어져서 거기서 자게 된다면 당신한테 일일이 설명하라고 할 거야? 당신이 다음날 화내지 않도록 미리 전화를 걸어야 하나? 그래, 결혼해서 아이 낳고 밥하고 청소하고, 집안에서 일하지 않는 동안에는 밖에서 일하고, 내가 그렇게 태어난 건 맞아. 그런데 난 그렇게 살지 않았거든. 그리고 그 생활을 지키고 싶고.

물론 이런 말을 입 밖에 내지는 않았다. 마리아 혼자 이런 생각을 하는 동안 페드로는 두서없이 장광설을 늘어놓으면서 이런저런 논리를 펼친다. 하나로 합해진 전화 요금 고지서, 수도세, 전기세도 마찬가지, 직장까지 가는 지하철 노선도 짧아지고, 둘이 함께 먹으면 식비도 줄어들고. 마리아, 지금까지는 일요일에 당신 혼자 먹으려고 밥을

했다면 이제는 당신이랑 나, 둘을 위해 하는 것뿐이야. 한 마디 더할 때마다 페드로는 점점 작아진다. 머리카락이 빠지고 다크서클도 짙어진다. 모임에서 조용히 있어 달라고, 뒤풀이 술집에서 다른 여자들이랑 구석에 앉아있으라고, 자기가 말하게 해달라고, 사람들 앞에서는 자기가 말하게 해달라고 청할 때처럼 말이다. 마리아는 한쪽으로 물러나 라우라와 여자들만의 조합을 조직했고 술집에서 그들이 보이면 지나쳐갔다. 페드로는 친구들이 자기를 좀 다르게 봐주기를 바란다. 마리아도 알고 있다. 자기 여자가 자기를 무시하고, 자기의 적이 되어 자기와 같이 사는 걸 거부했다는 사실을 알리고 싶어하지 않는다. 상황을 주도하고 여자를 지배할 수 있는 남자로 보이고 싶은 것이다. 마리아도 알고 있다. 그건 돈 문제가 아니다. 마리아는 혼자 결론짓는다. 그건 권력 문제다. 자기 친구들 앞에서, 한때 마리아가 마리아의 친구들이라고 혼동했던 그 친구들 앞에서 자기가 마리아 위에 군림할 수 있는 권력을 가지고 있다는 걸 보여주고 싶은 것이다. 페드로는 주장한다. 비용이 덜 들고, 아낄 수 있고, *이건 전부 다 당신을 위한 거야, 당신 잘되라고 그러는 거야.* 자기 삶은, 그러니까 페드로의 삶은 지금 그대로 더 나아질 것도 없지만, 마리아가 자기 집에 있으나 없으나 자기는 계속 행복할 테지만 마리아의 삶은 훨씬 더 나아질 거고, 비용도 적게 들고, 당신 손, 당신 등, 당신은 마흔여덟 살이야, 마리아. 그리고, 페드로 당신은 쉰넷이고, 이도 여러 개 빠지고, M자 탈모를 가리느라 머리를 길렀지. 이런 말은 하지 않는다. 왜냐하면 둘이 서로 다른 것에 관해 이야기하고 있기 때문이다. 그는 마리아의 건강에 관해 이야기한 거지만 마리아는 그의 자존심을 건드리는 게

된다. 그에게 상처 주고 싶지는 않다. 페드로는 상처받아도 좋은 사람은 아니다. 그렇다고 승리감에 도취하게 해서도 안 된다.

　-페드로, 이건 중요한 결정이야. 차분히 좀 더 생각해보고 싶어. 여기, 버스 안에서 대답을 할 수는 없어.

　페드로의 제안을 받아들인다면 마리아에게는 뭐가 남을까? 지금 월세를 내고 사는 집, 삼촌 집에서 나온 후 두 번째 집을 마리아는 〈내 집〉이라고 부른다. 이런 점에서 소유 형용사는 거짓말을 하고 있다. 어쨌거나 페드로의 제안을 받아들인다면 착한 임대료, 문제가 생기면 즉각 해결해주는 좋은 임대인을 잃게 될 것이다. 한 번도 집을 살 생각은 해본 적이 없다. 혼자 벌어서는 계약금을 낼 만한 돈도 저축하기 힘들 것이고, 자기 같은 상황에 있는 사람에게 주택담보대출을 해주는 은행도 없을 테니까. 그래서 자기 말에 함정이 있다는 걸 알면서도 이 집을 〈내 집〉, 〈내 아파트〉라고 부른다. 실제로는 고향으로 내려간 한 노파, 마리아가 복권에 당첨되거나 좋은 남자를 만나 그 아파트를 떠나게 되기를, 그래서 새 세입자를 들여 집세를 올려 받을 수 있기만을 기도하는 한 노파의 집 여러 채 중 하나일 뿐인데도 말이다. 페드로와 같이 살기로 한다면 가구를 모두 혹은 일부 처분하게 될 것이다. 각자 가지고 있는 책을 합치게 된다면 페드로의 책으로부터 자기 책을 지킬 수 있을까? 마리아는 밑줄도 치고 귀퉁이를 접어놓기도 하고 버스표나 영화관, 연극 표를 페이지 사이사이에 끼워 놓은 그 책들을 지키고 싶다. 몇 년 후 다시 그 책들을 들여다보면 책 스스로 그 책을 읽었던 시절을 이야기해줄 것이다. 페드로에게 작은 방을 달라고 하면? 치코는 운이 좋아야 겨우 일 년에 한 번 정도 찾아오니까 치코를 위해 침대를 비워둘 일은 없다. 편안한 안락의자를 하나 놓고 소파나 침대가 아니라 거기에서 책을 읽을 수도 있을 것이다. 다른 여자의 것인 마리아의 집, 다른 여자에게 속하는 마리아의 아파트를 잃게 되면 마리아에게는 뭐가 남을까? 혹시 잘못되어서 오래 유지해온 평화로운 관계가 정상적인 관계가 되는 동시에 공중 분해되어 버린다면? 정상적인 관계가 되다,라는 말에 마리아 스스로도 놀란다. 오래 사귀면서도 따로 살고, 그런 생활에 달리 변화를 줄 계획도 없다고 말했을 때 사람들은 이런저런 말들을 했었다. 그래도 마리아는 자신이 정상이 아니라고 생각한 적은 없었다. 그가 변기 물을 내리지 않는다거나 젤 뚜껑을 열어두는 게 성가시게 느껴진다면? 영화에서 자주 나오는 얘기다. 그러면 다시 시작하게 될까? 다른 아파트를 구하고, 가구를 또 사고, 지하철까지 가는 길을 새로 익히고? 익숙한 정육점, 과일가게를 찾아 전에 살던 동네까지 찾아가고? 정말로 이제 와서 그런 걸 다 바꿔야 하나? 문제는 돈이다. 마리아는 생각한다. 문제는 권력이다. 머릿속에서 이런 생각들이 덜컹거리는 동안 버스 안에서는 페드로가 여전히 함께 사는 일, 아끼게 될 돈, 늙어 지친 마리아의 몸에 대해 열심히 떠들고 있다. 그리고 버스 밖, 마리아가 시선을 고정하고 있는 거리에는 다른 일이 벌어진다. 버스가 목적지에 가까이 갈수록 거리는 넓어져 대로가 되고 더 밝아진다. 몇 미터 안 되는 도로에 가로등이 여러 개다. 심지어 몇몇 술집들은 여름용 테라스를 설치해두었다. 뭘 좀 마셔야겠다. 마리아는 자기 생각에 제동을 건다. 페드로가 지금 이런 광경을 연출하지만 않았어도 바로 거기에서 내려 올리브 한 접시 앞에 놓고 맥주 한잔하자고 했을 것이다. 그리고 손을 잡고 집으로 돌아갔을 것이다. 그런데 이들의 이야기를 다르게 이해하는 사람들도 있다. 버스에 함께 타고 있던 사람들은 페드로와 마리아 사이의 대화를 듣고 저 사람들이 누굴까 궁금해하며 버스에서 내린다. 그들 나름대로 이야기를 상상해내면서 즐거워한다. 상상 속 이야기는 대화의 어느 부분을 들었느냐에 따라 달라진다. 만사나레스 강을 건너기 전, 헤네랄 리카르도스에 들어선 후 버스에 탔다면, 예를 들어 둘의 이야기에 귀를 기울이려고 디스크맨을 끈 그 청년 같으면 페드로가 이혼했고 그의 내연녀가 정식으로 사귀기를 거절했다고 말할 것이다. 짜증을 부리는 아이에 신경을 쓰느라 페드로의 혼잣말을 잘 듣지 못한 저 아이 엄마는 마리아가 왜 월세를 아끼는 걸 마다하는지 이해하지 못할 것이다. 돈과 권력, 이 두 가지가 마리아의 머릿속에서 서로 충돌한다. 처음엔 페드로가 사랑과 애정, 함께 하는 시간에 관해 이야기한다고 생각했었다. 전에는 다른 가족을 위해 쏟았던 돌봄의 노력을 이제 마리아에게 쏟겠다는 말로 알아들었었다. 그런데 마리아가 그의 가족이었던가? 마리아의 가족은 누구였나?

즉시 두 이름이 떠오른다. 물론 치코와 페드로이다. 오빠들과는 거의 접촉이 없고 생일이나 성탄절에 전화를 주고받는 게 전부이다. 솔레닷과는 카르멘과 그렇게 되면서 뭔가 서먹해졌다. 솔레닷은 마리아가 겪은 것과 똑같은 일이 카르멘에게도 일어나는 걸 막지 못한 것에 대해 죄책감을 느끼는 듯했다. 마치 카르멘을 키우는 게 자기 책임이었고, 그 책임을 다하지 못했다는 듯이. 전화도 걸고 이야기도 나누고 가끔 마리아를 찾아오기도 하지만 솔레닷은 언제나 사죄하듯

이 말한다. 또 다른 둘은 라우라와 콘치타이다. 그리고 조합의 마리아 또래 여자들, 카르멘에 대해 알고 있는 마리벨과 메르세데스도 그렇다. 마리아를 엄마라고 부르며 영화나 책을 권하는 마리아의 말에 귀를 기울이는 젊은 여자아이들도 몇 있다. 그 중 엘리사는 조합에 들어온 지 몇 주 되지 않았을 무렵 몹시 부끄러워하며 마리아가 자기를 속이고 있다고 생각했노라 고백했었다. 청소부가 그런 말들을 다 이해할 수 있으리라고는 상상도 못 했었기 때문이란다. 이들은 생각지도 않았던 때, 생각지도 못한 곳에서 나타나 마리아가 아플 때, 혹은 다른 사람의 의견이 필요할 때 의지하는 울타리가 되어 주었다.

  문제는 가족도 사랑도 아니다. 돈이 문제이다. 페드로는 아주 많이는 아니어도 마리아보다 많이 번다. 그래도 술집에서 맥주를 한 잔 더 시킬 때 머뭇거리기는 둘 다 마찬가지이다. 페드로 역시 혼자 힘으로는 지금 사는 아파트를 살 수 없었을 것이다. 당시에는 아무도 권하지 않는 동네에 그래서 집값이 아주 쌌던 시절에 그것도 부모가 맞벌이를 한 덕분에 그 동네에 자리를 잡았고 페드로가 그걸 물려받은 것이다. 집을 산 부모도 죽고, 페드로의 동생도 죽고 페드로만 살아남았다. 그래서 그가 건물 안쪽으로 안뜰이 있는 그 아파트, 넷이 살기에는 너무 좁고 한두 사람이 살기에는 충분한 그 아파트를 물려받았다. 벼락 행운이랄까. 우연이라고는 해도 마리아에 비해볼 때 확실히 그에게는 장점이 있다. 아니 일종의 특권일지도 모른다. 그러니 마리아가 뭘 가지고 협상을 할 수 있을까? 마리아의 너그러운 마음? 마리아의 몸? 그가 마리아를 돌봐주겠다고 하는 그 방식이 마리아가 원하는 방식이 아니라는 걸 어떻게 페드로에게 설명할 수 있을까?

-원하는 게 뭔데, 페드로?

-그게 무슨 말이야? 내가 뭐라도 바라고 이런다고 생각해? 당신을 위해서 이러는 거야. 이건 전부 다 당신을 위해서라고.

-그건 아닌 거 같아. 누구한테 뭔가 보여주고 싶어? 정말 전부 다 나를 위해 이러는 거 맞아?

-마리아, 당신도 이제 나이를 먹었어. 계속 이렇게 십 대처럼 굴 수는 없어. 지금까지 당신은 당신 행동의 결과는 생각하지 않고 살았지. 당신은 당신 혼자만 구정물에 빠졌다고 생각하겠지만 당신 행동에 다른 사람이 영향을 받을 수 있다는 걸 생각해 봐. 열여섯, 열일곱일 때는 무슨 일을 했건 변명의 여지가 있어. 하지만 평생 그렇게 이 세상에 당신 혼자인 것처럼 살 수는 없는 거야. 지금 당신은 나랑 함께 있어. 우리 벌써 몇십 년째 함께 있다고. 나도 당신 인생에서 지워버릴 건가? 다른 사람들 다 지워버린 것처럼 그렇게? 우리는 당신이 공책에 연필로 끄적거린 메모가 아니야. 줄 하나 죽 그어서 지워버릴 수 없어. 우린 여기 있어, 이렇게. 당신 딸, 당신 손녀들, 당신 형제들, 그리고 나.

-페드로, 내릴 거야. 나 지금 내릴래. 혼자 집에 가는 게 낫겠어.

-여기는 당신 내릴 정류장이 아니야, 마리아. 내가 내릴 곳도 아니고.

마리아는 상체를 일으키면서 페드로가 일어나주기를, 적어도 마리아가 나갈 수 있도록 다리를 움직여 주기를 기다린다. 버스는 달리는데 둘의 실랑이는 계속된다. 마리아가 몸을 뻗어 하차 벨을 누르려고 한다. 다음 정거장에서 내린다고 운전 기사에게 알리려고 한다. 결국, 페드로가 포기하고 마리아가 겨우 나갈 수 있을 만큼, 딱 한 뼘 정도의 공간을 내준다.

-내일 얘기해, 페드로. 그게 낫겠어, 좀 가라앉히고.

페드로는 대답하지 않는다. 마리아는 이 동네가 눈에 익다. 약간 높은 건물들, 지저분한 겉모습. 버스는 다시 가로등 없는 어두운 구간을 지난다. 하지만 몇 미터만 더 가면 대로가 나올 것이다. 그러면 따라오는 사람이 없는지 계속 뒤를 돌아보거나 종종걸음을 치지 않고 집에 돌아갈 수 있을 것이다. 버스가 멈춰 섰을 때 버스와 보도 사이의 거리를 계산하지 않은 바람에 오른쪽 발이 보도블록 모서리 돌에 부딪힌다. 그 자리에 고꾸라진 마리아는 일어서려고 애쓰면서 버스 줄 맨 끝에서 도와주러 달려온 여자를 안심시킨다. 몇 걸음 옮긴 뒤 손으로 턱을 만져보고 피가 흐르는 걸 느낀다. 휴지가 피로 젖는 동안 버스는 다시 출발한다. 마리아는 페드로가 등을 돌리는 모습을 지켜본다.

◆

걔들이 날 닮았니? 마리아는 때로 동생에게 이렇게 물어보고 싶은 충동에 휩싸인다. *걔들 중 나를 닮은 애가 있어?* 거울을 보면서 카르멘의 딸들을 생각한다. 〈내 손녀들〉이란 말은 쓰지 않는다. 이제 더는 자기를 밀어낸 가족의 일원이 아닌데 어떻게 그 말을 쓸 수 있겠나. 그 애들에게 크고 파란 눈, 울퉁불퉁한 턱, 여름이면 거의 금발에 가까워지는 굵은 머리칼, 핏줄이 다 들여다보이는 새하얀 피부를 대입해본다. 에바도 예방주사를 맞을 때 혈관을 찾기 쉽다고 간호사들에게 칭찬을 받을까? 해변에서 휴가를 보낼 때면 알리시아도 피부가

타지 않게 파라솔 아래 피신해있을까? 둘이 햇살 아래서 놀 때면 직사광선에 연한 피부가 상처를 입을까? 둘 중 큰아이는 다른 사람과의 접촉을 피하는데 작은 아이는 모르는 사람의 손을 덥석 잡는다고 치코에게서 들은 적이 있다. 그런 이야기를 들으면 에바가 더 가깝게 느껴지지만 마리아는 알리시아를 만나 치코가 한 말에 대해 더 잘 알아보고 싶기도 하다. 치코가 찾아와 아이들 사진을 보여주겠다고 했을 때나 전화통화 중에 아이들의 첫영성체 혹은 학년 말 댄스파티 사진 같은 걸 보내주겠다고 했을 때도 마리아는 그러지 말라고 했었다. 어떻게 생겼는지 모르는 편이 더 낫다. 그냥 이렇게 거울 앞에서 에바 얼굴에 자기 눈을, 알리시아 머리칼에 자기 머리칼을 덧입히면서 상상해보는 것으로 충분하다. *내가 걔들을 보지 않으면 절대 존재하지 않게 되겠지. 언젠가 둘 중 누구라도 내 쪽 이야기를 들어보고 싶어 한다면 기꺼이 들려주고 싶어. 하지만 귀찮게 하고 싶지는 않아.*

　마리아는 아파트 건물 출입문을 연다. 얼마나 긴장했던지 열쇠를 열쇠 구멍에 제대로 넣지 못한다. 계단참을 오르는데 전화벨 소리가 들린다. 자기 아파트 전화벨 소리다. 아마도 페드로의 사과 전화일 거라고 생각하고 받지 않기로 한다. 현관문 저편에서 들리는 소리가 확실하다. 문을 열고 들어오니 마리아의 전화가 울리고 있다. 한동안 전화를 받지 않는다. 그래도 전화벨은 지칠 때까지 울린다. 잠시 삼십 초 정도 끊겼던 벨 소리가 다시 울리기 시작한다. 마리아는 욕실에서 벨 소리를 들으며 상처를 소독한다. 소독을 마치면 아파트 건물 출입문까지 다시 되짚어 내려가면서 핏방울이 떨어지지 않았는지 살펴볼 것이다. 어쩌면 내일 동네 진료소에 가서 감염되지 않도록 치료를 받아야 할지도 모른다. 누군가 고집스럽게 다시 전화를 걸어온다. 마리아는 큰소리로 불평하면서 수건을 집어 던진다. 천천히 거실로 나와 전화기를 집어 든다. 동생 목소리가 들린다.

 -그래도 전화 받으니 다행이네, 누나, 들어봐, 오후 내내 전화했어. 전화 받아서 그나마 다행이야. 이런 이야기 하지 말아야겠지만 그래도 알려줘야 할 것 같아서. 끔찍한 일이 일어났어.

밤

2018년 마드리드

지하철역이 승객들로 붐빈다. 개표구 회전문을 통과하기가 어렵다. 시내로 가는 열차가 붐비는 것이 아니라 아토차 렌페 역에서 내리는 사람이 너무 많아 열차에 가까이 가기가 어렵다. 알리시아는 속으로 잠깐 대신 근무를 해달라고 부탁한 동료에게 욕을 퍼붓는다. 처음에는 한 시간이라더니 두 시간, 세 시간이 되었다. 아이들을 돌봐주는 친구가 나타나지 않았다는 것이다. 결국 알리시아는 본래보다 늦게 퇴근할 수밖에 없었다. 시위가 있을 거란 이야기는 이미 들었다. 아침에도 모야노 언덕 쪽으로 올라오는 여자들을 보기는 했다. 하지만 자기에게 이런 일이 생길 거라고는 상상하지 못했다. 단지 곧장 집으로 돌아가려는 것뿐이다. 슈퍼에 들려 저녁거리를 좀 사고, 방해받지 않고 쉬고 싶을 뿐이다. 역내 가게에서 일하는 여자들은 모두 출근했다. 한 여자가 계산대로 다가와 〈여자들의 목소리에 귀 기울입시다!〉라고 적힌 전단을 전해줬을 때 그 자리에서 바로 구겨서 휴지통에 던졌었다. 얼굴에 색을 칠하고 보라색 티셔츠에 플래카드를 든 젊은 여자아이들이 지나쳐간다. 그중 몇은 서로 손을 잡았고 남자아이들도 몇 명 함께 있다. 플랫폼에 자리를 잡고 서려다가 반대 방향으로 움직이는 아이들과 부딪친다. 알리시아는 밖으로 나가려는 게 아니라 그란비아 방향 파란색 라인을 타고 다시 카니예하스에서 초록 라인으로 갈아탄 다음 자기 집 소파로 향하려는 것이다. 땅 위에서 일어나는 일에 특별히 호기심을 느끼는 건 아닌데 그 순간 자기도 모르게 뒤돌아서 그 여자아이들과 합류하기로 한다. 지하철역을 나가 아토차역까지 걷는 여자들이다. 뭔가 알 수 없는 그 무엇이 알리시아를 이끈다. 역 앞에는 더 많은 플래카드와 보라색 풍선들, 확성기로 외쳐대는 구호들이 넘실거린다. 한 소녀가 또 다른 소녀의 팔짱을 끼고 앞서가며 말한다. 나 완전히 감격했잖아. 알리시아는 터져 나오는 웃음을 참으려다가 김빠지는 소리를 내고 만다.

 알리시아는 어디로 향하는지 모른 채 앞으로 나아간다. 이성적으로 생각하면 메넨데스 펠라요나 팔로스 델 라 프론테라까지 되돌아가서 초록 라인을 타야 한다. 환승이 싫으면 아카시아스나 푸에르타 데 톨레도까지 가면 된다. 걷는 건 내키지 않지만 힘들지도 않다. 알리시아는 로터리까지 걸었다. 사방에 점점 더 사람이 많아진다. 그런데 사람들이 더 이상 움직이지를 않는다. 시위대 선두가 빠져나오는 데 시간이 걸리기 때문일 수도 있고 생각보다 사람이 더 많이 모여서일 수도 있다. 본래 알리시아는 대여섯 명 이상만 모여도 불편해진다. 그래서 파티가 괴롭고, 친구들끼리 모인 곳에 누군가의 친구가 합류하게 되면 머리가 아프다고 둘러대고 얼른 집으로 돌아온다. 그런데 지금 왼쪽에도 오른쪽에도 사람이다. 온 사방에 주먹을 쥔 사람들이다. 눈앞이 어질어질하면서 쓰러진 그 순간을 알리시아는 기억할까? 몸이 바닥에 부딪히던 순간을 설명하기가 어렵다. 쓰러지는 순간 다른 이의 몸, 이어서 또 다른 이 몸에 부딪혀 충격을 덜 받았다. 이 사람 저 사람에게 부딪히다가 결국 도로 포석에 쾅 몸이 부딪힌 것이다. 의식을 잃지는 않았다. 눈도 감지 않았다. 머리들, 셔츠들, 바지들, 신발들 그리고 마지막에는 더러운 회색 바닥. 곧이어 주변이 텅 비어 버린다. 여러 여자가 손을 내민다. 그중 제일 나이 많은 한 여자가 기다리지 않고 알리시아의 겨드랑이를 잡아 끌어올리려고 한다. 하지만 여의치 않다. 덜떨어진 노인네. 그걸 본 십 대 여자아이가 힘을 보탠다. 그 아이의 얼굴에서 노부인의 모습은 찾을 수 없지만 알리시아는 손녀라고 추측한다. 여럿이 힘을 합쳐 알리시아를 일으킨다. 지금까지는 온통 젊은 여자아이들과만 마주쳤고 개중에는 자기 또래도 있었지만 지금 자기를 둘러싼 여자들은 좀 다르다. 대부분이 오십 대, 육십 대, 그 이상도 있다. 아까 그 노부인은 대략 육십몇 세 정도. 남자처럼 짧게 깎은 머리를 염색했다. 알리시아에게 괜찮냐고 물으며 뜨거운 물병을 건네준다. 그리고 다른 동료들을 기다리고 있는 거냐고 묻는다. 그 옆에 있는 소녀의 보라색 티셔츠에는 〈함께 나누는 여인들… 단결!〉이라는 흰색 글씨가 코믹산스체로 쓰여있다. 알리시아는 아니라고 대답한다. 집으로 가는 중이라고, 직장에서 이제야 퇴근했다고, 호기심에 와본 거라고 말한다.

"호기심 말고 연대의식!" 등 뒤에서 외치는 소리가 들린다. 다정하게 알리시아를 바라보는 노부인의 턱 끝에 작은 사마귀가 있다. 알리시아는 노부인의 말에서 어떤 울림을 포착한다. 자음은 사라져버리고 모음이 강하게 발음되는, 자기가 고치려고 그토록 애쓰던 발음이다. 우리랑 같이 있어요. 부인이 권한다. 그사이 알리시아는 부인의 턱을 유심히 살핀다. 사마귀가 아니라 턱 끝 모양을 보고 있다.

✦

여자 하나가 바닥에 쓰러졌다. 몇 걸음 비틀거리더니 등을 보이고 서서 자기 그룹과 이야기하던 한 소녀의 팔을 붙들었다가 다시 플래카드를 들고 있던 남자아이의 어깨를 잡았지만 다리 힘이 풀리면서 여러 사람 위로 쓰러져버렸다. 여자들은 놀라 본능적으로 흩어졌고 그 여자가 시멘트 바닥에 몸을 부딪치며 쓰러지자 더 멀리 뒷걸음질 쳤다. 마리아는 먼저 달려나가 여자를 도와 일으키려 했다. 하지만 여자는 무게가 상당해서 혼자서는 할 수 없었다. 결국 마리아와 다른 젊은 여자 하나가 나서서 겨우 여자를 일으켰다. 의식도 있었고 또 스스로도 일어서려고 했기 때문에 가능한 일이었다. *괜찮아요? 물 좀 마셔요. 동료들 기다리는 건가요?* 마리아는 연속해서 질문했다. 어쩌면 자기들처럼 도시의 남쪽에서부터 무리 지어 벌써 몇 시간째 걸어온 걸지도 몰랐다. 그러면서 다른 지역의 여자들과 합류하고 그러다가 뒤처졌는데 휴대전화 배터리가 닳아버린 바람에 무리를 잃어버린 걸지도 몰랐다.

조합에서는 그 아이디어를 몹시 반겼다. 곧장 역 앞에서 모이는 것이 아니라 각자가 사는, 혹은 각자가 일하는 동네에서 출발해서 도중에 다른 지역 조합원 여성들과 합류하면서 함께 목적지까지 걸어오기로 한 것이다. 라우라의 설명은 이랬다. 여기 바로 이 광장에서 출발할 거예요. 여기서부터 전단도 나눠주고 동참하려는 여자들에게나, 또 모른 척하는 여자들에게, 그리고 우리 얘길 듣고 싶어하는 남자들에게 우리가 요구하는 게 뭔지 설명해주면서 걷는 거예요.

자율권 워크숍 홍보도 할 수 있어요. 젊은 그룹에서 몇몇이 제안했었다. 마리아는 그런 용어 하나 때문에 어려운 표현에 익숙하지 않은 여자들이 흥미를 잃을 수도 있다고 생각한다. 마리아는 종종 조합의 메시지가 동네의 평범한 여자들, 이제 돌봐야 할 사람은 없지만 돌봄을 받아야 할 나이가 된 늙은 여자들, 이민 여성들, 집시 여자들, 소셜 미디어에 공유하는 조합 사진에는 잘 나타나지 않는 그런 여자들에게까지 가닿지 않는 느낌이다. 결국 이것도 권력의 문제, 돈의 문제이다. 마리아는 그렇게 생각한다. 하지만 누군가는 그걸 얻어내야 하고, 누군가는 먼저 자신들을 위해 그걸 확보해야 한다. 그래야 나중에 모두가 나눌 수 있다.

여자는 아니라고, 집에 돌아가려면 지하철을 타야만 한다고 대답한다. 말할 때 여자는 음절 하나하나를 정확히 발음하고 복수 어미 하나라도 빼먹지 않으려고 애쓴다. 자신의 악센트를 부끄러워하는 것이다. 여자가 대답하자마자 질책과 비난의 말이 쏟아진다. 하지만 그때 이미 마리아는 여자의 목소리가 들리지 않는다. 여자의 얼굴, 몹시 창백한 얼굴에 시선이 머문다. 하지만 그건 어지럼증 때문일 수도 있다. 까맣고 작은 눈, 펑퍼짐하게 늘어진 살집, 아래턱 끝에 빽빽한 여드름 자국과 한두 올 삐져나온 털. 더 이상 자신을 돌보기를 포기한 여자의 모습이다. 잠깐, 마리아는 생각한다. 저 턱 끝. 저 두 눈은 내 기억 속 그 눈이 맞을까? 그 남자의 눈, 그 아이의 눈, 그 눈이 맞나? 내가 그 두 눈을 만나지 않았더라면 내 인생은 어떻게 달라졌을까. 다시 물병을 돌려주는 저 여자는 소녀가 아니다. 서른 대여섯은 되어 보인다. 여자는 가보겠다면서 도움에 감사한다고 말한다. 여자 목소리에 서두르는 기색이 역력하다. 긴장한 것이다. 마리아는 마지막으로 다시 한번 권한다. 함께 시위에 참여하게 하려는 것이 아니라 뭔가 정보를 좀 더 얻어내려는 것이다. 정확한 나이나, 이름, 그토록 숨기려는 출신지 같은 것 말이다. 내 이름은 마리아예요, 당신은? 이런 식으로 적어도 이름 정도는 알아낼 수 있을 것이다. 어쩌면 알리시아, 아니면 에바일지도 모른다. 나이로 봐서는 알리시아일 것이다. 똑똑하고 무뚝뚝하다고 치코가 말하던 아이. 아버지의 죽음에 대해 제일 힘들어했다는 아이. 하지만 마리아는 여자의 오른손 약지에서 반지를 발견한다. 그렇다면 치코가 말해줬을 것이다. 마리아가 오랜 세월 그 아이들에 관해 뭐라도 알게 되는 걸 거부해왔지만 적어도 그 사실은 말해주었을 것이다. 마리아가 아는 한 카르멘의 딸 중 누구도 아직 결혼하지 않았다. 여자가 발걸음을 멈추고 다시 마리아 쪽으로 고개를 돌린다. 하지만 대답은 하지 않는다. 마리아는 미소를 지으며 작별인사를 건네고 행운을 빌어준다. 그건 어떤 면에서 마리아 자신의 행운일 수도 있다. 마리아는 안도의 한숨을 내쉰다. 아니, 알리시아가 아니야, 에바도 아니야, 잠깐 정신이 나갔었어, 그뿐이야.

♦

정말? 알리시아는 노부인의 턱이 자기 턱 모양과 닮았다고 생각한다. 언제나 자기 턱 모양에 불만이 많았었다. 하지만 곧 스스로에게 경고를 보낸다. 복잡하게 생각하지마. 요 몇 년 사이 나처럼 턱 모양이 엉망인 사람을 얼마나 많이 봤는데 그래? 그런 울퉁불퉁한 턱을 여러 번 보았지만 몸이 못된 장난을 쳤다고 생각했을 뿐이었다. 산타 마리아 델 라 카베사 쪽으로 정처 없이 걷는다. 이러다가는 도시 반대편 끝쪽 강어귀에 다다를 것이다. 알리시아는 아직 십 대인 아빠가 역시 십 대인 엄마에게 미워하는 여자의 이름을 딸에게 붙이는 건 좋은 생각은 아닌 것 같다고 설득하는 장면을 상상해본다. 엄마가 자기 뜻대로 이름을 붙였다면 알리시아는 지금 마리아라는 이름을 가지고 있을 것이다. 그렇다면 알리시아가 가끔 상상해보곤 하는 아기의 이름은 꼬마 카르멘, 자기 인생을 산산조각내버린 바로 그 여자 이름으로 불러야 할 것이다. 탐욕스러운 괴물. 그 괴물이 입던 옷, 먹던 음식은 모두 알리시아의 아빠가 땀 흘려 번 돈으로 산 것이다. 매일 밤 알리시아의 꿈속에서 옷을 흥건히 적시는 피. 그 피를 흘려 번 돈이다. 알리시아의 삶은 더 나은 것일 수도 있었다. 좋은 동네에서 사립학교에 다니고 명문대에 입학하고 가족의 사업체에 안정된 직장을 가지게 되었을 것이다. 그런데 지금 어떻게 되었나. 이런 생각을 하면서 통로 벤치에 앉아 휴대전화를 들여다보고 있는 남자에게로 다가간다. 만일 이 남자가 관심을 보이지 않는다면 마르케스 데 바디요로 내려가서 달리 방도를 마련해볼 수밖에 없다. 지금 필요한 건 이런 것이다, 또 다른 이름, 또 다른 직업, 한두 시간 신나게 보내는 것. 난도에게는 둘러댈 변명을 찾아내리라. 알리시아는 되뇌고, 되뇌고 또 되뇐다. 당신이 누구건 간에, 부인, 당신에게 난 아무것도 아니죠. 그냥 날 지워버려요. 슈퍼마켓 쿠폰 뒷면에 연필로 쓴 메모처럼 한 줄 좍악. 그럼 난 없는 거니까요. 부인, 당신 억양, 당신 턱 끝, 난 없는 거니까요.

알리시아가 아파트 문을 열었을 때 난도는 이미 침대 한가운데 팔다리를 사방으로 뻗고 누워 코를 골고 있었다. 활짝 편 팔은 한 방향을 가리키며 이렇게 말하는 것 같았다. 나가! 알리시아는 먼저 동료가 늦어지는 걸 이용해 거짓말을 했다. 남편에게 와썹을 보내 동료가 아이들을 돌봐줄 사람을 구하지 못해 대신 근무해달라고 부탁해왔다고 썼다. 너무 좋은 사람이 되려고 할 필요 없어. 난도가 대답한다. 한 번 받아주면 다음번에는 거절할 수 없어. 그래도 상부상조해야지, 알리시아는 이렇게 답하며 키스와 하트가 한 번에 날아가는 이모티콘을 함께 보냈다. 제시간에 퇴근하는 거야?, 몇 시에 끝나?, 괜찮은 거지?, 별일 없는 거지? 지하철역으로 데리러 갈게. 늦어도 밤 열 시에는 답장했어야 했지만 하지 않았다. 열두 시에는 난도가 전화를 걸 때마다 화면이 반짝거리는 게 거슬려 휴대전화를 꺼버렸다. 뭐라고 거짓말을 해야 할지 알 수 없었다. 술 냄새가 났다. 토하지는 않았지만 변기에 두 번이나 헛구역질을 했다. 알리시아는 옷을 벗고 그의 옆으로 틈을 비집고 들어가려고 했다. 그가 알리시아가 온 걸 알아차리고 매트리스의 절반을 내주었다. 알리시아, 우리 집에 두 번째 왔던 그 밤, 기억해? 응. 알리시아가 대답했다. 내게 따뜻하게 대해달라고 부탁했던 거. 우리 약속에서 내가 당신에게 원한 건 그것뿐이었는데, 당신은 지금 그 약속을 지키지 않고 있어.

◆

아토차에서 우리 옆에 쓰러진 그 여자, 라고 마리아는 생각한다. 정말 이상하지. 처음엔 말하는 습관이 신경 쓰였어. 억양을 숨기고, s랑 d를 일부러 강하게 발음하는 게 너무 안쓰러웠어. 출신지를 부끄러워하는 것 같아서 말이야. 하지만 그다음엔 턱 끝을 유심히 보게 되었어. 나처럼 울퉁불퉁한 턱 모양이었거든. 나이를 계산해보고 내 큰 손녀딸일 수도 있다고 생각했지. 손녀에 대해서는 아는 게 없어. 내가 동생에게 이야기하지 말아 달라고 부탁했거든, 사진도 보여주지 말라고 했었어. 한 번도 찾은 적 없어. 그런데 갑자기, 어쩌면 바로 오늘, 갑자기, 우리가 서로 만날 운명이었던 것 같아. 마리아는 동료들의 이야기를 들으면서 정신을 분산시키려고 했다. 시위가 끝나는 데는 몇 시간이 더 걸렸고 시내에서 제일 멀리 있는 동네에서 출발한 여자들이 모두 플라사 데 에스파냐로 모여들 무렵에는 음악도 조명도 모두 꺼져있었다. 모두 피로와 통증을 호소했다. 마리아가 여자들에게 말했다. 이 옆에서 몇 년 동안 일했었어. 엄마랑 딸 단둘이 사는 아파트에서. 그런데 그 엄마가 나랑 둘이 있을 때 돌아가셨어, 프랑코 장례식 날이었어. 딸은 바예 델 로스 카이도스*에서 있었던 장례식에 가 있었지. 그래서 어떻게 됐어요, 마리아? 며칠 더 버티다가, 더는 내가 필요 없다고 하더라고. 더 젊은 축은 몇 시간을 걸어서 집으로 돌아갔다. 마리아와 라우라 그리고 다른 몇몇은 아르구에예스까지 올라가 지하철을 탔다. 소비 총파업, 좋아, 그런데 그 파업이 나를 먼저 소비해버리지 않았으면 좋겠네, 하고들 투덜거렸다. 만일 그렇다면 나는 알지도 못하는 사람을 위해 지금 내 삶을 기꺼이 바꿀 수 있을까? 자신에게 묻는다. 마리아는 오늘에 대해 생각한다. 그리고 오늘은 오늘로 내게 가치 있어야만 한다고 생각한다. 집까지 몇 정거장 더 남았는지 세면서 아니, 라고 확신에 차서 대답한다. 확실하다. 난 그럴 수 없다.

    마리아는 집 현관문을 닫고 불을 켠다. 그리고 잠시 이 방 저 방 돌아다닌다. 얼마 전 임대계약을 갱신할 때 집주인, 그러니까 처음 이

---

* '망자의 계곡'이라는 의미. 프랑코가 내전 후 전사자들을 위한 위령탑을 세운 곳.

집을 임대한 그 노파의 손자에게 농담처럼 말했다. 다음번에 이 집에 들어오는 세입자한테는 지난번에 살던 여자가 집을 잘 가꾸면서 살아서 죽을 때까지 살게 해줬다고 말하세요. 그는 그 말을 침착하게 받아넘겼다. 아직 먼 얘긴데요, 뭘. 거실에는 마리아처럼 늙고 지친 개가 잠들어있다. 개에게는 레이디라고 이름을 붙여주었다. 소파는 벌써 여러 번 천갈이했고 텔레비전은 지난 크리스마스 때 바꿨다. 그냥 변덕 때문이었다. 침실은 벌써 몇 년째, 몇십 년째 그대로이다. 나이트 테이블 위에는 장식품 하나 없다. 거실 책장에는 책들을 꽂아두었다. 돈을 내고 책을 사서 읽고 집에 오는 사람들 앞에 보여줄 수 있다는 데에 자부심을 느낀다. 점점 시력이 나빠져서 작은 활자는 읽기 어렵다. 지금까지 겪은 그 모든 일이 다 그럴 만한 가치가 있었을까? 모두, 처음부터, 하나도 빼놓지 말고 전부? 예를 들어 오늘, 집으로 돌아와 문을 닫고 거실 불을 켠 것까지? 이 코딱지만 한 집을 빌린 것. 자신의 소파, 자신의 책장, 자신의 텔레비전, 전부? 마리아는 잠시 쉬려고 소파에 자리를 잡는다.

역자의 말

당신이 여자이고 가난하기까지 하다면
이 삶에서 당신의 선택은 무엇인가

- 우리 시대 젠더와 계급의 문제

페미니즘과 사회 계급의 문제. 오늘날 가장 민감한 화두로 떠오른 이 두 테마를 절묘하게 교차시킨 이 작품은 열일곱 사춘기 소녀 시절에 시집 『나의 첫 비키니』(DVD Ediciones, 2002)를 발표하면서 스페인 밀레니엄세대 대표 시인으로 스포트라이트를 받았던 엘레나 메델의 소설 데뷔작이다. 서점에 채 진열되기도 전에 이미 우리 시대의 고전문학이 될 거라는 스페인 비평계의 찬사를 한몸에 받았던 이 작품은 발매와 동시에 독일어, 영어, 그리스어, 네덜란드어 번역에 들어갔고 순식간에 독자들을 사로잡으며 명실공히 2020년 스페인 최고의 소설로 평가받았다.

  소설은 11부로 구성되어 있다. 1969년 프랑코 군사독재 말기부터 1975년 독재자 프랑코의 죽음, 1982년 스페인 최초의 사회주의 정부 수립, 1990년대 후반의 경기침체와 2018년 세계 여성의 날 시위 현장까지 스페인 현대사의 격동기를 모두 아우르며 그 속에서 한 개인으로 매 순간을 살아낸 여자들이 겪은 결핍과 생존을 위한 싸움이 시간

순서와 상관없이 퍼즐 조각처럼 뒤섞여 전개된다.

　이야기는 2018년 3월 8일, 성차별에 항의하는 여성들의 시위가 벌어지던 바로 그날 동틀 무렵 마드리드 아토차역 앞 교차로에서 시작된다. 그리고 같은 날 오후 같은 장소, 시위가 마무리된 아토차역에서 끝을 맺는다. 그날 스페인의 120개 도시에서는 세계 여성의 날을 맞아 시위대의 행진과 파업이 있었다. 가사노동과 가족 돌봄 노동에서 남녀 공동책임을 주장하고, 임금 격차와 유리천장을 비롯한 노동 현장의 여성차별, 사회 전반에 퍼져있는 여성에 대한 학대와 폭력을 뿌리 뽑기 위한 것이었다. 이날 시위에는 수십만 인파가 여성주의 운동의 상징인 보라색 옷을 입고 "우리가 멈추면 세상이 멈춘다", "세상을 바꾸려고 우리는 멈춘다"고 쓰인 플래카드를 들고 각자가 사는 곳에서 도심을 향해 행진을 벌였다. 이날을 계기로 이비사 해변의 쏟아지는 햇살과 알람브라의 신비로운 저녁놀 뒤에 감춰졌던 오랜 경기 침체와 높은 실업률, 전근대적 사회에서 고통받는 스페인 여성들의 어두운 그림자가 전 세계 앞에 모습을 드러냈다. 그리고 스페인은 세계 성 평등 운동의 최전선을 구축하게 되었다.

　소설은 바로 이날, 스페인 사람들의 의식 속에 페미니즘이라는 단어가 자리 잡게 된 이 날을 바라보는 상반된 두 관점에서 출발한다. 마드리드에서 청소부로 일하다가 퇴직한 스페인 남부 코르도바 출신 마리아와 역시 코르도바 태생으로 마드리드에서 닥치는 대로 아무 일이나 하면서 생계를 꾸리는 삼십 대의 알리시아. 마리아에게 이날은 자신이 일생을 바쳐 헌신해온 여성 공동체 활동의 정점이 되는 날이지만 알리시아에게는 지하철이 붐비고 그래서 귀가가 늦어지는 짜증스러운 날일 뿐이다.

  1969년 열 여섯살 마리아는 유부남과의 사이에서 혼외자로 낳은 딸 카르멘을 고향 코르도바의 부모 형제 손에 맡긴 채 떠밀리듯 마드리드로 떠난다. 그때부터 부유한 집 식모살이를 시작으로 거동이 어려운 귀부인 뒷바라지와 시내 건물의 청소부일까지 고된 노동자의 삶을 살아간다. 딸을 마드리드로 데려와 함께 살기 위해 열심히 저축하며 힘겨운 노동을 참아내지만 멀리 떨어져 사는 엄마와 아이 사이에는 좀처럼 유대감이 생겨나지 않고 간신히 딸 아이를 데려올 수 있는 형편이 되었을 즈음 이미 사춘기가 된 딸 카르멘은 엄마와 함께 살기를 거부한다. 엎친 데 덮친 격으로 카르멘 역시 엄마의 전철을 밟기라도 하듯 혼전 임신을 하게 된다. 카르멘이 이른 나이에 서둘러 결혼하고 딸 알리시아를 낳게 되면서 마라아와는 더이상 교류가 이루어지지 않는다. 마리아가 한 번도 만나보지 못한 손녀 알리시아는 식당이나 카페 여급에서부터 온갖 상점의 판매원을 전전하다가 지금은 아토차역 편의점 계산대를 지키고 있다. 어린 시절 사업을 하는 아버지 덕분에 프티 부르주아의 삶을 살게 될 것처럼 보였지만 빚으로 쌓아 올린 사업이 한순간에 무너지자 카르멘의 남편, 곧 알리시아의 아버지는 자살을 선택한다. 그 이후로 매일 밤 목매다는 아버지의 꿈을 꾸는 알리시아는 평생 그 트라우마 속에서 뒤틀린 자기 파괴적 삶을 살게 된다.

  작품의 양대 축을 이루는 이 두 여자가 걷는 길은 확연히 다르다. 혈육을 위해 무상의 돌봄 노동을 제공하는 대신 타인을 위한 돌봄 노동으로 생계를 해결하는 마리아는 독립적으로 살기 위해 자신이 이 삶에서 어떤 희생을 치러야 했는지 잘 알고 있다. 돈 없는 여자가 이 세상에서 어떤 위치에 있는지 분명하게 깨닫고, 똑같이 돈이 없어도 공동체 안의 남성들과 자신이 설 자리가 확실히 다르다는 것도 알고 있다. 이웃 공동체 모임에서 언급되는 책들을 읽고 사유하며 지적으로 성숙해진 후에도 마리아는 자신을 드러내지 않고 애인 뒤에 숨어 산다. 그런 마리아가 주변 여자들과 연대하며 지역 페미니즘 운동의 바탕을 마련하는 삶을 선택하게 되는 것은 어찌 보면 당연한 귀결이다. 함께 살자는 애인 페드로의 제안을 받아들였다면 물질적으로 훨씬 더 안정된 삶을 누릴 수 있었겠지만, 마리아는 자신이 아닌 다른 사람을 돌보며 살고 싶지 않다는 이유로 이를 거절한다. '누가 나의 가족인가?'라는 질문에 마리아는 주저 없이 여성 공동체의 동지들 이름을 떠올린다. "생각지도 않았던 때, 생각지도 못한 곳에서 나타나 마리아가 아플 때, 혹은 다른 사람의 의견이 필요할 때 의지하는 울타리가 되어"준 이들이 가족인 것이다.* 생각해보면 이 작품 속에서 마리아로 대변되는 페미니즘은 남녀평등이나 인류복지를 외치는 거창한 이데올로기가 아니라 절박한 상황에서 도움이 필요한 여자들에게 손을 내미는 연대의 페미니즘으로 볼 수 있을 것이다.

또 다른 축에는 마리아가 한 번도 만나보지 못한 손녀 알리시아가 있다. 알리시아는 대학에 진학할 만큼 충분한 지적 능력을 지녔으면서도 경제적 어려움을 이기지 못하고 대학을 중퇴한 다. 원한다면 풍족하지는 않더라도 자신의 힘으로 홀로 설 수 있을 테지만 경제적으

---

* 작가의 이런 생각은 "가족은 혈연으로 생겨나는 것이 아니라 삶 그 자체로 만들어지는 거야."라는 알리시아의 말에서도 확실히 드러난다.

로도 정신적으로도 독립하지 못한다. 처자식을 버려둔 채 스스로 목숨을 끊는 길을 선택한 아버지에 대한 트라우마에서 벗어나지 못하는 알리시아는 남편에게 의존하면서 그와의 관계를 지속한다는 사실에 정신적 위안을 느낀다. 그러면서도 남편이 아닌 다른 곳으로 육체적 쾌락을 찾아다닌다. 그 일탈의 순간에만 잠시 모든 고통을 잊을 수 있기 때문이다. 그렇게 알리시아는 고독하고 자기 파괴적인 삶의 굴레에서 헤어나지 못한다.

그러나 이렇게 확연히 다른 삶의 궤적을 따라가는 두 여자 사이에도 부인할 수 없는 공통점이 있다. 바로 여성에게 적대적인 세상에서 고군분투하고 있다는 것이다. 세월이 흐르면서 세 사람(마리아-카르멘-알리시아) 사이의 관계는 단절되었지만 셋은 여성에게 특별히 가혹한 이 세상에서 살아남기 위해 애쓰며 자신들이 생각하는 것보다 많은 것을 공유하게 된다. 그리고 무엇보다도 돈의 문제가 이들의 삶을 지배한다. 돈의 부족은 삶의 굽이에서 어떤 결정을 내리는데 큰 변수로 작용한다. 소설에서 작가는 말한다.

"결국은 돈 때문이다. 돈이 없어서이다. 마리아를 여기 이 자리, 거실 하나, 침실 하나 딸린 카라반첼의 아파트, 그리고 누에보스 미니스테리오스까지 가는 지하철 안에 오게 한 상황 하나하나가 돈만 있었더라면 다른 방식으로 전개될 수도 있었다. 마리아와 솔레닷과 치코는 중간에 학교를 그만두었다. 가족이 돈이 필요했기 때문이다. 동생이 아팠던 날 아침, 돈 때문에 동생을 대신해 시내로 갔다. 그날 치 노동의 대가인 돈을 잃지 않으려고 그랬다. 부모가 돈이 있었다면, 돈을 벌 수 있는 건강, 혹은 건강을 지킬 수 있는 돈이 있었더라면 마리아가 그 버스에서 그 남자를 만났을까? (…) 돈이 있었더라면 그 시간에 마리아는 자기 혼자만의 방이 있는 커다란 집에서 학교로 향하는 길을 걷고 있었을 것이다. (…) 해보지 못한 것들은 모두 돈 때문에 하지 못했다. 돈이 없어서 하지 못 했다."

이 작품에서 가장 많이 등장하는 말을 꼽으라면 그중 하나는 '돈'일 것이다. 작가는 돈이 한 사람의 계급을 규정하는데 결정적인 요소가 된다고 본다. 자신의 이 소설이 '정치적'이라고 말하기를 주저하지 않는 작가는 한 인터뷰에서 "**어떤 계급에 속하느냐가 당신을 정의한다. 당신의 가능성을 결정하고, 당신의 주거지를 정해주고, 당신이 삶에서 어떤 기회를 누릴 수 있을지를 결정한다.** 공부할 수 있는 충분한 돈이 있다면 더 그럴듯한 스펙을 만들 수 있을 것이다. 하지만 일과 학업을 병행하게 된다면, 가족의 생계를 위해 남들보다 일찍 직업전선에 뛰어들어야 한다면, 당신의 이력서는 많이 달라질 것이다."고 말한다. 돈과 계급의 떼려야 뗄 수 없는 관계에 주목하는 말이다.

이 작품에는 페미니즘과 계급의 문제 이외에도-결국은 그 두 가지로 수렴되는 문제들이기는 하지만-사회 구성원의 정치적 성향의 문제, 도시 빈민가의 치안을 비롯한 사회문제, 청소년 문제와 여성의 일방적 희생을 요구하는 모성의 문제, 인간관계에서 권력의 문제, 개인

---

* https://www.vogue.es/living/articulos/elena-medel-las-maravillas-libro-entrevista

간 그리고 공동체에서의 남성 지배, 감정 자본주의의 희생양이 된 여성들의 돌봄 노동 문제, 돈 때문에 벌어진 죽음이 남긴 상처와 가족 간의 유대 단절 등등 현대사회가 겪는 문제 대부분이 용광로처럼 녹아들어 있다. 당연히 독자 개개인이 처한 상황과 경험에 따라 각기 다른 주제에 주목하게 될 것이고 또 다른 울림을 갖게 될 것이다.

하지만 그 모든 문제가 뒤섞여 등장하는 가운데에도 결국 작가의 목소리는 결핍과 차별에서 어떻게 살아남을 것인가, 어떤 삶을 선택하고 무엇을 지켜낼 것인가의 문제로 귀결된다. 작가는 묻는다. 당신이 여자이고 가난하기까지 하다면 당신에게 적대적이기만 한 이 세상에서 당신은 어떤 길을 선택할 것인가고.

번역 과정이 마냥 즐거웠다고는 말하지 않겠다. 시작(詩作)을 본업으로 삼는 작가의 문체는 아름다웠지만 그만큼 번역하기 고통스러웠고 - 원작을 읽은 한 원어민 지인은 도대체 그 책을 번역하는 게 가능한 일이냐고 물었다 - 등장인물들의 삶 속으로 빠져들수록 그들에게 빙의된 나의 심적 고통은 가중됐다. 소설 속에 묘사되는 사회의 모습만큼이나 작가가 소설을 이끌어가는 방식 자체도 번역자에게는 혹독하기 이를 데 없었다. 흐트러진 퍼즐을 맞추듯 사방에 흩어져 숨어있는 실마리를 찾아 이어줘야 했다. 마구 뒤섞인 내레이션과 대화를 구분하면서 조심조심 지뢰밭 같은 작품 속을 걸었다. 지뢰가 예고 없이 폭발할까 봐 두려운 것이 아니라 작가가 심어둔 지뢰를 모르고 지나칠까 봐 두려웠다.

하지만 누군가에 의해서는 명제소설 thesis novel이라 불릴 만큼

뚜렷한 주제의식에 역사적인 순간을 사는 한 개인의 내밀한 기록을 생생하고도 섬세한 묘사로 절묘하게 결합한 작가의 능력은 그야말로 출중했고 서로 다른 색깔을 조각조각 맞추어 아름다운 한 폭의 그림을 그려낸 스테인드글라스처럼 여러 편의 단편소설을 모아 하나의 장대한 이야기를 엮어내듯 그렇게 경이롭고도 아름다운 이야기를 엮어낸 작가의 재능에는 찬탄을 금할 수 없었다.

돌이켜보니 행복한 작업이었다.

글 성초림

소유에 관한 아주 짧은 관심